Le Temps des scarabées

Cara Vitto

ISBN :978-2-9545396-3-8

1. Légère stridulation

Il n'en revenait pas. Cette voiture avait déboulé de nulle part, il n'avait même pas eu le temps d'identifier la marque, il avait seulement compris qu'il s'agissait d'un gros modèle, sûrement un SUV ou un 4X4, et que sa couleur penchait vers le sombre. Enfin, pour la couleur, il n'en était pas complètement certain, tout se mélangeait à présent dans sa tête. Ce bolide l'avait frôlé, presque écrasé. Une seconde de plus et c'en était fini de lui.

Il était resté planté sur le trottoir, pétrifié par le vrombissement du moteur qui résonnait encore dans ses oreilles et qui lui avait, à n'en pas douter, arraché la moitié de ses vêtements. Il se demanda jusqu'à quel point il était blessé. Un passant traversa dans l'autre sens, sans lui décocher le moindre regard. Il vérifia : aucun lambeau de tissu ou de peau ne pendouillait au-dessus de ses cuisses. Il sortit de son apnée et se remit à respirer normalement. Il ne constata aucune éraflure ni de trace de sang, il était indemne. C'était quand même un comble, après tout ce qu'il faisait pour sauver sa peau, un stupide accident de la route avait failli l'envoyer six pieds sous terre !

Cette fois, il vérifia attentivement avant de s'engager sur le passage piéton et traversa.

Quel idiot ! L'urgence de la situation ne lui laissait pas le loisir de rêvasser. Il devait se ressaisir, sortir de ses cogitations incessantes et augmenter sa vigilance. À force de ressasser en boucle ses soucis, il ne voyait même plus la vie s'agiter autour de lui. S'il continuait comme ça, il allait finir par provoquer un accident pour de vrai, surtout que la canicule rendait encore plus dingues les chauffards. Il n'était pas le seul à être tendu.

Il déboucha sur la route de la Corniche, mais la forte houle l'empêcha d'admirer l'horizon à perte de vue. La présence de l'océan le calmait. Il aimait cette immensité bleue qui s'étendait jusqu'à un autre bout du monde. Le bout du monde. Si seulement il pouvait y disparaître.

Il commença son jogging, mais modifia mentalement son plan de course, il y avait beaucoup trop de monde, aujourd'hui sur la corniche.

Il entreprit des petites foulées, courtes, régulières, et volontairement lentes. Il savait que pour courir par cette chaleur, il devait mesurer ses efforts, y aller progressivement. Le cœur est un muscle comme les autres, il s'agissait de l'échauffer, de l'éveiller en douceur pour le faire travailler en profondeur. Sinon, il ne tiendrait pas la cadence et serait obligé de s'arrêter.

Une brume laiteuse qui, par chance, s'était agglutinée sous le soleil filtrait les rayons brûlants.

Il ne grillerait pas comme la dernière fois où il était rentré chez lui aussi rouge qu'un poivron rôti.

Quelques gouttes perlèrent sur son front, le haut de son dos et au-dessus de ses fesses. Il se fichait bien de la chaleur et de cette crampe qui menaçait de le torturer, il ne pensait qu'à expulser les toxines, le stress et les soucis de son corps. Plus il courait, et plus il avait la sensation de dézinguer ses problèmes, de les pulvériser et c'était tellement bon. Il envoyait au diable ceux qui le harcelaient même s'il savait, bien évidemment, que ce n'était pas en chauffant ainsi ses muscles qu'il allait résoudre quoi que ce soit.

Il détestait gérer les conflits. Il enviait les gens d'un tempérament guerrier, ceux qui partent au combat facilement, qui sortent des armes cachées de sous leurs bras et dégainent sans état d'âme. Ce n'était pas son cas. Il ne possédait aucune arme de cette sorte et personne ne lui avait appris à réagir face à ce genre de situation. Et quelle situation ! Ce n'était pas banal. Comment avait-il pu en arriver là ? S'il parvenait à oublier l'espace d'un instant dans quel bourbier il s'était enlisé, s'il réussissait à se vider la tête, peut-être entrapercevrait-il une solution ? Alors, il s'adonnait au sport, il contractait ses muscles, il poussait son corps au maximum, et il concentrait son énergie sur quelque chose de positif : Delphine, la commerciale de chez Fiat, celle qui lui avait vendu sa voiture.

Elle lui avait donné rendez-vous pour un questionnaire satisfaction. Elle aurait pu se contenter d'un entretien téléphonique, mais elle lui avait demandé de passer à l'agence en fin d'après-midi. Après sa douche, il enfilerait son polo bleu foncé, celui qui lui allait bien et il lui proposerait d'aller boire un verre au Blues Bar, il y avait toujours une bonne ambiance là-bas. Sûr qu'elle accepterait. Pendant ce temps, au moins, il mettrait ses ennuis de côté. Ensuite… eh bien, il verrait, chaque chose en son temps.

Il accéléra le pas, cherchant le rythme optimum. Son corps se tendait, son tee-shirt s'imbibait de sueur et il se répéta que s'il musclait suffisamment son cœur, il augmenterait sa force, sa résistance et il tiendrait le coup face à la vermine qui le harcelait.

Et s'il changeait de vie ? S'il faisait croire qu'il était mort ? Il pourrait s'acheter une nouvelle identité au marché noir. Quelqu'un lui avait dit, un jour, que ça se faisait. Il savait même dans quel bar aller pour trouver le contact. Il s'installerait alors dans un village perdu au milieu des Pyrénées. Il reprendrait une épicerie abandonnée ou bien il deviendrait boulanger, il avait toujours rêvé de fabriquer du pain. Et pourquoi pas finalement ? C'était peut-être ça, la solution. Fuir.

Non, bien sûr que non, il ne se cachera pas. Ni dans les Pyrénées ni à l'autre bout du monde.

Ce n'était pas dans son tempérament, et jamais il ne laisserait Julien.

Comment le prévenir sans le mettre en danger ? Il cherchait une ruse, une issue dans les tréfonds de son cerveau, mais hélas, rien ne venait. Aucune idée, aucun éclat de génie, rien. Il demeurait obstinément démuni face à cette odieuse situation. La seule solution valable consistait à se taire.

Son regard croisa au loin des surfeurs qui attendaient la vague Belharra. Julien se trouvait sûrement parmi eux. Depuis le temps qu'il lui parlait de cette fameuse vague. Non, vraiment, jamais il ne pourrait l'abandonner.

Le soleil s'extirpa au-dessus de la brume et trônait à présent sur l'asphalte surchauffé. Il eut soudainement très chaud. Sa respiration devint difficile, mais il ne faillit pas. Il poursuivit ses efforts, sachant pertinemment que ce n'était pas en surpassant ses performances qu'il maîtriserait ses adversaires, mais il s'était mis en tête d'atteindre son objectif : courir plus de quinze kilomètres.

Plus la chaleur et sa crampe s'intensifiaient, et plus il se sentait vivant. Pour la première fois depuis plusieurs jours, il eut même le sentiment de parvenir à faire diminuer son niveau de stress. Un léger vent chargé d'iode, échappé de la canicule, s'engouffra dans ses cheveux, rafraîchit son front, et glissa sur ses joues en emportant avec lui quelques gouttes de sueur. Il courait dans le bon rythme.

Il bifurqua dans la minuscule rue qui remontait vers la forêt. La relative fraîcheur conservée par l'ombre des immeubles blanchis à la chaux disparut rapidement. L'air ne parvenait pas à circuler dans ce boyau minéral. Il déboucha enfin dans la large et arborée rue pavillonnaire qui contrastait avec la vieille ville. Il pensait y retrouver une brise marine, mais l'absence de vent plaquait toute vie au sol. Il n'y avait même pas un insecte assez fou pour voleter dans cette fournaise.

Il intensifia la puissance de ses foulées devant les hauts portails. Il y devinait, derrière, d'agréables et grandes maisons avec de beaux jardins. Un jour, peut-être, il tondrait la pelouse de l'un d'entre eux pendant que ses enfants joueraient autour de lui. C'était l'un de ses futurs possibles. Ou pas. Selon la tournure que prendraient les évènements ces prochains jours.

Soudain, il entendit un bruit singulier. Il diminua l'intensité de sa course, puis ralentit franchement pour passer à une marche rapide. Il voulait vérifier. La présence de ce chuintement lui paraissait incongrue, impossible dans cette rue. Il avait dû se tromper. Il baissa encore le rythme afin d'écouter précisément la légère stridulation. Il en était certain à présent, il connaissait ce bourdonnement, mais il ne comprenait pas, cela n'avait aucun sens. Il n'existait aucun autre son similaire, ni dans la nature ni dans la ville.

Il n'eut pas le temps de distinguer l'ombre le dépasser et se dresser devant lui. Quand il réalisa ce qu'il se passait, c'était trop tard, un éclair noir traversait son corps.

Il tituba, vacilla et tomba droit comme un tronc d'arbre scié à sa base, mort avant même que son crâne se fracasse contre le bitume.

2. Vague Belharra

Cela faisait deux ans que je l'attendais : la vague Belharra était annoncée pour aujourd'hui.

En position sur ma planche, j'observais. Autour de moi, l'océan se marbrait comme un système veineux d'où se faufilerait du courant électrique. En dessous, l'eau menaçait de provoquer un mouvement imprévisible. Et pourtant, cette masse chargée d'intensité et de forces inquiétantes me fit penser à du velours.

Plus loin vers la côte, une lame se fracassa et s'étira en un immense champ d'écume. Je me situais au bon endroit, au bon moment, avant que la vague se forme et s'écrase.

Une série de géantes se présenta et enfin, la vague Belharra, la cathédrale, se dressa devant moi. Le temps se figea, rien d'autre n'existait. Je hissai ma concentration à son maximum. Chaque seconde, chaque détail comptait.

Le mur bleu sombre, presque noir s'avança droit sur moi. C'était gigantesque, un monstre marin, je n'en avais jamais vu d'aussi colossal.

Les gestes à accomplir étaient enregistrés dans ma mémoire comme de vieux réflexes maintes fois répétés. Quand l'action commençait, ce n'était plus le cerveau qui réfléchissait, c'était le corps. Les muscles, les tendons, la peau, tous les organes savaient se positionner face au vent, faire pression contre le courant, lâcher au bon moment et enfin je montai sur ma planche, je me relevai. La crête surgit au-dessus de moi, je tournai la tête, je plongeai mon regard vers la ligne qui m'amènerait au-delà de la vague, au-delà du monde et, alors, quelque chose de spécial se produisit.

Au lieu de me focaliser dans la bonne direction, je déviai les yeux de l'autre côté, et, en une fraction de seconde, j'aperçus Marc. Il courait et je distinguai nettement chaque détail avec une impressionnante clarté.

Je ne me demandai pas comment je parvenais à voir cette scène. Je savais, au fond de moi que quelque chose clochait, que de là où j'étais, ce n'était pas possible. Et pourtant, j'assistais à son jogging et je pressentis qu'un danger rôdait, qu'un drame était sur le point de se produire.

Marc s'arrêta avec un mélange d'inquiétude et d'étonnement. Je le vis de manière précise et incontestable en décryptant les infimes mouvements de son visage. Puis, son expression se transforma pour plonger dans l'horreur. Sa moue surprise se tordit en un rictus de terreur. Il paniqua et il bascula.

Pourquoi tombait-il de cette manière ? Tout droit, sans se retenir.

Je relevai la tête et je réalisai au même instant que je n'aurais jamais dû m'éterniser dans cette position aussi longtemps. Le mur d'eau s'abattit sur moi avec une hargne sans clémence. Je me perdis dans la vague, broyé par ses remous et sa puissance.

3. Que s'est-il passé avec Marc ?

L'homme me parlait, entièrement concentré sur sa mission. Il savait prendre en charge les accidentés. Il ne se souvenait plus quand son travail s'était transformé en vocation, mais il n'avait à présent qu'une seule obsession : sauver. Il évaluait les situations rapidement, il soulageait sur place les douleurs extrêmes, il murmurait les mots qui rassurent et il ramenait à la vie.

— Monsieur, vous m'entendez ? Monsieur ? Comment vous appelez-vous ?

— Marc.

— Très bien, Marc. Gardez les yeux ouverts, voilà, c'est ça. Quel est votre nom de famille ?

— Non, pardon, moi c'est Julien. Julien Solange. Marc, c'est mon ami.

— OK, Julien. Ne fermez pas les yeux, restez avec moi. Vous avez eu de la chance. Rien de cassé. La colonne est intacte, aucun os brisé. À part quelques éraflures, vous vous en sortez plutôt bien, très bien même, compte tenu de ce que vous avez subi.

— Que s'est-il passé avec Marc ?

— Marc fait partie des surfeurs ?

— Non, il faisait son jogging, quand je prenais la vague, et il est tombé. Quelque chose de grave lui est arrivé.

— Vous avez aperçu votre ami en train de courir alors que vous preniez la vague ?

— Je crois qu'il est mort.

— D'accord. Montrez-moi votre crâne encore une fois ? Vous avez reçu un sale coup. Quelque chose a heurté votre tête, peut-être votre planche ou un choc sur le récif quand vous avez fait vos roulés-boulés. Je ne vois pas de grosses blessures, mais il se peut que vous ayez subi des dommages internes.

Alors qu'une civière s'approchait, l'homme précisa :

— On vous emmène à l'hôpital pour des examens complémentaires. Vous risquez de vous sentir un peu désorienté ces prochaines heures.

Désorienté n'était pas le bon terme. J'étais assommé, perdu, complètement paumé. Je ressemblais à un légume qui se souvenait à peine de son prénom.

Une fois arrivé dans le hall des urgences, je quittai à regret l'homme qui s'était occupé de moi. Je l'aimais bien, j'avais l'impression de le connaître.

Un premier médecin m'examina brièvement et me posa quelques questions. On m'emmena ensuite dans un étage inférieur où je passai des radios et un scanner. J'attendis longtemps, dans différents couloirs où des infirmiers et infirmières se relayèrent pour pousser mon fauteuil d'un bureau à un autre. Je rencontrai plusieurs internes, je répétai inlassablement les mêmes faits jusqu'à ce que je m'interroge sur la santé mentale de certains de ces docteurs. Ne savaient-ils donc pas lire un dossier ? À moins que ce ne soit moi qui perde la raison.

À la fin d'un dernier trajet, on m'emmena dans ce qui semblait être l'antre du médecin-chef. Il était tassé sur son fauteuil, le nez plongé sur des feuillets et, dès qu'il m'aperçut, il jeta son stylo sur son bureau et m'accueillit chaleureusement comme si j'étais le premier de tous ses patients.

— Ah, voici notre rescapé ! Je n'ai jamais vu un surfeur sortir indemne d'une telle vague ! Dix mètres de haut et elle avançait à une vitesse de soixante kilomètres-heure. Vous avez reçu tout ça sur la tête et vous ne souffrez d'aucune altération physique. Alors, oui, je vous le dis, vous êtes un rescapé, je vous considère comme un miraculé. Aucune fracture, quelques bleus, pas de blessures graves, des égratignures, tout au plus. Vous avez une bonne étoile avec vous, monsieur Solange. Par contre, du point de vue neurologique, mes confrères s'inquiètent.

— Ils m'ont dit que je souffrais d'une amnésie partielle.

— À quand remonte votre dernier souvenir ?

— C'est encore un peu flou, ça revient peu à peu, mais oui voilà, c'est avec Marc. Quand on allait à la boulangerie acheter des beignets. Ensuite, je le raccompagne chez lui.

— C'est votre souvenir le plus récent ?

— Je crois, oui… à moins que… laissez-moi réfléchir deux minutes le temps que je m'y retrouve… non, bien sûr, il y a Johanna évidemment. On marche ensemble, sur la plage. On rêve de notre futur, de nos projets, dans un pays lointain. Je ne sais plus de quand ça date exactement, mais ça ne doit pas être bien vieux, c'est assez vif comme souvenir.

— Quand situez-vous cette période ? Une semaine, un mois, une année ?

— À peu près, oui.

— À peu près quoi ? Une semaine, un mois ou une année ?

— À peu près tout ça en même temps. Je n'en sais rien, pour tout vous dire.

— Où travaillez-vous, monsieur Solange ?

— Chez Drone-me-up. Voilà, ça, je m'en souviens bien, la situation n'est pas si catastrophique ! Je suis chercheur en micro-robotique chez Drone-me-up. Les beignets, c'était il y a longtemps, en fait.

— Voulez-vous que nous prévenions quelqu'un de votre présence ici ? Un proche ? Un ami ?

— Mon ami, Marc Loizot.

— On le trouve dans le répertoire de votre téléphone ?

— Il a eu un accident aujourd'hui, en même temps que moi. Je crois qu'il est mort. Vous pouvez vous renseigner ? Une de vos équipes a tenté de le réanimer. Cela s'est passé dans une rue du quartier pavillonnaire. J'ai vraiment besoin de savoir.

— Bon, on va voir ça. Sinon, est-ce que vous vivez seul, monsieur Solange ?

— Pourquoi ? C'est important de savoir si je vis seul ?

— Je ne vous laisse pas seul chez vous dans votre état. Demain, si tout va bien, je vous libère. Mais à une condition.

— Laquelle ?

— Que vous consultiez le docteur Aguilar. C'est un médecin spécialisé dans les troubles de la mémoire. Votre cas semble assez particulier et mes confrères sont perplexes. Ils veulent que vous alliez la voir. Je vais la contacter pour vous caler un rendez-vous, car elle n'accepte que très peu de patients, j'ai mes passe-droits, dit-il en souriant et en levant vers le plafond un épais sourcil teinté d'autodérision puis il enchaîna : non, en fait, j'aimerais bien, mais je ne suis pas son genre.

Il passa l'appel devant moi, lui expliqua brièvement la situation, et inscrivit sur un bout de papier le rendez-vous fixé pour le lendemain 9 h. C'était rapide. Pour un docteur qui ne prenait que très peu de patients, je notai qu'elle disposait d'une grande disponibilité.

Je m'abstins de lui faire part de ma remarque. Je ne voulais pas paraître désinvolte et surtout, j'espérais qu'il me renseigne : que s'était-il passé avec Marc ?

4.   Vert comme des pommes acidulées

Le docteur Aguilar habitait au fond du chemin des Oyats. Je mis du temps à trouver cette adresse improbable qui n'apparaissait pas dans mon GPS. C'était pire qu'un sentier, je roulais sur une piste sablonneuse qui sinuait au milieu des pins et j'eux beaucoup de mal à diriger mon véhicule qui ne possédait pas les caractéristiques d'un 4X4.

Tout au bout, une maison digne d'un roman d'Agatha Christie trônait au-dessus d'une petite colline, entre deux séries de dunes. Drôle d'adresse pour un médecin. Pas vraiment accessible.

De grandes vérandas éventraient les façades beiges et surplombaient le visiteur. La plus imposante prenait naissance sur le côté de la bâtisse et se poursuivait jusque sur ce que j'imaginai être la partie principale de cette demeure, celle qui bombe le torse face à l'océan. Les vitres quadrillées de fines lamelles de bois blanc semblaient renfermer autant de secrets qu'il y avait de carreaux.

Des rosiers grimpants, des camélias et un immense magnolia accueillaient le visiteur d'une abondante et odorante présence florale.

Je me garai et sortis péniblement de la voiture, une brume de chaleur particulièrement moite et dense ralentissait chacun de mes mouvements. Je m'approchai et sur le mur, je lus la plaque :

Docteur Aguilar
Psychiatre
Psychothérapeute, Hypnose Ericksonienne

Je sonnai. La porte s'ouvrit sur une femme sans âge, je dirais entre vingt-huit et quarante-cinq ans. Des cheveux courts et roux, des lunettes rouges avec des verres épais.

La monture s'étalait sur la moitié de son visage et cachait des yeux en amande verts. Je remarquai leur couleur, car ils se confondaient avec son chemisier vert pomme et cela me fit penser à ces pommes acidulées que nous adorions avec Marc, à l'époque où nous révisions nos cours.

Le docteur me dévisagea un court instant, porta une cigarette électrique à sa bouche et me fit signe de la suivre par un mouvement de main qui était également destiné à éloigner les volutes de sa cigarette.

J'entrai au sein d'un large vestibule d'où partait un couloir dont je ne voyais pas la fin. Je découvris sur les murs des tableaux insolites. Ils représentaient des personnages étranges, mi-hommes, mi-créatures imaginaires. Ils fixaient le visiteur avec une expression neutre, bien que légèrement ironique, et ils se maintenaient dans des positions statiques, au milieu de paysages aux contours et aux couleurs absurdes.

Je n'eus pas le temps de m'arrêter sur ces bizarreries. Le docteur s'avança dans une pièce composée de deux parties : un renfoncement assez sombre qui s'ouvrait sur une véranda baignée de lumière.

Deux fauteuils de couleur cognac se tenaient l'un à côté de l'autre dans l'angle le plus tamisé du lieu. Une petite table les séparait et je tiquai sur la boîte de mouchoirs posée dessus. Faisait-elle pleurer ses patients ?

Face aux fauteuils, un petit bureau en bois vernis fermait un des côtés de la véranda. D'immenses plantes vertes de type tropicales couraient d'un bout à l'autre de la galerie vitrée et s'étalaient jusqu'à ce bureau où pas un papier ne traînait. Je m'attendais à ce qu'elle s'y installe, mais elle se dirigea vers un crapaud en velours côtelé mauve dont je n'avais pas remarqué immédiatement la présence et qui était positionné légèrement sur la droite.

Je m'assis, étonné par la configuration du lieu qui, décidément, ne ressemblait pas à un cabinet médical.

— Comment vous sentez-vous, Julien ?

La question me surprit. Comme si sa voix rauque la rendait intime.

— Je ne savais pas que vous étiez psychiatre. Je croyais m'adresser à un médecin.

— Eh bien, un psychiatre est un médecin. C'est une spécialité, deux années de médecine supplémentaire après l'obtention du diplôme. Vous êtes ici parce que vous souffrez d'une altération de la mémoire. La tête, c'est ma spécialité. C'est vrai que je ne suis pas très conventionnelle, mais mes méthodes sont très efficaces. Je prends en compte l'intégralité de la personne, avec ce qu'elle a de plus singulier, ses pensées, ses émotions. Tout est lié. Ici, vous pouvez tout dire. Même ce qui vous paraît étrange ou absurde. Surtout ce qui vous paraît étrange et absurde d'ailleurs.

Je relevai les yeux vers les vitres de la véranda et laissai mes pensées vagabonder dans le dégradé de gris qui annonçait l'orage.

Johanna aimerait cet endroit. Elle s'y loverait certainement pour admirer le ciel, l'océan, les nuages et le déchaînement des éléments naturels.

Le docteur interrompit mes rêvasseries :

— Parlez-moi de votre amnésie. Qu'est-ce qui vous revient ? Des souvenirs anciens, récents, les deux en même temps ?

— Certains flashs me parviennent sans ordre logique, mais c'est surtout la mort de mon ami qui remplit l'espace dans ma tête. Le médecin de l'hôpital me l'a confirmé : il est décédé d'une crise cardiaque. Cela me semble tellement irréel ! Impossible ! Hier encore, on se parlait, inconscients du futur, et aujourd'hui… voilà, c'est le néant, le vide. La vie sans lui. Est-ce que le chagrin peut faire arrêter les battements du cœur ? J'ai l'impression que le mien va tomber à tout moment. Il est devenu trop lourd.

— Je comprends, c'est difficile la mort d'un ami. Votre cœur va bien, ne vous en faites pas, vous avez bénéficié de tous les examens nécessaires à l'hôpital. Je sais que ce n'est pas facile, mais si vous le pouvez, essayez de vous concentrer sur des souvenirs positifs.

— Eh bien, je me souviens de l'époque où je passais mes mercredis après-midi chez Marc. D'autres images arrivent aussi sans que j'en comprenne le sens. La maison de mon enfance. Les balades sur la plage avec Johanna. Cette gifle qu'un jour ma mère m'a donné, mais je ne sais plus pour quelle raison. Une maison ocre avec un ciel rouge. Et bien sûr, Marc en train de tomber.

Le docteur me répondit, d'une voix feutrée comme si elle me révélait un grand secret :

— Les souvenirs c'est-à-dire l'idée que nous nous faisons de notre passé constituent des informations stockées dans différentes parties de notre cerveau. Les données les plus importantes sont celles qui assurent nos fonctions vitales : se nourrir, se protéger. Celles-là sont placées tout en haut de la hiérarchie. Vous vous souvenez de la nécessité de peler une clémentine avant de la déguster, d'enfiler votre caleçon avant le pantalon ou de tout simplement, respirer. Les autres souvenirs, ceux qui ne sont pas indispensables pour vivre, sont rangés ailleurs. C'est comme avec un ordinateur : il y a une mémoire centrale qui gère le fonctionnement de la bécane à laquelle on ajoute des disques durs pour augmenter la taille de la mémoire et y stocker les albums photo de tata Mathilde et oncle Pierrot. Avec l'accident, vous avez perdu la connexion avec quelques-uns de vos disques, ceux qui renferment les albums photo. Il s'agit de les retrouver, d'aller à leurs rencontres et de les rebrancher, doucement, sans les brusquer avec joie et délicatesse. Avez-vous déjà entendu parler de l'hypnose ?

— Ces spectacles où on endort les gens ?

— Non, une méthode qui permet d'accéder à ce que l'on appelle un état de conscience modifiée. Cet état vous permet d'atteindre des zones du cerveau fermées. Vos disques durs. L'hypnose offre de très bons résultats même si cela peut vous paraître un peu excentrique. Si vous acceptez, je pense que nous pourrons libérer vos souvenirs assez rapidement. Êtes-vous d'accord pour faire quelques séances ?

— Vous savez docteur, je ferais n'importe quoi pour recouvrer la mémoire, peu importe la méthode : de la méditation, de la marche nordique, des électrochocs, ou même parler pendant des heures avec un psychiatre alors, l'hypnose, oui, ça me va très bien.

— On commence demain alors. D'ici là, je vous demande une chose : observez. Observez et notez tout ce qui se passe, tout ce qui vous interpelle, toutes les petites coïncidences, les hasards qui se produiront aujourd'hui autour de vous. Ils vous renseigneront précieusement. Vous verrez, c'est assez jubilatoire.

5.   L'homme à la chemise

Une hôtesse d'accueil attendait derrière son comptoir. Je passai devant la jeune femme et elle me salua en m'adressant un signe de tête convenu. Je me dirigeai vers mon bureau et trouvai la porte ouverte.

Au moment d'entrer, je demeurai perplexe : un homme d'une quarantaine d'années vêtu d'une chemisette beige à grosses fleurs blanches était assis à la place qui, j'en étais certain, était la mienne. Il sursauta en me voyant, les joues rondes, le regard brillant et il me dit :

— Bonjour, Julien, excusez-moi, comme vous n'étiez pas là, j'ai pris la liberté d'utiliser votre ordinateur pour accéder à votre agenda. Albert m'a demandé de planifier une réunion pour l'équipe et c'était urgent. Voilà, c'est fini, je ferme ma session et je vous rends votre poste.

Un homme à peu près du même âge, la peau marquée par un excès de soleil, de vent et de boutons mal soignés s'exclama depuis son bureau à côté de la fenêtre :

— Ah ! Julien, le voilà !

La chemise aux fleurs blanches se leva, partit en me lançant un étrange battement de cils, comme s'il s'excusait d'une faute inavouable et l'homme à côté de la fenêtre me glissa :

— Il est bien ce Louis, on n'a jamais eu un stagiaire aussi efficace, mais je n'ai pas très bien compris pourquoi il avait besoin de son ordi. Bon, passons, ce n'est pas important. Ce qui est grave, d'abord, c'est : comment va-t-il ?

Je reconnus aussitôt mon adjoint et cette façon si particulière de s'adresser aux autres : à la troisième personne. Entre confrères, on se tutoie facilement même si quelques irréductibles préfèrent encore le vouvoiement, mais avec lui, c'était différent. Il pratiquait cette manière très surprenante de communiquer, et je me souvins qu'à la longue, cela entraînait une gêne dans le suivi de la conversation.

— Ça fait aller.

— Il vient d'apprendre… Pour Marc. C'est horrible. Tout le monde ne parle que de ça. Il était au courant ? Franchement, c'est à peine croyable. Il était tellement sportif ! Faire un arrêt cardiaque, pour un marathonien… C'est la secrétaire de Baroni qui nous l'a dit en arrivant. Il paraît que ça lui a fait un sacré choc à Baroni. Faut dire que… c'est vraiment pas croyable. Lui qui était si gentil, si souriant, toujours à rendre service ! Quel choc ! C'est vraiment injuste. Oh ! Mais qu'est-ce qu'il a sur le front ? On dirait une bosse !

— C'est rien. Un accident.

— Ah bon ? Il a eu accident ? J'espère que ce n'est pas grave au moins ? Faut dire que cette canicule n'arrange rien. C'est arrivé quand ?

— Samedi.

— Comme Marc, alors ? En même temps, ça se comprend, il faisait excessivement chaud samedi, de quoi épuiser les corps les plus robustes. Bon, ben, ça va être dur aujourd'hui. Pas facile de travailler avec tout ça.

— Travailler aide aussi à oublier.

Drôle de réponse pour un gars qui cherchait à retrouver ses souvenirs, mais j'avais besoin d'être seul, de me concentrer sur quelque chose de neutre.

Je me détournai vers mon ordinateur, lui signifiant ainsi que la conversation était terminée. Lui aurait aimé poursuivre. Il s'attendait à ce que je lui raconte en détail l'histoire de mon accident et il voulait connaître mon opinion sur le décès de Marc. Cela l'aurait peut-être aidé à comprendre comment un tel désastre était possible. Mais je restai mutique. Inutile d'en parler. Et puis, je ne me souvenais pas de son prénom, cela rendait la conversation difficile.

Il s'était résolu à lire une note sur son ordinateur. Une masse imposante de cheveux noirs clairsemés de mèches grisonnantes mal maîtrisées laissait apparaître deux importantes pattes sous les tempes. Son regard sombre et sérieux dégageait un sentiment d'agacement, mais derrière cet air bougon, se cachait un homme consciencieux qui cherchait la perfection et qui se sentait frustré de ne pas y parvenir.

Néanmoins, sa chemise m'intriguait. Elle était boutonnée jusqu'aux poignets alors que la canicule frappait. Il faisait chaud et, instinctivement, je vérifiai mes habits. Je m'étais vêtu à la hâte, machinalement avec un jean et un tee-shirt.

J'étais vraiment ennuyé. Cela ne venait pas. Impossible de me souvenir de son prénom. À la place, je me remémorai qu'il arrivait souvent le premier, avant tout le monde et qu'il partait tard, ce qui, de mon point de vue, n'était pas productif. Un chercheur trouve ses meilleures idées sous la douche, en marchant, aux toilettes ou en contemplant un paysage magnifique. Pas collé sur son ordinateur les yeux gonflés de lumière bleue. Je n'avais jamais osé émettre cette opinion devant lui. Il était plus âgé que moi, je dirigeais le département, j'étais son chef, et je ne voulais pas rompre l'équilibre qui régnait entre nous.

Il entama soudainement et consciencieusement une de ses manies les plus agaçantes : il se tritura le cuir chevelu à l'aide d'un crayon à papier. Puis, il se gratouilla la tête en faisant tinter son stylo contre son bureau. Cela m'horripilait.

Je me rappelais alors qu'il était très bruyant. Il sifflotait très souvent ou il produisait des sons de bouche. Cela l'aidait à se concentrer, selon lui.

Mais je ne me souvenais toujours pas de son prénom.

Pourtant, en retrouvant mon espace de travail, j'avais aussi récupéré mes vieilles habitudes : allumer mon ordinateur, me préparer une large tasse de café, me plonger corps et âme dans mes recherches.

Mon écran s'éclaira mes mains étaient prêtes à pianoter sur mon clavier, mais la page d'accueil de ma session informatique réclamait un code utilisateur et un mot de passe, ceux que je saisissais chaque jour en arrivant le matin et que j'avais oubliés.

J'attendis. Ces informations essentielles allaient bien finir par revenir. J'interrogeai ma mémoire, je repensai à tous les codes que je connaissais et qui étaient stockés quelque part dans les méandres de ma cervelle. Rien ne venait.

Mon adjoint m'observait discrètement. Il rabattait instantanément son regard vers son écran dès que je clignais les yeux vers lui. Je me remémorai la manière dont je m'étais souvenu de mon code de carte bleue. Je m'étais visualisé en train de sortir la carte de mon portefeuille, de l'insérer dans le distributeur, la machine demande alors un code à quatre chiffres, je le saisis, et elle me donne les billets. Cela devait certainement fonctionner de la même manière avec un code utilisateur et un mot de passe.

Mince, cela ne venait toujours pas.

J'ouvris les tiroirs de mon caisson à la recherche d'indices ou de dossiers qui me remettraient les idées en place.

Je ne laissais bien évidemment pas mes mots de passe dans mes tiroirs. Je me devinais consciencieux et méthodique, ce genre d'informations ne s'écrivait logiquement pas à côté du poste de travail. Alors, comment rentrer dans mon ordinateur ?

Je m'exclamai, cherchant de l'aide sans savoir exactement comment l'obtenir :

— Logique, avec tout ça, j'ai oublié mon mot de passe !

— Il n'est pas sous le clavier, son mot de passe ?

Je retournai mon clavier et aperçus un papier collé avec un code écrit dessus.

— Merci… et l'identifiant, c'est quoi ?

— L'identifiant ? Mais enfin, Julien, l'identifiant c'est le nom : Solange. Il ne se souvient pas de ça ?

Je commençai à transpirer. J'avais très chaud.

— La climatisation ne fonctionne pas ?

— Il a coupé la clim, il n'a pas envie de contribuer au réchauffement climatique. Nous devons agir, arrêter d'écouter notre cerveau reptilien et regarder la réalité en face. Nous allons droit dans le mur et si nous ne faisons rien, nous allons nous écraser comme des idiots.

La chaleur n'arrangeait rien, mais ce qui me perturbait, ce n'était pas la canicule, c'était de savoir combien de bouts de mémoire avaient disparu de ma cervelle.

6.   Après la vague

De lourdes gouttes s'écrasaient sur le sol. Une grosse pluie se préparait. Néanmoins, je me dirigeais vers le lieu de l'accident. Je me garai le long de la route de la Corniche et je m'avançai sur la plage. La marée était à son point le plus haut. Comme le jour fatidique.

J'observai les ondulations de l'océan, subjugué une fois de plus par cette force mystérieuse. Johanna disait que cela faisait partie du surf : se confronter à une énergie phénoménale. Elle aimait le côté sauvage de la nature et c'est ce qui me fascinait, aussi, chez elle.

La plage était déserte. Seul un irréductible surfeur bravait le mauvais temps. Il attendait la bonne vague. Je me déchaussai, retroussai mon pantalon et m'avançai dans l'eau puis, je me retournai face à la côte, laissant la mer et le surfeur derrière moi.

La pluie cessa, libérant mon champ de vision de toute interférence climatique. J'examinai attentivement la configuration des lieux : la rue des Tilleuls prenait naissance à la perpendiculaire de la route de la Corniche et elle remontait vers l'intérieur de la ville. Je distinguai très clairement les commerces, les trottoirs et les passants. Mais juste après la boulangerie, la rue tournait vers la droite et disparaissait de ma vue. Marc était mort encore plus loin.

Je scrutai la plage : pas un promeneur ne s'était aventuré avec cet orage menaçant. La pluie tombait de nouveau. Le surfeur était parti. Les vagues devenaient trop grosses et trop cassantes.

J'ôtai mes vêtements. Mon caleçon se confondrait facilement avec un maillot de bain. Je plaçai mes habits en boule sur le sable et courus vers l'océan.

Je voulais vérifier, rejouer la scène, même si les vagues ne mesuraient plus dix mètres. Est-ce que l'une d'entre elles aurait pu m'élever au-dessus de la rue des Tilleuls ?

La mer intensifia ses mouvements. Les vagues devinrent si grandes que je plongeai dans leur ventre plusieurs fois pour les contrer. Enfin, j'aperçus une accalmie et je me hissai au-dessus d'un lot de larges ondoiements.

J'étais un idiot. Je le savais, pourtant, qu'il n'était pas possible de distinguer cette partie de la rue des Tilleuls depuis la mer, même au sommet d'une vague gigantesque !

Comment ai-je pu voir Marc tomber, alors ?

Et cette sensation, cette certitude qu'il n'était pas décédé de mort naturelle, que quelque chose s'était passé.

Ma tête explosait. Un élancement particulièrement désagréable poussait ma boîte crânienne, depuis l'intérieur. J'étais en train de devenir fou. Il fallait que j'en parle au docteur.

7.   Les souvenirs, c'est comme une boîte de chocolat

Je sonnai à sa porte et elle m'entraîna immédiatement dans son cabinet.

Elle jeta un regard étonné sur mes cheveux ébouriffés et sur les grains de sable incrustés jusque dans mes oreilles. En m'asseyant sur son fauteuil, je sentis le contact désagréable du sel collé contre mes cuisses.

— J'ai voulu vérifier. Je suis retourné exactement à l'endroit où j'ai eu mon accident. C'est un fait, il est impossible d'observer quoi que ce soit depuis la plage. Je ne comprends pas. Comment ai-je pu apercevoir Marc en train de tomber et mourir ?

— Il ne s'agit peut-être que d'une construction mentale. Quelque chose que vous auriez imaginé pour matérialiser la mort de votre ami. Vous savez, le cerveau ne se laisse pas démoraliser si facilement. Question de survie. Quand il considère que la réalité d'un fait est trop éprouvante, il élabore des stratégies d'évitement : il oublie, il interprète il échafaude un scénario fictif. Il le fait pour vous protéger, même si pour finir, cela peut créer d'autres troubles.

— Personne ne meurt comme ça, aussi jeune, sans raison, sans prévenir. Il était sportif et je suis persuadé qu'il n'avait pas de problème cardiaque. Il était en parfaite santé.

Ma gorge se noua, me rendant soudainement muet. Le tsunami que constituait sa disparition menaçait de m'engloutir. Je parvins à poursuivre :

« Marc était mon ami d'enfance. On a grandi ensemble. Sa mort n'est pas possible, non, pas possible. Pas logique. Il s'est passé quelque chose. »

— Votre désarroi est tout à fait légitime. Il est normal que l'idée de la mort de Marc vous paraisse inadmissible, inconcevable.

— Non, ce n'est pas ça, il ne s'agit pas d'une réaction émotionnelle face à la disparition d'un proche, mais la constatation factuelle que quelque chose cloche. Sa mort n'est pas naturelle et je veux le prouver. Aidez-moi à retrouver la mémoire.

— Bon, ce n'était pas prévu, mais si vous le souhaitez, on peut faire une première séance d'hypnose. Maintenant.

— Est-il possible d'orienter la séance sur les souvenirs autour de Marc ? Des jours qui ont précédé sa mort ?

— Vous savez, quand on déloge un souvenir, on ne sait jamais exactement sur lequel on tombe. Je vais faire en sorte de rester sur les disques durs les plus récents, mais vous connaissez l'image de la boîte de chocolats, les souvenirs c'est pareil, on ne sait jamais sur lequel on tombe, on le découvre au moment où on le déballe.

8. It's wonderful, Good luck my baby

Un hurlement déchira la nuit et me sortit de la bouillie dans laquelle je me noyais. Cela provenait de moi. Mon propre cri me réveillait.

Je grelottais. Un air glacial traversa mes os tandis qu'un souffle brûlant s'évapora hors de mon corps. Le contact du drap trempé par ma transpiration me parut soudainement insupportable. Je le rejetai brutalement, mais le résultat fut pire : nu, je me trouvai tout à coup sans protection face à un danger harcelant. Une forte nausée suivie d'une inquiétante sensation d'oppression m'envahit. Quelque chose avait empoigné mon cœur et le comprimait sans ménagement. Si je ne me calmais pas, j'allais mourir. Comme Marc.

Respire, Julien, respire doucement ! Ce n'est qu'un cauchemar, pas la réalité, le pur produit de ton esprit.

Je tournai la tête, le regard attiré inexorablement vers ce réveil qui me défiait une fois de plus. 2 h 20.

Je me levai, marchai jusque dans la cuisine, et me servis un grand verre d'eau glacée. J'avais réellement crié. C'était la première fois qu'un son parvenait à sortir de ma bouche lors d'un cauchemar. Il devait vraiment être horrible, celui-là.

Je mis plus de deux heures à me rendormir et quand le réveil sonna au petit matin, je glissai machinalement une main de l'autre côté du lit. Mais je ne sentis que le contact froid et lisse des draps restés inoccupés durant la nuit. Johanna n'était pas là.

Je me levai lourdement, deux poteaux à la place des jambes, deux pattes d'éléphant qui avançaient par à coups, massivement et gauchement. Je m'accordai une pause au milieu de la chambre, à quelques pas de la salle de bains. Je regardai vers le bas pour vérifier la taille de mes mollets. Même si l'idée loufoque qui m'avait traversé l'esprit était stupide, je fus soulagé de constater que je ne m'étais pas transformé en un mystérieux animal de la brousse durant mon sommeil.

Je continuai à avancer vers la salle de bain, mais je m'arrêtai, terrassé par la fatigue.

Mais depuis quand ces cauchemars existaient-ils ?

Avant de poursuivre ma marche laborieuse, ma séance d'hypnose me revint. J'étais déçu. Rien ne s'était passé, du moins comme je me l'étais imaginé. Aucun souvenir n'était apparu. À la place, je m'étais presque assoupi, enveloppé par un voile noir opaque et j'avais regagné mon appartement à moitié somnolent.

Au moins, j'avais réussi à dormir quelques heures. Même si j'avais subi l'assaut d'un rêve affreux.

Face au miroir, je constatai l'étendue des dégâts : une barbe moche de plusieurs jours, des paupières gonflées à moitié fermées. Derrière, deux billes bleues perdues. Plus haut, du sel s'était agglutiné sur des mèches poisseuses qui retombaient lourdement sur mon front.

Mince, voilà pourquoi je me sentais aussi mal, je ne m'étais même pas douché en rentrant chez moi, la veille.

Je fis couler l'eau sur les grains de sable coincés entre mes orteils, sur le sel, la mauvaise nuit, le chagrin et sur mon accablement.

Je m'habillai et en passant devant l'entrée j'aperçus mon porte-documents posé sur le parquet. Je le ramassai et le remis sur le guéridon. Johanna m'avait donné l'habitude de ne jamais rien laisser par terre. Un sac à main, une sacoche d'ordinateur, ou même un cabas de course, rien ne devait toucher le sol, que ce soit dans un café, un restaurant ou à la maison. Elle redoutait les saletés, germes et autres virus qui s'amassaient là où nous marchions. Sur Internet, j'avais lu que la semelle d'une chaussure contenait plus de germes que la bouche d'un chien. J'avais donc facilement adopté cet automatisme et je respectais son obsession pour tout ce qui concernait le sol.

En entrant dans la cuisine, je vérifiai machinalement qu'aucune tasse n'avait été oubliée sur le bar. Au début, je mettais systématiquement le mug vide de ma Johanna dans le lave-vaisselle. Il m'avait fallu du temps pour comprendre qu'elle utilisait le même récipient toute la journée. Elle y buvait son café, son thé, de l'eau et parfois, elle le conservait plusieurs jours d'affilée. C'était sa petite manie, elle aimait le garder avec elle. Depuis, je n'y touchais plus, je le laissais amoureusement traîner.

J'avais tendance à vouloir tout ranger sans attendre. J'admettais être un peu maniaque. Heureusement, Johanna m'avait affirmé qu'elle préférait un homme ordonné plutôt qu'un gars qui largue ses chaussettes sales dans la salle de bain jusqu'à ce qu'il s'aperçoive qu'il n'a plus aucun sous-vêtement propre et qu'il décide de remettre ce qui est à disposition par terre. L'horreur absolue.

Ces souvenirs m'apaisèrent. Malgré l'urgence de la situation, je m'autorisai à me laisser bercer par ces émotions réconfortantes et je fis durer cette parenthèse enchantée.

Je disposais bien de quelques minutes avant de réintégrer la réalité et, pour me lancer dans l'arène, j'avais besoin de reprendre des forces. Je me doutais bien que la recherche de la vérité à propos de Marc me demanderait une énergie considérable.

Je me préparai un café et inspirai longuement l'odeur stimulante des volutes chargées en dopant. Johanna adorait le petit déjeuner. C'était son repas préféré. Moi, je ne mangeais pas grand-chose au réveil, mais les effluves et le goût du café m'apportaient toujours un sentiment de plénitude, comme un rituel indispensable pour débuter la journée.

Je m'assis sur un des tabourets de bar de la cuisine et je laissai mes yeux vagabonder sur les pages du journal posé à côté de la cafetière. Il datait de vendredi dernier. Je m'arrêtai sur un article à propos d'un livre écrit par une médium : « Parler avec ses défunts ». Cela me fit froid dans le dos. Qui pouvait bien croire à des sornettes pareilles ? Et qui pouvait bien vouloir parler avec un défunt ? Cela ne me viendrait jamais à l'esprit.

Quoique pour Marc, finalement, ce serait bien pratique ! Je rejetai cette idée grotesque et me servis un deuxième café. Je continuai à tourner les pages du quotidien et je remarquai un article sur le décès de Johnny Halliday. Son fils proclamait : « Le véritable héritage, c'est celui qui vient du cœur. Mon père m'aimait. Il m'a toujours aimé. Il m'a transmis sa passion de la musique. Ça, personne ne pourra jamais me l'enlever ». Cela me toucha. J'avais l'impression de le comprendre même si, au fond j'étais jaloux. Lui, au moins, il avait eu un père.

Je me levai, m'étirai longuement et m'avançai vers les baies vitrées du salon. Pas une vaguelette n'apparaissait sur la mer. Le calme régnait. Le ciel d'un bleu éclatant se démarquait très précisément de la ligne de l'océan. Les contours étaient bien définis, sans flou, il n'y avait aucune ambiguïté entre les éléments.

En me retournant, j'aperçus le CD de Paolo Conte. C'était la musique préférée de Marc. Il m'avait offert ce CD en me disant qu'un jour, j'aurais certainement envie de l'écouter et que ce jour-là, je serais content de l'avoir.

Pas maintenant. Trop tôt. Des émotions trop importantes menaçaient de me faire plonger dans un abîme de larmes. Je ne pus m'empêcher, toutefois, de chantonner its' Wonderful, it's wonderful, it's wonderful, Good luck my baby.

Et merde, voilà, je pleurais.

Je rangeai le CD avec les autres, et j'allumai machinalement la radio. Je l'écoutais tous les matins. Entendre les actualités me raccrochait à la vie réelle, la vie quotidienne, la vie qui continue de crier sa passion à travers des faits divers, mais j'éteignis le poste rapidement. Écouter la souffrance du monde alors que l'injustice de Marc demeurait silencieuse aux yeux de tous me parut soudainement indécent.

Un mot s'inscrivit alors en grand dans ma tête : persister. La première séance d'hypnose n'avait pas fonctionné, mais je ne lâcherais pas. Je continuerais, jusqu'à ce que je découvre la vérité.

9.   Un chef incontournable

J'entrai dans le bâtiment et m'avançai dans le corridor. Juste avant de pénétrer dans mon bureau, je constatai que la porte, grande ouverte, était bloquée par une chaise. De l'air moite provenant de l'extérieur se propageait jusque dans le couloir où il se perdait dans la fraîcheur de la climatisation.

Mon adjoint avait placé une pile de magazines devant la fenêtre pour la maintenir ouverte et favoriser l'aération. Il était certainement arrivé tôt ce matin et il était parti saluer les collègues. Cela pouvait durer longtemps. Il avait l'habitude de discuter avec tous ceux disposés à partager un café avec lui.

Je m'installai et j'entendis ses pas résonner dans le couloir. Je progressais dans la reconstitution de ma mémoire et je connaissais son prénom, à présent : Jérôme. Je notai que le rythme de ses foulées était plus rapide qu'à l'accoutumée.

Il déboula en trombe, sa traditionnelle chemise blanche retroussée jusqu'au coude, une canette à la main, les joues rouges et les yeux aussi affolés qu'excités. J'avais beau être partiellement amnésique, j'étais certain de ne l'avoir jamais vu dans cet état-là.

Il me fit signe qu'il avait très soif, ouvrit sa bouteille et but une grande et bruyante gorgée de thé glacé.

— Ce n'est pas du tout développement durable ces canettes, mais il avait une de ces soifs ! Fait une chaleur ! Bon, il se passe quelque chose de bizarre.

Il colla de nouveau la canette contre sa bouche en absorbant goulûment la boisson. J'attendais la suite, intrigué et impatient. Enfin, il reprit : « Un scarabée a disparu. » Il me fit signe d'attendre encore et recommença à boire. Je restai figé, accroché à chacun de ses bruits de bouche. Il s'assit, visiblement hydraté, et continua : « C'est Louis, le stagiaire qui vient de le découvrir. Quand il a activé l'essaim, ce matin, le logiciel a envoyé le message d'alerte : robot manquant. »

— Voyons, un scarabée ne disparaît pas comme ça ! Il faisait partie de quel essaim ?

— C'est ça qui est curieux, c'est le Z.

— L'essaim Z est utilisé pour tester les combinaisons des différents programmes entre eux. Il est beaucoup sollicité. Pourquoi est-ce curieux ?

— Ben, parce que ça fait plus de quinze jours que nous n'avons pas eu besoin de l'activer ! Il s'est pas remis de son coup sur la tête le p'tit Doc on dirait. Et comme nous procédons à un inventaire toutes les semaines, et que lors du dernier, tout était en place, ça veut dire qu'il s'est perdu cette semaine.

— Tu es en train de me dire que le robot a disparu alors que l'essaim n'a pas été utilisé ?

— C'est ça. Il a vérifié sur le journal des opérations, personne ne l'a manipulé durant cette période. Baroni est furax. Il a carrément engueulé Louis. C'est vraiment pas juste, ce n'est pas de sa faute, à Louis, c'est un bon gars qui bosse bien, franchement, s'en prendre à un stagiaire, de son âge en plus, c'est pas correct. Baroni lui a passé un de ces savons ! Il l'a traité d'idiot des montagnes et d'organisme unicellulaire.

— Eh bien, on va chercher, on va comprendre la logique et on va rectifier. Pourquoi se mettre en colère ?

— Bah, il sait bien comment il est, le boss.

Je me levai, fermai la fenêtre et réglai la climatisation tout en rassurant mon adjoint sur cette action anti-écologique.

Il se rembrunit, haussa une épaule qui voulait dire que oui, il acceptait, mais que j'étais vraiment un inconscient à chauffer ainsi la planète. Il entama une série de tapotements rapides contre la canette et il me lança soudainement :

— Ah ! Il allait oublier, il a demandé où il était, il le cherche, il devrait aller le voir.

— Qui ça, Louis ?

— Non, lui !

— Moi ?

— Ben oui, lui, pas le pape ! Il devrait aller voir Baroni !

— OK, compris.

— Et puis, il devrait aussi aller consulter un médecin. Un coup sur la tête, ça peut avoir des répercussions embêtantes. Il trouve qu'il n'est pas au top de sa forme, s'il voit ce qu'il veut dire.

Je me levai, mais au moment où je m'approchai de la porte pour la fermer, il se passa quelque chose de particulier. Un souvenir incroyable éclata au milieu de mon brouillard mental et ceci, grâce à un rayon de soleil.

Un magnifique rayon qui se refléta contre le bleu métallique de la canette de Jérôme et qui emporta avec lui le bleu d'un bonheur profond pour finir sa course dans le coin de mon œil. Une émotion lointaine s'invita dans mes pensées : des couleurs lumineuses, le miroitement d'un soleil rouge sur la mer. Une plage sauvage. D'impressionnants végétaux ressemblant à des palmiers. Un foisonnement d'arbres et de lianes surprenantes dont certaines portaient de gigantesques fleurs vermillon. Johanna. Entre mer et terre. Deux amants, seuls au monde où nous respirions la quiétude d'un lieu d'une intense beauté. Sûrement les meilleurs moments de ma vie. Des moments perdus, oubliés.

10. Le scarabée de Jung

Quand j'arrivai chez elle, la chaleur écrasait de nouveau chaque particule d'air. Les insectes peinaient à se déplacer à tel point que le temps semblait se distordre, tout ralentissait.

Elle m'ouvrit et je la suivis dans son bureau. Je m'installai sur le fauteuil en cuir confortable de la dernière fois et elle s'assit sur son crapaud de velours mauve ce qui me fit sourire, car elle était habillée de la même couleur. Un vrai caméléon. Elle avait au moins réussi l'exploit de détourner mon attention de mes problèmes l'espace d'un instant.

— La fenêtre ouverte ne vous dérange pas, monsieur Solange ? L'exposition et la végétation permettent de laisser entrer un air relativement frais. C'est étonnant, n'est-ce pas ? Parce qu'il fait déjà très chaud dehors.

— C'est vrai, c'est très agréable.

— Comment vous sentez-vous aujourd'hui ?

— Comme hier, mais en pire. J'ai l'impression de faire un pas en avant et deux en arrière. La séance d'hypnose n'a rien donné et au travail, eh bien, je réalise qu'il me manque encore beaucoup d'éléments.

Le docteur retira ses larges lunettes rouges et dévoila des yeux verts rieurs, presque farceurs puis elle poursuivit :

— Avez-vous bien fait ce que je vous ai demandé ?

— C'est-à-dire ?

— Observer, noter des détails, des hasards, des faits anodins, mais qui vous interpellent.

— Non. J'avoue ne pas y avoir pensé.

Son regard pétillait, elle me dévisageait et me scrutait comme si mes paroles revêtaient une importance extrême. Pourtant, je me trouvais plutôt inconsistant. Je m'étais endormi lors de la première séance, je ne me souvenais de rien et j'avais complètement zappé cette histoire d'observation. J'étais vraiment loin d'être le patient modèle.

— Je comprends. Ce n'est pas une démarche courante. Le plus difficile, c'est de commencer. Ensuite, ça vient tout seul. Est-ce qu'il y a des coïncidences, des répétitions, des évènements sans importance qui vous reviennent, là, maintenant ?

— Non, rien. À moins que… mais non, ça n'a rien à voir.

— Oui ?

— C'est idiot.

— Allez-y, rien n'est idiot.

— Eh bien, il y a ces réveils, à 2 h 20. Je me réveille très souvent à 2 h 20, la nuit.

— Que se passe-t-il à ce moment-là ?

— Rien. J'ouvre les yeux, il est 2 h 20, je me dis que c'est troublant et je me rendors.

— Ça vous arrive fréquemment ?

— Oui. Et il y a les cauchemars aussi. Parfois, c'est juste un sentiment d'oppression, une vague angoisse, une ombre sombre qui plane au-dessus de moi et d'autres fois, ce sont de vrais cauchemars. Des trucs horribles. Ensuite, je me réveille. À 2 h 20.

— Que se passe-t-il dans ces cauchemars ?

— Je n'en sais rien ! J'oublie tout dès que j'ouvre les yeux. Et c'est tant mieux ! Ça me glace le sang rien que d'y penser. Qu'ils restent où ils sont, ceux-là !

Elle remit ses lunettes et emboîta ses mains l'une dans l'autre comme si elle se réjouissait d'une nouvelle extraordinaire.

— Vous avez fait une excellente observation ! Je vous félicite, monsieur Solange, c'est formidable !

— C'est gentil, mais je n'irais pas jusque dire que c'est formidable.

— Vous avez enclenché le processus. Maintenant que vous avez identifié ces éléments, d'autres vont venir. C'est un excellent travail de guérison. Restez attentif à vos synchronicités,

— Mes quoi ?

— Vos synchronicités.

— Qu'est-ce que c'est ?

— J'ai oublié de vous expliquer ce que sont les synchronicités. Cela consiste à observer au moins deux évènements qui ne présentent pas de lien de causalité, mais dont l'association prend un sens pour la personne qui les perçoit. Le fait de remarquer que vous vous réveillez à la même heure et que ces réveils sont associés à des cauchemars est une sorte de synchronicité. C'est votre petite voix intérieure qui vous parle, qui vous guide et qui vous dit d'examiner attentivement ces cauchemars. Quand vous commencez à observer les synchronicités, vous ouvrez une porte vers vos intuitions et vous verrez, beaucoup d'autres portes s'ouvriront.

— Intéressant. Je ne connaissais pas ce concept.

— C'est un psychiatre qui a mis à jour cette notion : Carl Gustav Jung. Vous savez comment ?

— Non.

— Jung écoutait une patiente en analyse qui lui racontait un rêve effectué la veille dans lequel elle se voyait remettre un bijou en or de la forme d'un scarabée. Au même instant, Jung entendit un léger tapotement contre la fenêtre de son bureau et constata qu'un scarabée doré avait heurté la vitre. Il ouvrit la fenêtre, recueillit le scarabée et le tendit à sa patiente en lui disant « Votre scarabée, le voici ». L'épisode aurait provoqué une fissure dans le rationalisme de la patiente, ce qui lui permit d'ouvrir les portes de son inconscient et de débloquer son analyse qui jusque-là piétinait.

— Un scarabée… tiens, c'est drôle.

— Pourquoi ?

— Je sens que ça va vous plaire, docteur, une synchronicité, comme vous dites : je me suis inspiré d'une espèce particulière de scarabée pour travailler sur l'élaboration de mes micro-robots. Ils sont dotés de caractéristiques très intéressantes. Dans mon équipe on les appelle d'ailleurs les scarabées.

— C'est une très belle coïncidence en effet. Mais ce n'est pas tant l'observation qui est importante, que l'état d'esprit dans lequel vous vous mettez au moment de cette observation. Il s'agit, principalement, d'élargir votre conscience, d'éloigner vos réticences, vos blocages. Ne jugez pas vos observations. Accueillez-les, c'est tout.

— Je vous promets d'essayer.

— Parlez-moi de vos scarabées. Quelles sont leurs fonctions, à quoi servent-ils ?

— À sauver des vies. Quand ils seront au point, et j'y suis presque arrivé, ils seront capables de secourir des victimes de tremblement de terre, d'avalanche, ou de n'importe quelle autre catastrophe, naturelle ou non.

— Le sujet semble vous passionner.

— J'ai mis des années à élaborer, tester, peaufiner ce système d'essaim. C'est l'aboutissement d'un travail acharné.

Je remarquai un mug posé sur le petit bureau. Le même que la veille avec les mêmes traces de thé. Elle ne devait pas le rincer très souvent. C'est drôle. Comme Johanna.

— Est-ce que vous êtes d'accord pour effectuer la deuxième séance d'hypnose ? Bien, alors installez-vous confortablement. Prenez le temps de trouver une position agréable. De vous sentir bien. Laissez-vous bercer par le bruit de la mer, le ressac, le vent et concentrez-vous sur le va-et-vient des vagues sur le rivage. Puis, vous vous imaginez revenir à votre bureau. Vous êtes en train de travailler sur vos scarabées. Vous êtes heureux. Tout se passe bien. Maintenant je vais compter à rebours, de dix à zéro.

Mais au lieu de me laisser aller et de me visualiser paisiblement à mon bureau, je me remémorai le crissement de l'ongle de Jérôme contre la canette. Je me sentis autant horripilé que consterné. Je n'étais décidément pas doué pour l'hypnose.

11. Un Baroni vaut mieux que deux Deltour

J'arrivai essoufflé devant la porte d'Albert. Elle était restée ouverte, certainement en prévision de notre rendez-vous. Il m'attendait, j'étais en retard, mais je m'adossai discrètement contre le chambranle, le temps de retrouver une respiration normale.

Il était de dos, debout, aussi massif qu'un entraîneur d'équipe d'aviron survoltée. Ses cheveux blonds tombaient sur ses épaules et me firent l'effet de lianes insoumises parsemées de mèches blanches qui rebiquaient vers ses oreilles. Certaines d'entre elles, les plus rebelles, s'étaient organisées en boucle. Je me souvins que sa chevelure extravagante avait coutume de voleter à chacune de ses respirations si bien que l'on devinait à l'avance dans quel état il se trouvait en regardant le mouvement de ses mèches : énervé, calme, furieux, excité par une découverte ou l'aboutissement d'un de nos projets. J'aimais les voir dans ces moments-là. Il savait se réjouir, s'enthousiasmer, et il propulsait ainsi une énergie communicative exceptionnelle.

Je m'avançai et fus stupéfait de constater qu'aucun souffle ne s'était aventuré dans ses poils crâniens. Pourtant, je sentis vivement la tension qui émanait de cette pièce : un agent en uniforme était avec lui.

Il sursauta en remarquant ma présence. Il fit virevolter une de ses mèches et afficha sur son visage un mélange de surprise et de rappel soudain d'un rendez-vous oublié. Il surjouait le calme, mais j'avais bien deviné qu'une tempête se cachait sous une inquiétante indifférence.

— Ah, c'est toi Julien ! Viens, assieds-toi, nous t'attendions. Je te présente l'agent Magalie Deltour. Magalie, voici Julien, mon directeur de labo de micro-robotique. Mais nous ferons les présentations plus tard, quand Jérôme sera là.

Je frissonnai. Il régnait un air glacial dans le bureau. Albert Baroni appréciait le froid et réglait la climatisation rarement à plus de 18°. Les poils de mes bras se dressèrent instantanément.

Je m'installai en observant la femme parée d'une chemise à manches courtes estampillée Police nationale. Je devinai qu'elle était gelée même si elle ne montrait aucun signe de gêne.

Ses cheveux bruns et carrés me firent penser à une coiffe égyptienne, et la forme de son nez relativement proéminent me renvoya à un des personnages d'un album de Tintin. Je ne parvins pas à me souvenir duquel. J'étais pourtant un grand fan de Tintin. Son regard se pointa dans ma direction et elle me dévisagea avec insistance. Pour autant, aucune expression, aucun indice ne révélait ses pensées. Elle était blindée. Un vrai bouclier enveloppait ses réflexions. Normal, pour un policier qui avait affaire avec nombre de malfaiteurs.

Soudain, un souvenir s'abattit sur moi. Je connaissais l'agent Deltour. Elle m'avait arrêté, un jour. Elle m'avait menotté, devant les yeux ébahis de mon entourage. Des collègues ? Des proches ? Je ne parvins pas à faire remonter les détails de cet épisode catastrophique de mon existence et mon cerveau refusait de me délivrer l'information essentielle : pourquoi m'avait-elle fait prisonnier ? Quand était-ce ? Mais bon sang, comment avais-je pu oublier un fait aussi capital ?

Pourtant, elle ne m'adressa aucun signe, comme si elle ne me connaissait pas. Est-ce qu'elle faisait semblant ? Ou alors, elle ne m'avait pas reconnu. J'entendis toquer à la porte et la voix tonitruante de Baroni répondit :

— Entre, Jérôme, ferme derrière toi, nous sommes au complet.

La femme détacha ses yeux de moi pour se concentrer sur mon confrère qui, comme à son habitude, arborait une mine à la fois sérieuse et agacée.

Jérôme s'assit, lança un regard sombre vers la fenêtre et déclara, lugubre, en direction d'Albert :

— Il ne devrait pas pousser la clim à ce point. C'est très mauvais pour la planète.

— Ah oui, j'oubliais, répondit Albert, la collapsologie. Tout le monde n'a pas la chance d'avoir un collapsologue dans son équipe, hein ! Magalie, je peux vous appeler par votre prénom ? Vous avez déjà entendu parler de ça, la collapsologie ?

— Non.

— Ce sont des gens qui pensent que la fin du monde arrive.

— Pas du tout. Pas la fin du monde. L'effondrement de notre civilisation qui pille la planète. Il suffit d'observer. Le réchauffement climatique, la destruction de la biodiversité, la crise énergétique, économique, géopolitique…

— Bon, c'est bien ce que je disais, la fin du monde, quoi !

Les yeux d'Albert s'étaient animés d'un flux jaune phosphorescent qui semblait sortir de ses pupilles. Cela me faisait toujours un drôle d'effet quand il dégageait cette énergie débordante, mais cette fois, j'hésitai entre fascination et inquiétude. Son agacement prononcé à l'encontre de Jérôme me mit mal à l'aise.

— Le non, c'était pour le prénom, intervint l'agent Deltour. Et en ce qui concerne la collapsologie, c'est un courant de pensée qui l'on connaît bien. Maintenant, si nous pouvions commencer sans trop tarder, monsieur Baroni...

Albert s'assit en grommelant des paroles qui ressemblaient à des excuses, le dos légèrement voûté, les cheveux devenus soudainement raides et le regard sec. Penaud, il articula :

— Dans la boîte, tout le monde s'appelle par son prénom, alors à force, on prend de mauvaises habitudes. On vous écoute, donc, chère madame.

— Lieutenante Deltour si vous le voulez bien.

Elle se tourna vers mon adjoint et moi-même :

— Bien, messieurs. Comme monsieur Baroni vient de le mentionner, je suis la lieutenante Deltour. Si je suis ici, devant vous, c'est pour recueillir quelques informations sur vos micro-robots. Puis, elle s'adressa à moi : on commence par vous, monsieur Solange ?

— Que voulez-vous savoir exactement ?

Elle ferma un œil, laissa l'autre ouvert, souleva son menton carré comme si elle humait mon odeur et demanda :

— Vous êtes ingénieur en micro-robotique ?

— Absolument.

— Et vous avez développé des micro-robots que vous appelez scarabées, n'est-ce pas ?

— C'est exact. Avec mon équipe, bien entendu. Tout seul, on ne va pas bien loin, dis-je en désignant Jérôme du regard qui en profita pour se présenter.

— Jérôme Ferdinand. Il est l'adjoint de Julien.

— Il ? s'étonna la lieutenante en fermant de nouveau un œil et en levant son menton.

— Et il est sur le projet depuis le début chez Drone-me-up.

Elle fronça des épais sourcils et mon regard se posa sur un poil volumineux qui sortait d'un grain de beauté niché sous le lobe de son oreille droite. Je me souvins avoir réagi de la même manière lors de mon arrestation : je m'étais focalisé sur ce poil pendant qu'elle me menottait, et je m'étais également dit, à ce moment-là, que cette observation était déplacée et ridicule compte tenu de la gravité de la situation. J'avais le don pour rester bloqué sur des détails incongrus.

— Bon voilà, je crois que les présentations sont faites, dit Albert qui enchaîna aussi vite en s'adressant à la lieutenante : alors, comme je vous l'ai déjà expliqué, nous travaillons sur la création d'un essaim de micro-robots dont l'application pratique sera la recherche et le sauvetage des victimes de séismes, avalanches, et autres tremblements de terre.

— Oui, j'ai bien compris, monsieur Baroni, mais ce que j'aimerais savoir, surtout, c'est techniquement, comment ça fonctionne. Qu'est-ce qu'ils font, ces petits robots ?

Je répondis, soulagé de récupérer une partie de mes capacités cognitives et de briller autrement que par mes absences. Mes compétences techniques ne me lâchaient pas. On pouvait toujours compter sur la science. Néanmoins, j'écrasai une inquiétude sourde et croissante qui ne cessait de gonfler dans ma gorge. Pourquoi la lieutenante était-elle ici ?

—Voilà. L'idée est de développer une légion de petits robots qui peuvent s'autoassembler, interagir entre eux afin de se répartir une tâche à accomplir. Chacun fonctionnant à la fois en groupe et indépendamment les uns des autres. L'avantage réside dans le fait qu'ensemble, ils sont plus efficaces. Un micro-robot est aussi petit qu'un moucheron, pas plus de quatre millimètres, et peut se glisser facilement dans n'importe quel interstice. Dans le cas d'un tremblement de terre par exemple, il peut se faufiler à travers les décombres. Quand une victime est localisée, ce micro-robot peut s'assembler avec d'autres afin de multiplier ses forces et procéder au désengagement de la personne accidentée et ceci, dans des endroits où la présence humaine est compliquée, voire impossible.

— Vous voulez dire que ces nanos robots sont capables de pousser des objets ou des obstacles ?

— Pas des nanos robots, des micros-robots, dis-je. Ils mesurent quatre millimètres de longueur, trois de largeur et deux d'épaisseur et oui, ils sont capables d'un tel exploit, c'est une vraie prouesse technique.

— Pour en arriver là, nous nous sommes basés sur l'étude des insectes et précisément sur celle du scarabée, dit Jérôme. Cet insecte possède des capacités très intéressantes.

Mon adjoint attendit une réaction de la lieutenante qui prenait des notes sur son calepin sans lever les yeux. Il hésita à poursuivre et préféra patienter le temps qu'elle termine.

Baroni bouillait intérieurement. Il n'aimait pas les blancs dans les discussions, et il détestait attendre. Les entretiens devaient aller vite, sans interruption, il en était généralement le principal conducteur et le dernier mot lui revenait toujours. Il s'apprêta à récupérer les rênes de la conversation quand la lieutenante le coupa :

— Vous utilisez donc de l'intelligence artificielle ?

— Bien sûr, répondis-je sans laisser Albert ouvrir la bouche, c'est grâce à l'intelligence artificielle que nos micros-robots sont capables de prendre des décisions. Ils calculent le meilleur moyen de déblayer la zone en fonction des matériaux rencontrés et de la configuration des lieux.

Elle leva légèrement le menton et ferma un œil. Qu'avais-je dit de si incongru ?

J'échangeai un regard avec Jérôme et Albert et je finis par demander :

— Mais pourquoi nous posez-vous toutes ces questions ?

Albert avait repoussé ses cheveux derrière ses oreilles, signe d'une prise de parole solennelle. Pour autant, j'étais loin de m'imaginer qu'il allait frapper au plus profond de ma blessure.

— Lieutenant, il faudrait leur expliquer pourquoi vous vous intéressez à nos micro-robots. Puis, il se tourna vers Jérôme et moi : il faut que je vous dise, je sais que ça va vous faire un choc, surtout pour toi, Julien, car ça concerne Marc. Bon, voilà, c'est difficile à croire, on ne comprend pas très bien, mais on a découvert un scarabée dans le corps de Marc.

Une vive douleur transperça mon cœur. Il s'émiettait, aussi fragile qu'une fine feuille de papier desséchée par la chaleur d'un incendie. La lieutenante enchaîna :

— Monsieur Loizot est décédé de mort subite, c'est-à-dire qu'il a succombé de façon inopinée, en dehors de toute action extérieure et dans un délai de quelques minutes. Le médecin qui a constaté sa mort, à 2 h 20 ce samedi après-midi, n'a relevé aucune trace suspecte sur le corps, aucun coup, aucune plaie, ce qui laisse à penser à un problème cardiaque. Seulement, Marc Loizot ne souffrait d'aucune pathologie particulière, d'aucun problème génétique et il avait une excellente condition physique. Son frère a fait des pieds et des mains pour que le médecin qui a constaté le décès demande une autopsie médicale. Ce qui fut fait. En procédant aux premières incisions, le médecin a découvert un corps étranger de la taille d'un grain de riz entièrement métallique. Après observation, il a réalisé qu'il s'agissait d'un robot. De par l'étrangeté de sa découverte, il a jugé préférable de nous signaler le fait. D'où ma présence ici, aujourd'hui. On n'ouvre pas d'enquête, mais on s'interroge. Voici des photos dudit robot. Vous êtes la seule entreprise élaborant ce genre de micro-robot dans la région donc, forcément, notre attention s'est focalisée sur vous, d'autant plus que monsieur Loizot travaille, enfin je veux dire, travaillait ici. Vous confirmez qu'il s'agit bien d'un de vos scarabées ?

Elle glissa sur la table deux grands clichés. Je n'eus pas besoin d'observer de près les images pour comprendre qu'il s'agissait effectivement de l'un de mes robots.

— C'est celui que nous avons perdu !, s'exclama Jérôme comme s'il avait trouvé la réponse à la plus importante des énigmes.

— Vous aviez constaté un robot manquant ? demanda la lieutenante à Albert dont les yeux annonçaient un déferlement d'éclairs jaunes fluorescents.

— On vient tout juste de s'en apercevoir. Ça date de ce matin. N'est-ce pas, Jérôme ? répondit-il en fixant mon adjoint du haut de sa stature. Il semblait plus grand et plus volumineux qu'avant.

Moins on en dit, mieux c'est, secret industriel, avait l'habitude de répéter Albert. Il le pensait tellement fort que je pouvais l'entendre. D'ailleurs, notre présentation succincte auprès de la lieutenante s'était bornée aux informations indiquées sur la plaquette commerciale destinée à nos potentiels clients.

Elle écrivit des notes sans fin sur son calepin, puis le ferma d'un claquement bref et proclama en se levant :

— Très bien, je vous remercie pour ces renseignements, messieurs. Nous devions vérifier la provenance, comprendre comment un tel bijou de technologie avait bien pu se retrouver dans le corps sans vie d'un joggeur. Voilà. Vu que Marc travaillait dans le labo de micro-robotique, nous avons un début de réponse.

— Non, il ne travaillait pas dans le labo de micro-robotique, précisa Jérôme, il travaillait dans le département Systèmes de surveillance. Ce n'est pas tout à fait la même chose.

Elle se rassit, se tourna de nouveau vers Albert, un imperceptible sourire accroché aux lèvres :

— Mais je n'avais pas du tout compris ça, monsieur Baroni. Si je me souviens bien, vous m'avez dit que Marc travaillait dans le domaine de l'intelligence artificielle et moi j'ai compris qu'il travaillait sur l'intelligence artificielle des micro-robots.

Deux ronds rouges s'étaient formés sur le haut des joues d'Albert. Il fulminait, il détestait les précisions de Jérôme.

— Marc a développé l'intelligence artificielle des micro-robots et maintenant, il travaille sur l'intelligence artificielle liée à la reconnaissance faciale de nos systèmes de surveillance.

Elle ferma un œil tout en conservant l'autre fixé sur Baroni.

— Des systèmes de surveillance ? Et avec de la reconnaissance faciale, en plus. Ça m'intéresse, la sécurité, c'est aussi notre domaine, vous savez. Ça fonctionne de quelle manière ?

— C'est très simple, répondit Albert d'une voix forte et assurée, le client détermine les autorisations, c'est-à-dire qui a accès à quoi et quand. Il insère ensuite la photo des personnes concernées, il programme le tout dans le système et voilà : les portes s'ouvrent après que la caméra a inspecté les lignes du visage.

— Très préconfortant. Je veux dire, très pratique. Et réconfortant aussi, en quelque sorte. Plus besoin de clé ou de badge. Moi qui perds toujours le mien, je dois admettre que ça me serait bien utile. Et qui sont vos clients ?

— Des banques, des assureurs, des hommes d'affaires…

Elle griffonna rapidement quelques lignes puis elle se releva. L'entrevue touchait à sa fin, au grand soulagement d'Albert qui s'apprêtait à déplier son corps massif et marquer le mot final. Néanmoins, je lâchai :

— Excusez-moi, lieutenante, il y a quelque chose que je ne comprends pas. Vous avez bien dit que le médecin avait constaté son décès à 2 h 20 ?

— Oui, c'est ça. Pourquoi, ça vous étonne ?

— Non, c'est juste que je ne trouve pas ça logique. 2 h 20, c'est la nuit. La journée, on ne dit pas 2 h 20, on dit 14 h 20.

— Il est d'accord avec lui, ajouta Jérôme. 2 h 20 de l'après-midi, ce n'est pas précis et du coup, il y a ambiguïté.

Puis, après un silence, il ne put s'empêcher de clarifier :

— Entre le jour et la nuit.

— On avait compris, lâcha Albert.

La lieutenante marqua une hésitation, ferma son œil, souleva le menton et répondit :

— C'est ce qui est indiqué dans le rapport. Mais si cela vous trouble à ce point, je vérifierai.

12. Secrets industriels

Albert referma doucement la porte, attendit longuement que la lieutenante s'éloigne, l'oreille collée contre la paroi pour vérifier qu'elle partait véritablement, puis s'exclama :

— Une fouineuse, il ne manquait plus que ça !

— Elle fait son travail, c'est tout, remarqua Jérôme.

— Je ne la sens pas, cette fille. Elle va se mêler de nos affaires, nous les briser, c'est sûr !

— Mais c'est bien, tout de même, qu'elle soit venue nous prévenir, persista Jérôme.

— Elle va surtout nous chercher des noises, oui !

— Tu étais au courant, Albert, pour le robot retrouvé dans Marc ? demandai-je.

— Bien sûr que non ! Elle me l'a annoncé juste avant ton arrivée. Elle m'a pris de court. D'ailleurs, je n'ai même pas pensé à lui réclamer un papier officiel, une carte, ou quelque chose comme ça. Et après, elle s'étonne que j'oublie de lui parler du robot manquant. Mais quel toupet ! Et puis quoi encore, elle veut que je lui donne le journal des opérations de la boîte ? Mais j'y pense, si ça se trouve, elle n'est pas de la police, si ça se trouve, elle est venue faire de l'espionnage industriel !

— Il a vu une voiture banalisée garée sur le parking.

— Et alors ? Ça ne veut rien dire. T'as pas idée de ce que sont capables d'imaginer nos concurrents pour nous piquer nos innovations. Non, tu es très loin d'imaginer ça ! D'ailleurs, qu'est-ce qui t'a pris ? T'as une éponge à la place du cerveau ou quoi ? Pourquoi lui préciser que Marc travaillait dans un service différent ? À l'avenir t'es prié de garder tes précisions pour toi, je suis clair ?

— Pardon, mais les précisions c'est important dans notre métier. Il s'excuse d'être professionnel. Il est peut-être un peu trop précis, parfois, mais il ne sait pas mentir.

— Comment ce robot est-il arrivé là ? demandai-je.

— Mais c'est plutôt à moi de te poser la question, Julien, excuse-moi de te le dire, mais c'est ton essaim, tes scarabées, tu es censé maîtriser le truc, c'est toi qui en es responsable ! Et puis, il va falloir fournir une explication cohérente au lieutenant, alors faite fonctionner vos neurones, trouvez une explication, s'agit de la rassurer et de la renvoyer chez elle.

— Il sait bien qu'il agace, mais il voudrait tout de même rappeler qu'il a été à l'origine de plusieurs découvertes essentielles, dont celle de la miniaturisation de la caméra embarquée. Et ça, c'est quand même grâce à ses fameuses précisions.

— Bien sûr, Caliméro, on apprécie son travail et on apprécierait aussi qu'il se bouge la coquille pour trouver une théorie sur le scarabée retrouvé dans Marc.

— Est-ce que le robot aurait pu tuer Marc ? demandai-je, sans même m'en rendre compte.

— Mais enfin, Julien, tu délires ou quoi ? Qu'est-ce qui te prend ?

— C'est juste que, la coïncidence est troublante.

— Tu éviteras tout de même d'émettre ce genre d'opinion douteuse devant le lieutenant. Nous avons besoin d'une analyse plausible à lui fournir, je dis bien plausible ! Pas une histoire farfelue qui va lui monter le bourrichon ! Allez, on se creuse les méninges !

Il ondula son siège de gauche à droite en un mouvement continu et rythmé, un métronome pour activer nos cerveaux que nous suivions depuis nos chaises statiques et ridiculement petites.

Il s'arrêta sur le côté, face au mur, croisa les bras au-dessus de son ventre en s'inclinant légèrement en arrière et tapota son menton avec des doigts volumineux. Puis, il se retourna vers nous et s'exclama d'une voix forte et puissante :

— On va lui expliquer que Marc assistait de temps à autre aux tests, qu'il a, sans que l'on comprenne très bien comment, avalé le robot, et que ce dernier est resté coincé dans une des cavités de son œsophage.

— Mais il ne venait pas aux tests.

— Enfin Jérôme, tu le fais exprès ou quoi ? On s'en fiche ! On élabore un scénario à raconter au lieutenant, c'est tout !

— Mais… il ment ?

— Bien sûr que non ! Décidément, Jérôme, tu manques de subtilité ! J'émets des hypothèses, je fais avancer le raisonnement pour clarifier la situation. Tu pourrais être plus coopératif et chercher des idées avec moi. À chaque problème, une solution alors, j'aimerais bien que vous m'aidiez à la trouver, cette solution ! On dira au lieutenant que Marc est passé dans le labo lors du dernier test et qu'il a avalé le robot. Ça devrait suffire pour la calmer. Je n'ai vraiment pas envie de la voir fouiner du côté de nos systèmes de surveillance. Ça la piquait, je l'ai bien vu et avec le type de clientèle que nous avons... Enfin, vous savez bien, quoi, le secret industriel, c'est la base.

— Il n'a jamais dévoilé aucun secret industriel.

— Je sais, Jérôme, ce n'est pas ce que j'ai voulu dire, mais simplement, des fois, en badinant, on en dit trop. Bref, revenons à notre enquête interne. J'espère que c'est bien l'unique scarabée qui s'est fait la malle. Vous avez vérifié les autres essaims ?

— Oui, répondit Jérôme, il n'y a pas d'autre robot manquant.

Albert entreprit une série de grattage méthodique au niveau du menton puis il fit tournoyer ses doigts autour d'un bouc imaginaire. Au bout de quelques secondes, il dit, d'une voix étrangement calme et posée :

— Bon, voilà ce qu'on va faire. Inutile d'affoler l'équipe avec cette histoire de robot retrouvé dans le corps de Marc. Inutile de perturber nos clients non plus. Donc, pas un mot. On ne dit rien à personne. Jérôme, est-ce que tu as parlé du robot manquant à quelqu'un ?

— Personne, à part avec Louis qui a découvert la disparition.

— Très bien. Et toi, Julien ?

— Idem.

— Voilà. Julien, tu m'imprimes le journal des opérations sur les quinze derniers jours, histoire de fournir de la lecture au lieutenant si jamais elle revient nous titiller les poils de pieds. Comme il n'y a pas eu de mouvement, elle n'aura rien à dire. On a les pieds propres, nous, messieurs. Et à côté de ça, toi et Jérôme, vous notez tous les éléments qui vous paraissent inappropriés. Mais discrètement, hein ? Vous n'en parlez à personne.

Albert se leva d'un bond, ouvrit la porte et nous lança en nous montrant la sortie :

— Et bien entendu, tout ceci ne doit pas entraver l'avancement de nos recherches. Tout va bien de ce côté-là ?

— Pas de souci, mentis-je.

Nous sortîmes et tandis que nous avancions silencieusement dans le couloir, une vive aigreur remonta depuis le bas de mon estomac jusque vers ma gorge. Je réalisai que j'étais épuisé et que je n'avais rien mangé depuis la veille.

Je questionnai mon adjoint :

— Qu'est ce que tu en penses, toi, de ce robot retrouvé dans Marc ?

— Il ne sait pas trop. Ça voudrait dire que Marc aurait avalé le robot il y a quinze jours, lors du dernier test et qu'il l'aurait gardé dans son corps tout ce temps-là ?

— Si les ailes du scarabée étaient dépliées, les piquants auraient pu se coincer dans une des cavités de l'œsophage, comme pour une arête de poisson.

— Il l'aurait senti quand même ! Et puis, Marc n'assistait pas aux tests. Sauf s'il était venu pour celui-ci ? Lui, il n'en sait rien vu qu'il était en congés, mais lui, Julien, il doit savoir, non ?

— Possible, je ne sais pas.

— Il ne sait pas s'il a invité Marc aux tests? Il ne voudrait pas faire son Albert, mais, il est vraiment sûr que ça va, la tête ?

— J'admets qu'avec mon accident, il m'arrive d'avoir quelques petites absences. Mais rien de grave, je t'assure, ça va passer.

— Il a vu un docteur ? Il ne doit pas négliger sa santé, on a déjà perdu Marc, on aimerait bien le garder, lui ! On ne sait pas, hein, on ne peut pas réinventer l'histoire, mais si Marc avait consulté un médecin avant sa crise cardiaque, peut-être que tout ceci ne serait pas arrivé. Il avait constaté, en tout cas qu'il n'était pas dans son assiette ces derniers temps. Il était stressé.

— Comment ça, stressé ?

— Il avait remarqué que Marc était plus distant que d'habitude, l'air soucieux, le teint un peu plus livide, aussi. Il pensait que c'était à cause de la Fiat toute neuve qu'il venait d'acheter. Il s'intéresse à cette voiture, car il compte s'offrir un 4X4, lui aussi, il lui expliquera pourquoi. Du coup, il s'inquiétait de savoir s'il y avait un problème avec le modèle, car Marc avait un rendez-vous avec la commerciale et ce n'est pas normal de revoir la commerciale après l'achat. Il lui a posé la question et Marc a répondu qu'il était un peu stressé, mais que ce n'était pas à cause de la voiture, que c'était relatif au travail. Un client difficile apparemment.

— Il a précisé lequel ?

— Bien sûr que non, top confidentiel.

— Et les clients de chez Drone-me-up ne sont pas n'importe quels clients, on connaît la rengaine. Des clients exigeants, hauts placés, influents. Moins on en dit, mieux c'est. Devise de la boîte et on évite les précisions devant des tiers, n'est-ce pas ? Tu l'as bien énervé Baroni tout à l'heure, dis-je en lui décochant un clin d'œil.

— C'est vrai qu'il aime la précision, mais lui, au moins, il est droit dans ses bottes, il ne travestit pas la réalité !

Il hésita, amorça un sourire puis enchaîna doucement, comme s'il me livrait un secret :

— Pour la Fiat 4X4, il ne le lui avait pas dit, mais… voilà, il a acheté sa grange dans les Pyrénées. Accessible seulement en 4X4 et à pied. Pas de réseaux, zone totalement blanche. Pas d'Internet, pas de technologie, uniquement la nature. Une source à proximité, construite avec des matériaux entièrement naturels : bois, pierre, tuile en ardoise. Pas de pollution. Aucun voisin, il est le seul sur son vallon. Il va pouvoir regarder la voûte céleste, le soir. Il est tellement heureux, il la lui fera visiter !

— C'est formidable Jérôme, je suis vraiment content pour toi.

En passant devant l'hôtesse d'accueil, nous vîmes la lieutenante Deltour quitter les lieux. Elle avait remis son badge en échange de sa carte d'identité, ce qui lui avait visiblement pris du temps. Elle entra par le côté passager de la voiture de police qui démarra aussi sec.

L'hôtesse nous adressa un sourire de circonstance, en fermant légèrement les yeux et en baissant tout aussi discrètement le visage. Combien de fois exécutait-elle ce mouvement dans la journée ?

Sur la gauche, le couloir nous menait vers nos locaux et sur la droite se trouvait le bureau de Marc. J'eus soudainement l'envie de m'y rendre, de fouiller ses dossiers, de trouver ce fameux client qui lui causait du souci. Mais le pas décidé de Jérôme m'entraîna de l'autre côté et je ne disposais bien évidemment pas des autorisations nécessaires pour pénétrer dans cette partie de la boîte. Accès réservé. Secret défense.

— Tu connaissais la lieutenante Deltour ?

— Non. Pourquoi, il avait l'air ?

— Pas vraiment. C'est juste que son visage m'est familier. Je me demande si je ne l'ai pas déjà croisé quelque part.

— Il s'en souviendrait.

— Moi ?

— Ben oui, lui ! Il s'en souviendrait, une fille comme elle !

— Que veux-tu dire ?

— Voyons, ce n'est pas une femme qui passe inaperçue.

— C'est-à-dire ?

— Mais enfin… il a pas remarqué ? Quelle classe ! Quel charme ! Et quel caractère ! Elle est concise et précise. Intelligente. Elle a du flair, ça se voit. Mais, bon sang, quelle femme ! Une beauté !

13. Porte, ouvre-toi !

La sécurité de Drone-me-up avait été mise en place par Marc lui-même, et reposait sur son fameux système de reconnaissance faciale. Tous les collaborateurs s'étaient fait prendre en photo pour son bon fonctionnement.

À l'entrée de chaque zone, une caméra vérifiait la concordance entre l'individu et la photo et ho, miracle ! les portes s'ouvraient comme par magie. Ou non, selon les autorisations accordées.

Mais on dit bien que les cordonniers sont les plus mal chaussés et chez Drone-me-up, il existait un point faible : la gestion des visiteurs. Lorsqu'un invité se présentait, on lui donnait un badge « visiteur » qui permettait l'ouverture de toutes les pièces de l'entreprise. Cela évitait de perdre du temps dans des programmations fastidieuses à chaque fois, et Baroni avait considéré que les invités étaient fatalement accompagnés donc, étroitement surveillés.

Magalie Deltour avait rendu son badge à l'hôtesse selon la procédure habituelle. Cette dernière le conservait jusqu'à ce qu'elle le remette au service Sécurité, en fin de journée. J'avais peu de temps pour agir.

Je m'arrêtai devant la machine à café, idéalement située à quelques pas du bureau d'accueil. Je sélectionnai une boisson, fis mine de m'étirer, de me relaxer et de m'asseoir sur l'un des sièges de l'espace détente tout en observant la jeune femme au sourire imperturbable.

Elle m'avait de nouveau adressé un salut discret en baissant le menton vers ses genoux puis elle se figea dans une posture neutre, le regard fixe, droit devant.

De loin, j'examinai son poste de travail et j'aperçus le badge, distraitement posé dans l'une des bannettes. Il suffisait de le prendre… C'était tellement tentant. Mais je devais d'abord éloigner l'hôtesse ou détourner son attention. Comment faire ? Attendre une de ses pauses ? Elle devait certainement en faire, ne serait-ce que pour se rendre aux toilettes. À moins qu'Albert ne l'ait pas autorisée à quitter son poste pendant les heures de travail. Il en était bien capable. Et peut-être parvenait-elle à se contenir longtemps ? Quoi qu'il en soit, elle allait finir par considérer ma présence prolongée dans l'espace détente étrange. Moi qui n'y allais jamais.

Mais tandis que je cogitais sans trouver de réponse, l'hôtesse se leva doucement et se dirigea vers les sanitaires. Elle avait profité d'un moment de calme. Il n'y avait aucun mouvement dans les couloirs et j'avais dû rester suffisamment longtemps devant la machine à café pour que je me fonde avec elle.

Je m'avançai immédiatement vers la bannette, étourdi par cet heureux hasard et je m'emparai du badge.

Je me faufilai dans le corridor qui par chance était désert et j'entrai dans le bureau de Marc sans être vu.

Je prenais un risque, les va-et-vient étant enregistrés dans le système central de sécurité et je savais que mon intrusion serait consignée quelque part. Mais c'était le seul moyen.

En m'approchant de son ordinateur, je refrénai un spasme, une soudaine envie de pleurer devant ses affaires personnelles : une veste accrochée au portemanteau et oubliée là, une écharpe qui prenait la poussière, son mug I love Chicago rapporté de son dernier voyage avec des traces de caféine déposée sur les bords.

Je parcourus rapidement les papiers, dossiers et cahiers laissés sur son bureau. Il n'y avait rien d'intéressant. Des notes techniques, des points d'avancement et des plans d'action.

Son caisson était fermé à clé. Impossible de l'ouvrir. Je regardai dans son pot à crayons au cas où il y aurait caché la clé, mais il n'y avait rien.

En soulevant une pile de dossiers, je tombai sur un article du journal Le Monde. Il datait de quelques semaines. Je lis :

Morts en série chez la Cosa Nostra

Des morts en série du côté de la Cosa Nostra laissent perplexes les autorités judiciaires américaines. Le dernier en date, Fredo Benedetto, a été retrouvé sans vie dans le jardin de sa villa alors qu'il faisait sa sieste. Sa famille n'a fait aucun commentaire, mais quelques mauvaises langues mentionnent son surpoids et sa consommation excessive de whisky. Les mafieux seraient-ils donc en mauvaise santé ? Si Fredo Benedetto était le patriarche qui a régné sur l'une des plus grandes familles de la Cosa Nostra, d'autres membres moins éminents, mais tout aussi importants et selon certains, encore actifs, sont décédés récemment. Y aurait-il une ingestion d'alcool et de mauvais gras déraisonnable au sein de la Cosa Nostra ? Ces morts sonneraient-ils enfin le glas d'une organisation archaïque ? Si certains se félicitent de ces disparitions, d'autres pointent du doigt l'inefficacité du système judiciaire américain qui préfère voir ses vieux mafieux s'éteindre de leur mort naturelle plutôt que d'enquêter et de les poursuivre pour leurs crimes et leurs trafics en tous genres. À quand une vraie justice ? La mafia sera-t-elle punie un jour pour ses méfaits ?

Je reposai l'article sous la pile et rangeai le tout comme je l'avais trouvé. Je soulevai son clavier d'ordinateur et fus stupéfait d'y découvrir un code écrit sur un post it. Est-ce que tout le monde notait ses mots de passe sous ses claviers d'ordinateurs ? C'était absurde de laisser un code aussi près de son utilisation. Mais après tout, qui pouvait mémoriser la kyrielle de mots de passe dont nous avions besoin.

J'ouvris sa session informatique et cherchai immédiatement son répertoire de fichiers. Je repérai le dossier « Clients » à l'intérieur duquel j'identifiai un fichier nommé « Liste clients ». Je l'ouvris. C'était un fichier Excel contenant plus d'une centaine de lignes. J'y découvris les noms, les adresses, et numéro de téléphone des clients de Marc. J'imprimai le document, attrapai les feuilles, fermai la session informatique et sortis discrètement.

En repassant devant l'accueil, je fis mine de ramasser la carte au pied du bureau en m'exclamant « tiens, c'était par terre » et je tendis le badge à l'hôtesse. Je me fichais de savoir si mon stratagème avait fonctionné, si j'avais été crédible ou non. Je détenais la liste des clients, j'allais pouvoir enquêter, c'était tout ce qui m'importait.

Je m'éloignai, satisfait des documents que je venais de voler quand soudain, une vive douleur s'attaqua à mon poignet. Un chalumeau invisible projetait une flamme qui dévorait ma chair. J'étouffai un cri, ouvris la main, lâchai les feuilles et m'affalai sur le sol. Accroupi, j'agrippai mes doigts pour contenir la douleur et chasser le feu. D'où venait-il ? Pourquoi avais-je aussi mal ?

Alors, il se passa quelque chose qui dépasse l'entendement. J'étais seul dans le couloir, et pourtant on chuchota derrière mon oreille : « Kochner ». On le murmura plusieurs fois et je restai figé jusqu'à ce que le son s'éteigne. Ensuite, une vision effrayante s'invita : des cadavres, du sang, des menaces mises à exécution, des hommes sans foi ni loi, pires que des voyous, le mal, l'horreur absolue. Des pervers qui se délectent de la souffrance des autres.

Je me retournai, le couloir était désert. J'étais terrorisé, épouvanté et je paniquai : j'étais en train de perdre la raison.

14. Salut vous

Je retournai dans mon bureau en faisant résonner une fois de plus ce son si particulier : *Kochner*.

D'où venait ce chuchotement ? Et pourquoi avais-je imaginé des scènes d'une telle violence ? Ma tête me jouait des tours. Je me ressaisis et trouvai l'explication : un larsen s'était invité dans mes oreilles et, avec la fatigue, le grésillement s'était transformé en une voix. Quant aux images, je les avais purement et simplement imaginées à cause de l'article lu sur les mafieux.

Comme disait le docteur, le cerveau, dans son entreprise de duperie pour éviter les chocs trop importants, invente, imagine et interprète les faits en les déformant.

Une fois installé à l'abri du regard des autres, et surtout de Jérôme, j'étalai les feuilles devant moi et je commençai à les décortiquer minutieusement.

Je passai tous les noms en revue, mais je n'y vis rien de particulier. Je vérifiai qu'aucun Fredo Benedetto, le mafieux décédé dans l'article de journal, ne figurait dans la liste. Baroni vendait ses systèmes à des banquiers, des hommes d'affaires influents et même à quelques politiciens, mais il n'irait quand même pas jusqu'à traiter avec des brigands.

Je fis encore défiler les noms de la liste. Aucun Kochner.

J'hésitai. Cela défiait toute logique. C'était agaçant, obsédant. J'ouvris une session Internet et lançai une recherche. Un seul résultat tomba, pas vraiment probant :

Éva Kochner, fondatrice de l'agence immobilière Koch à Bruges en Belgique.

Je rentrai chez moi, sans pensée, sans émotion, comme un automate, et ce fut sûrement grâce à ce curieux réflexe que je ne pleurais pas, que je gardais une distance entre la disparition de Marc et moi-même. Comme s'il était parti en voyage. Un long voyage sans Internet avec comme unique moyen de communication, des conversations intérieures.

Je n'avais plus mal à mon poignet, je n'en conservais aucune trace, la douleur était partie aussi vite qu'elle était apparue si bien que je doutai même, à présent, de sa réelle existence.

La lumière chaude des fins de journée projetait dans le salon une inattendue et salvatrice douceur qui m'entraîna sur mon canapé. Je m'affalai, mais ne laissai pas le sommeil m'emporter. Je voulais encore décortiquer la liste, dénicher des indices, mais mon cerveau me fit clairement comprendre que je devais l'alimenter autrement que par des pensées inquiétantes.

Je fis défiler sur mon mobile les restaurants qui proposaient une livraison à domicile et, pour chacun d'eux, je me demandai si Marc aurait aimé tel ou tel plat.

J'optai pour une pizza. Tout le monde aime les pizzas.

Je dévorai plus de la moitié d'une Royale devant le journal télévisé et, quand je m'apprêtai à éteindre le poste, une dernière information m'interpella : on avait retrouvé dans la demeure du mafieux Fredo Benedetto, récemment décédé, une vingtaine de corps coulés sous le béton de sa terrasse. Les enquêteurs suspectaient l'existence d'autres corps camouflés dans le domaine du mafieux.

Plus tard, dans la nuit, une tempêtc s'abattit sur moi. Un monstre s'invita dans mon sommeil.

Je captai tout d'abord une présence. Ce n'était pas un humain ni un animal, pourtant c'était organique, une autre forme de vie. La créature prenait de la consistance, se densifiait et j'aperçus, horrifié, un grand squelette blanc allongé derrière moi. Figé dans mon sommeil, je ne pouvais ni bouger ni crier.

La chose resta là un long moment, accrochée en haut de mon dos, collée contre ma peau au niveau des omoplates ce qui, au moment où je le réalisai, provoqua en moi un immense dégoût. Alors, une odeur pestilentielle me submergea et comme si elle avait compris que j'étais au bord du malaise, elle refréna ses effluves. Son objectif était clair : me maintenir durablement dans cet état. Comme une araignée qui organise son garde-manger en enveloppant ses proies dans un cocon de filaments. Elle me conservait ainsi à sa merci.

Je serrai les dents et attendis. Il n'y avait rien d'autre à faire que patienter jusqu'à ce qu'elle parte. L'ignorer était la meilleure des techniques. Mon instinct me dictait de ne pas lui laisser trop d'importance. Je retournai dans la pénombre de mon sommeil et je finis par me demander, en fin de compte, s'il ne s'agissait pas de mon propre squelette. Je me calmai. Ce n'était qu'un cauchemar, un simple cauchemar.

Un bruit me sortit soudainement de cet apaisement précaire. Un sifflement qui gonfla mes poumons et passa à travers ma gorge :

« Salut vous »

En sursautant, je réalisai, épouvanté, que le grand squelette blanc se tenait toujours derrière moi, accroché à mon dos et qu'il s'était paré d'une perruque blonde.

Je voulus hurler, mais je n'y parvins pas. La chose possédait le pouvoir de me rendre muet. Et quand sa main entreprit de comprimer ma tranchée, qu'elle se mit à serrer ma gorge, dans l'intention évidente de me tuer, je paniquai, je tentai de crier, mais comment émettre un son sans cordes vocales ? Le noir s'invita alors dans mes pensées, et je perdis connaissance.

Quand je repris mes esprits, le monstre était parti, il m'avait laissé au bord du lit, essoufflé avec la désagréable impression d'avoir couru un marathon et avec ces mots qui filaient dans ma tête :

« Salut vous »

Je jetai un œil au réveil. 2 h 20. Évidemment. Je me levai, chancelant, et allumai toutes les lumières de l'appartement. Toutes. Y compris celle de la salle de bains et des toilettes. Je vérifiai que rien ni personne n'était caché nulle part. La porte d'entrée était verrouillée. Il n'y avait personne, mis à part ce foutu cauchemar.

À cinq heures, alors que la nuit commençait à s'évaporer et que le danger du retour du squelette se dissipait, je me rendormis enfin.

À mon réveil, je n'ai pensé qu'à une chose : aller voir le docteur Aguilar au plus vite.

15. Pas né je

Un texto avait suffi pour annoncer ma venue et elle avait pris soin d'entrebâiller la porte pour que j'entre directement. Il m'était impossible d'attendre mon rendez-vous fixé en fin de matinée, mes cauchemars rôdaient.

Il était à peine 7 h et la mer s'étirait doucement sous le ciel brumeux qui augurait encore une chaude journée.

En me faufilant dans le couloir, je me sentis étrangement familier avec les tableaux accrochés aux murs. Les créatures dégageaient une certaine élégance, presque une dignité, malgré leur bizarrerie. Je remarquai un détail intéressant. Sur toutes les toiles apparaissaient le même décor, le même environnement et la même maison. Une grande bâtisse posée au-dessus d'une petite colline surplombant l'océan. J'observai attentivement l'ovale bombé de la véranda, habilement quadrillé d'une structure en bois blanc qui faisait penser à une demeure anglaise. La maison du docteur Aguilar.

J'entendis sa voix rauque s'exclamer :

— Installez-vous, monsieur Solange, j'arrive.

Une odeur de café vint chatouiller mes narines. Je réalisai que je n'avais même pas pris le temps d'en avaler un avant de partir de chez moi.

De m'enfuir, plutôt, tant le monstre de ma nuit s'était incrusté jusque dans les murs de mon appartement.

Je perçus le bruit caractéristique d'un repas en cours de préparation. Je n'avais rien mangé. Comment penser à ingurgiter quelque chose quand son estomac se met en alerte avec le reste du corps ?

J'entrai dans le salon/cabinet tel un membre d'un club très privé et je m'installai en retrouvant ma place. J'étais devenu un habitué en quelques jours.

Face à moi, l'horizon se détachait. Je le fixai et la boule qui s'était logée dans ma cage thoracique se détendit légèrement. J'entendis le docteur qui, depuis la cuisine, me demandait :

— Vous prenez du café ou du thé ?

Le calme de la pièce m'enveloppa. Aucun monstre ne se cachait dans cette maison. Une légère brise vint me réconforter chargée d'une odeur d'iode et de senteur florale dont je n'identifiai pas précisément l'essence.

Je revenais peu à peu dans une réalité rassurante.

Le docteur déboula, un large plateau entre les mains et je fus une fois de plus interloqué par ses couleurs. Elle portait un chemisier qui m'évoquait étonnamment les gilets jaunes fluorescents utilisés par les cyclistes la nuit. Ses cheveux reflétaient des mèches encore plus rouges que la veille et elle arborait sur son visage une étrange expression : un mélange de béatitude mêlée à ce qui pourrait ressembler aux secondes qui suivent un fou rire. Je compris ce qui avait changé chez elle : elle avait délaissé ses immenses lunettes et dévoilait un regard brillant ainsi qu'une importante myopie.

Elle posa le plateau sur son bureau. Deux mugs, une cafetière fumante, du sucre, un immense pot de Nutella, du beurre, de la confiture, une pile de pain grillé, deux assiettes et plusieurs cuillères y étaient disposés.

— Je suis accro au sucre et au Nutella en particulier. C'est tellement réconfortant. Je ne peux pas commencer ma journée sans. Je pourrais même me nourrir uniquement de ça ! Malheureusement, il paraît que ce n'est pas très bon pour la santé alors, je me limite à un seul petit déjeuner par jour.

Elle versa le liquide fumant dans les mugs et quand elle s'approcha pour me donner le mien, je réalisai qu'elle était beaucoup plus grande que je ne le croyais.

— Alors, monsieur Solange, la nuit a été compliquée ?

— Pire que ça.

Elle ouvrit le pot de Nutella, y plongea sa cuillère, la ressortit débordante de pâte à tartiner et l'engouffra goulûment dans sa bouche en levant les yeux au ciel de plaisir.

— C'est très régressif, j'en ai bien conscience, mais j'adore ça. Je vous fais une tartine ?

Je me surpris à répondre par l'affirmative. Le docteur tartina deux tranches de pain d'une imposante couche de pâte à tartiner, m'en donna une et avala l'autre avec une rapidité déconcertante.

— Voilà. Maintenant que nous avons fait le plein d'énergie, on va pouvoir affronter vos peurs. Vous avez rencontré quelques-uns de vos démons cette nuit, si j'ai bien compris.

— Affronter n'est pas vraiment le bon terme. Je dirais plutôt subir. J'ai été attaqué par un squelette blanc nauséabond qui criait « Salut vous ».

— « Salut vous », comme s'il se présentait ?

— Comme s'il me menaçait.

— De quoi ?

— Si seulement je le savais !

— Bien. Laissons les peurs et les démons là où ils sont pour l'instant. Ce matin, cela risque de vous surprendre, nous allons nous intéresser à vos moments de bonheur.

— En effet, ne pus-je m'empêcher de m'exclamer, le bonheur ne fait pas vraiment partie de ma vie en ce moment ! Cela me paraît même un peu déplacé d'y penser compte tenu de la situation.

— Je ne parle pas du bonheur avec un grand B, mais de vos petits bonheurs, ces petites joies que vous rencontrez incidemment au cours de vos journées. Cela ne remet pas en cause votre peine. Identifier les petits bonheurs est aussi important que d'identifier les peurs.

— Si vous le dites, je veux bien essayer, mais ça risque d'être compliqué. Il n'y a que le chaos autour de moi.

— Personne ne prétend que c'est simple. L'observation des petits bonheurs demande beaucoup d'attention, car il s'agit d'ausculter des détails, des petites choses sans importance. Par exemple, ce petit déjeuner représente pour moi un petit bonheur. J'essaie d'en avoir au moins cinq par jour. Pas cinq petits déjeuners, hein ! Mais cinq moments agréables que je savoure. Il y a des petits moments qui restent petits et d'autres qui se transforment en grand bonheur au cours de la journée. L'autre jour, par exemple, je contemplais un lever de soleil, ce qui représente un de mes petits bonheurs quotidiens et j'ai aperçu, au loin, des dauphins qui ondulaient et qui virevoltaient dans la mer. C'était magnifique ! J'en suis encore toute retournée. Mais revenons à vos bonheurs. Pouvez-vous en identifier un ou deux ?

— Eh bien, travailler sur mes essaims, c'est une activité que j'aime.

— Essayez de trouver quelque chose de plus personnel. Par exemple, si vous deviez choisir un lieu pour vous détendre, ce serait lequel ? Un paysage de montagnes, une étendue de neige, une mer de Glace ? Ou alors, quelque chose de plus chaud. Des dunes chauffées par le soleil, une forêt tropicale à la végétation exubérante, une plage paradisiaque ?

— La ligne d'horizon, là, juste devant moi. Ce dégradé de bleu entre la mer et le ciel. J'aime beaucoup. Quand je la regarde, je me sens libre, comme si je pouvais la parcourir, horizontalement de gauche à droite, mais aussi pour aller plus loin, de l'autre côté de la mer, à l'autre bout du monde.

— Vous faites du très bon travail, monsieur Solange. Si vous le souhaitez, nous pouvons faire une séance maintenant, en nous focalisant sur vos moments de bonheur.

J'acquiesçai et je calai ma tête contre le dos de mon siège.

— Concentrez-vous sur la ligne d'horizon et sur votre respiration. Inspirez et expirez calmement, lentement. Profondément. Voilà, de cette manière. Vous êtes en sécurité, sur ce fauteuil. Concentrez-vous sur la ligne d'horizon. Elle est nette, elle est infinie, elle est calme, tout comme vous. Rien ne peut vous arriver sur cette ligne. Vous baignez dans un dégradé de bleu. Le bleu vous protège. Vers le bas, vous plongez dans l'océan et ses mystères, en haut, vous vous envolez vers la clarté du ciel. Au milieu, vous suivez la ligne. Vous la parcourez, elle vous guide, et puis, vous entrez dedans, vous allez de l'autre côté, vous vous enfoncez vers l'autre bout du monde, dans un lieu que vous connaissez bien, comme si c'était chez vous. Vous entendez les battements de votre cœur. Écoutez-le. Il vous porte, il vous ouvre les portes, il vous emmène vers votre Moi profond, celui qui détient tous vos souvenirs. Concentrez-vous sur votre respiration. Lente, régulière. Comme ça, voilà. Vous y êtes.

Mais alors que je me concentrais sur les battements de mon cœur, je me sentis tomber en arrière, tomber par terre, tomber plus bas que ça encore.

Je fis un effort considérable pour me relever. Je ne me situais pas au milieu de l'horizon, calme et détendu, j'étais à Paris et je marchais, comme à l'époque où j'y vivais. J'avais l'habitude de déambuler le soir en rentrant chez moi pour me vider la tête.

Je reconnus mon ancien quartier, les Batignolles. Je me dirigeai vers mon appartement.

Mais quand je parvins au croisement de la rue Nollet avec la rue de Bizerte, mes jambes s'alourdirent d'un coup.

Je me figeai. Incapable d'avancer. Sur le trottoir, dans le caniveau, je regardai l'eau couler. Je devins tout petit, je rétrécis, je plongeai dans cette masse aqueuse, une mare opaque, attiré par une force secrète qui m'obligea à entrer la tête la première.

Une fois immergé dans ce liquide trouble, je m'étonnai de pouvoir respirer. Autour de moi, les algues profitaient du manque d'oxygène pour proliférer. Peu à peu, je parvins à distinguer mon environnement et je la vis. Ses cheveux ondulaient sous l'effet de l'eau. Elle me regardait calmement.

Pas un bruit ne résonnait. Je n'entendais que le silence qui devint presque assourdissant. Elle me dévisageait et elle me dit sans ouvrir la bouche que son amour était sincère, qu'elle était tombée dans un abîme de désespoir, que rien ne pourrait la consoler. En quoi est-ce que cela me concernait ? Elle ferma les yeux, pleura, je vis ses larmes couler et se fondre avec l'eau de la mare.

Plus loin, des ombres se profilèrent. Je ne les distinguai pas précisément, je ne sentis que des présences. Il y avait du mouvement, on bougeait, on se déplaçait. Plus les formes s'avançaient et plus elles se disputaient. Un seul ne pouvait parler qu'à la fois, sinon, c'était trop. Trop quoi ? Je les entendais, mais je ne comprenais pas leurs mots. De quoi parlaient-ils ?

Quelqu'un se rapprocha précipitamment, comme s'il s'échappait de l'emprise des autres. Quelqu'un que je connaissais bien. Marc ! Je criai, je l'appelai.

Que fais-tu là ? M'entends-tu ?

Ses lèvres remuèrent, des vibrations résonnèrent, mais aucun son ne se forma. Pourtant, il avait un message important à me transmettre. Il ne semblait pas effrayé, il était plutôt contrarié, en colère de ne pas parvenir à communiquer avec moi. Il était entièrement focalisé sur son objectif et je reconnus son courage, sa détermination et sa volonté de mener à bien une action. Je crus même percevoir le timbre de sa voix, je distinguai les mots « injuste » et « trop jeune ». Je me concentrai, voulus en entendre davantage, autant pour comprendre que pour garder l'empreinte de sa fréquence vocale, la tatouer dans mes organes, ne jamais l'oublier. Mais tout devint flou. Marc s'effaça devant celle qui faisait flotter ses cheveux et qui pleurait dans la mare. Elle imposa sa présence, se déforma et se transforma en ce grand squelette blanc. Elle hurla de rage et de désespoir :

— Salut vous, pas né je !

Ce squelette, qui me torturait, qui s'infiltrait dans mes peurs les plus intimes refusait que Marc me parle. Elle me voulait pour elle toute seule, écartant tout le reste.

Ma gorge ne put émettre le moindre son, le liquide visqueux dans lequel je baignais ne conduisait pas les vibrations de ma voix. Malgré tout je criai, je criai à l'intérieur de moi :

Marc, parle-moi encore !

Tout s'arrêta. Je sentis les battements de mon cœur cogner entre mes côtes. Mais s'agissait-il vraiment de mon propre organe ? Je ne savais plus où j'étais.

Puis, comme une musique venant d'un autre temps, d'une autre époque, j'entendis les mots du docteur Aguilar :

— Je mets ma main sur votre poitrine, comme ça, là. Focalisez votre attention dessus. Vous revenez dans la réalité maintenant.

Mon corps désarticulé s'était éparpillé sans logique sur le fauteuil. Je ramassai mes bras et mes jambes en me concentrant pour contenir mon cœur sur le point d'exploser. J'entendis de nouveau :

— Respirez doucement.

Lentement, je me calmai. Peu à peu, je retrouvai la sécurité du cabinet du docteur. Dans cette pièce, rien ne pouvait m'arriver. Tout allait bien.

— Maintenant vous allez ouvrir les yeux. Voilà, c'est ça, ne vous précipitez pas. Restez un moment comme ça, tranquillement. Étirez-vous si vous en ressentez le besoin.

J'ouvris doucement les yeux, je vis la mer et l'horizon. La ligne de l'océan. Je vis le calme.

Je regardai mon corps se reposer paisiblement.

— Vous êtes revenu, Monsieur Solange, vous m'entendez ? Respirez bien fort, je vais vous chercher de l'eau. Vous sentez si je vous touche, là ? Je mets la main sur votre bras, vous la sentez ? Vous savez que c'est moi qui vous touche ?

— Oui.

— Alors tout va bien.

Sa main était chaude, je la sentis douce. Très rapidement, je rencontrai son odeur. Une légère odeur de rose, à peine perceptible qui provenait de son décolleté et qui se mit à s'enrouler autour de mon visage. Je connaissais cette odeur. Elle incarnait un sentiment de bonheur et de liberté, un peu comme ce jour où j'avais offert un pendentif en forme de petit cœur à Johanna. Son sourire m'avait ouvert un autre monde.

Avant de retirer sa main, elle fit une caresse. Une toute petite, avec la paume, un aller-retour sur le bras. Elle devait le faire souvent, c'était anodin, un geste parmi d'autres pour réconforter des clients perturbés, mais la juste chaleur de cette main, ni trop chaude, ni trop froide, la pression parfaite de son bras, me fit oublier, l'espace d'un instant, l'enfer duquel j'étais sorti.

Elle se leva, disparut dans le couloir, me laissant reprendre mes esprits, accrochés à la ligne d'horizon.

Quand elle revint, sa figure était sombre et sérieuse. Elle déposa un verre d'eau sur la table qui séparait les deux fauteuils et dit :

— Que s'est-il passé, monsieur Solange ? Vous êtes devenu tout pâle et vous avez commencé à transpirer.

— J'ai vu Marc. Il était là, dans la mare. Il voulait me parler et puis cette… cette chose, le squelette, l'en empêchait.

Je restai silencieux, le temps de comprendre, d'intégrer cette folie. Comment avais-je pu en arriver là ? Marc était mort. Notre vie sur terre durait son temps et ensuite, nous retournions en poussière, je n'avais jamais cru en la vie après la mort et encore moins aux esprits. Pourtant, Marc venait de me parler.

— Injustice. Trop jeune. Ce sont ses mots.

— La mort de Marc renvoie à beaucoup de peur. La séparation, l'absence. C'est injuste.

— Non, vous ne comprenez pas ! Cela n'a rien à voir avec un symbole ou de vieilles peurs refoulées ! C'est beaucoup plus concret, plus réel, même si cela peut paraître complètement dingue : Marc tente de communiquer avec moi. Il était vraiment là, dans la mare et ce squelette l'empêche de me parler.

Le docteur se leva en s'étirant puis elle dit :

— Allons marcher sur la plage un instant, je crois que nous avons besoin de prendre l'air. En tout cas, moi, j'ai bien besoin d'un bon shoot d'air marin.

16. Les beignets aux pommes

Nous marchions sans un mot, les chaussures à la main et les pieds dans le sable.

— J'aime beaucoup cet endroit, il n'y a jamais personne, c'est sauvage. C'est ce qui m'a plu en m'installant ici, pouvoir me promener sur une plage sans fin, entre océan et forêt, sans personne, juste les éléments naturels, le calme et le silence.

Je fus surpris par cette confidence. Les couleurs vives qui entouraient le docteur, que ce soit avec ses lunettes, ses cheveux et ses excentricités vestimentaires me semblaient plus proches d'un spectacle de flamenco que d'une balade solitaire dans une nature harmonieuse.

— Vous pratiquez pourtant un métier qui n'est pas vraiment compatible avec le besoin de solitude.

— Le goût du calme n'empêche pas d'aimer les gens. Seulement, après les avoir écoutés, je m'offre un temps de relaxation. Cet endroit est parfait pour ça. Une côte sauvage intacte.

Il est vrai que ce lieu était propice à la détente. Je ne sus si c'était grâce aux mouvements des vagues, au ressac mêlé au vent, ou au chant des feuilles dans les arbres, mais la tension qui crispait mes muscles au point de me provoquer une série de crampes diminua.

Je dus néanmoins, marquer deux pauses pour étirer ma jambe et calmer la douleur.

Nous continuâmes quelques instants, humant l'air iodé relativement frais. Il était à peine 8 h et la canicule ne s'était pas encore pleinement éveillée.

— Docteur, dites-moi la vérité, est-ce que je suis fou, schizophrène ?

— Non, vous n'êtes pas fou, vous percevez et vous appréhendez le monde de manière différente.

— N'est-ce pas là la définition d'un fou ? Percevoir le monde différemment.

— Vous savez, certains phénomènes sont considérés dans nos sociétés occidentales comme des pathologies alors que dans d'autres cultures, on les associe à un don. Et encore, notre société a évolué. Avant, on enfermait systématiquement les gens s'ils osaient avouer qu'ils voyaient des défunts. Oui, cela peut paraître bizarre quand on ne connaît pas le phénomène, mais c'est quelque chose qui existe, pourtant. La frontière peut sembler fine entre la folie et des perceptions accrues de notre environnement. À présent, certains spécialistes admettent l'existence de ces visions. D'autres considèrent que si le patient maîtrise ses visions, — ou ses troubles, selon le degré de compréhension du corps médical —, alors l'équilibre est maintenu.

— Et vous, docteur, que pensez-vous ?

— Je crois que ces visions sont réelles et que certaines personnes, comme vous, possèdent des capacités à percevoir des choses que la plupart des gens ne captent pas.

Je restai perplexe et je cherchai mentalement quand tout ceci avait vraiment commencé.

— Cela veut dire que vous considérez ma vision de Marc dans la mare comme réelle ?

— Absolument.

Nous continuâmes à marcher en réfléchissant puis, elle s'arrêta et me demanda :

— Vous avez dit qu'il y avait plusieurs personnes dans la mare, mais qu'une seule pouvait parler en même temps. Le squelette blanc a pris le dessus sur le groupe, il ne vous lâche pas, il vous hante, c'est comme s'il attendait quelque chose de vous. Vous avez une idée ? Vous savez qui il est ? Ou plutôt elle puisqu'elle a pris soin de se parer d'une perruque blonde ? La fille qui pleure dans la mare. Une ancienne compagne peut-être ?

— Non, je ne pense pas. Je n'ai reconnu aucun sentiment d'intimité avec elle. Elle est juste… là.

— Sa présence est pourtant insistante. Harcelante, même.

— Je ne comprends pas ce qu'elle veut. Elle dit : « Salut vous pas né je. ». Elle me salut et ensuite elle me dit qu'elle n'est pas née. C'est complètement idiot.

— Oui, c'est troublant. Mais peut-être faut-il entendre différemment les sons. Le message n'est pas forcément celui qu'on perçoit immédiatement. Dans les rêves, dans les états de conscience élargie, les vibrations, les ondes ne suivent pas les mêmes lois physiques qu'ici, entre vous et moi en train de parler sur la plage. Les sons s'emmêlent et se distordent. Parfois, c'est un vrai jeu de piste pour trouver le message initial.

Le docteur répéta plusieurs fois les paroles du squelette jusqu'à ce que son visage s'éclaire et qu'elle annonce :

— Salut vous pas né je. Quand on prononce les syllabes à l'envers, ça donne : je n'ai pas voulu ça.

Je restai interloqué et me récitai intérieurement les deux séquences pour en appréhender le sens, mais que ce soit à l'endroit ou à l'envers, je ne comprenais toujours pas le message. Je soupirai, dépité de ne pas décrypter ces mots.

Le docteur avait fermé les yeux et inspirait longuement le souffle provenant du large. Ses cheveux virevoltaient au vent et à travers ses paupières closes, elle irradiait le bonheur et la joie. Cette femme devait profondément aimer la vie pour rayonner autant. Après avoir expiré tout aussi lentement l'iode inhalé, elle ouvrit un regard franc vers moi.

— Vous êtes quelqu'un de singulier, Julien, vous êtes doté de capacités vraiment particulières. Celles-ci ont certainement été amplifiées avec votre accident, mais elles ont toujours été là, quelque part à l'intérieur de vous. Aviez-vous déjà observé des phénomènes étranges, des visions, ou simplement des intuitions au cours de votre vie ?

— Je ne sais pas, je ne me rappelle pas.

— Projetez-vous dans votre jeunesse. Quand vous étiez petit, enfant ou même ado, essayez de faire remonter des images, des sensations, des odeurs, des sons, quelque chose qui était là, quelque chose que vous aimiez.

Un tronc d'arbre gisait un peu plus loin sur le sable. Il nous attendait. Sa forme ainsi que sa texture lisse et veloutée nous invitaient à nous asseoir dessus. Nous prîmes place, face à l'océan.

Je laissai mon attention vagabonder sur cette immense masse d'eau. Elle s'étirait, avançait et repartait en fabriquant, au passage, une écume blanchâtre. Je fis crisser légèrement le sable sous mes pieds et ce contact doux et soyeux m'emporta vers des souvenirs lointains. La mer. Les vacances. Puis, la rentrée. Les trajets pour aller à l'école, au collège, ensuite le lycée. C'est là que ça a commencé. Je murmurai :

— Les beignets aux pommes.

Tout un pan de ma mémoire me revenait. Je laissai les images se former progressivement dans ma tête, un subtil mélange de joie, de tristesse et de mélancolie.

— C'était au lycée. Marc avait un péché mignon : les beignets aux pommes. Il y avait une boulangerie qui en faisait des délicieux, mais qui se trouvait assez loin de chez lui. Il hésitait souvent à s'y rendre, car il n'y en avait pas toujours et il fallait parcourir une longue distance qui se terminait par une affreuse côte. Ces beignets revêtaient une importance considérable pour Marc. Une seule de ces douceurs valait bien cinq de vos petits bonheurs quotidiens ! S'il y en avait, il repartait le cœur léger et il le dégustait en chantonnant, des papillons plein son ventre. Mais s'il n'y en avait pas, il rentrait chez lui, triste comme une pierre. Un jour, après le lycée, je lui ai dit que ce n'était pas la peine de grimper là-haut, car le boulanger n'avait pas reçu la farine à temps et qu'il n'avait pas pu préparer les beignets. Il crut à une blague ou à des paroles lancées en l'air, pour plaisanter, mais une fois arrivé sur place, on lui confirma le souci de livraison, la farine manquante, et les beignets non fabriqués. Quelques jours plus tard, il me demanda s'il y avait des beignets. Je lui répondis que oui, une douzaine venait juste d'être sortie du four. Le soir, il me téléphona pour me dire que je m'étais trompé. Les beignets n'étaient pas sortis du four quand il était arrivé, il avait dû attendre quelques minutes qu'ils terminent de cuire avant d'en acheter un. Par la suite, toutes mes prédictions concernant les beignets se sont révélées être justes et Marc me consultait systématiquement avant de monter la grande côte.

Je relevai les yeux et me tournai vers le docteur :

— J'avais complètement oublié cette anecdote.

Je réalisai que le soleil trônait à présent bien au-dessus de la ligne d'horizon et qu'il nous avait enveloppés d'un manteau de chaleur moite. Des ombres ocre parcouraient le rivage. Le reflet argenté de l'eau scintillait et le sable, rendu lumineux par le jour, brillait lui aussi de mille éclats à travers des fragments de coquillages et de cailloux.

Dans ce déchaînement de forces solaires, l'océan effleurait tendrement le sol qu'il recouvrait d'une douce caresse et moi, je me demandais ce qui était en train de m'arriver. Si je n'étais pas fou, je n'en étais tout de même pas très loin.

Un courant plus puissant que les autres envahit en une fraction de seconde l'étendue sableuse sur laquelle reposait notre tronc d'arbre.

— Rentrons, la marée monte, dit le docteur.

— Tiens, vous avez quelque chose, là, dans les cheveux. On dirait… non, j'ai dû me tromper.

L'insecte s'envola immédiatement juste avant que le docteur se passe la main dans les cheveux.

— Il ressemblait à l'un de mes scarabées.

— Les insectes sont un peu énervés avec ce temps orageux. Ce n'est rien. Allons-y.

Je suivis le docteur qui se dirigeait vers la forêt de pins. La marée avait recouvert la quasi-totalité de la plage et je compris pourquoi elle avait autant insisté pour prendre les chaussures. Sous les pins, les aiguilles blessaient les pieds. Nous nous chaussâmes et nous nous enfonçâmes dans l'une des allées de la forêt protégée par une ombre rafraîchissante.

Sur le chemin, alors que nous marchions d'un bon pas, perdus dans nos pensées, elle me dit :

— Pour vos intuitions, vous devriez demander à vos parents s'ils possèdent eux aussi ce type de prédispositions. C'est toujours intéressant de connaître la part héréditaire de ses dons.

— Ça va être rapide alors.

— Pourquoi ?

— Ma mère est on ne peut plus terre à terre, ce n'est pas la peine de lui parler d'intuition ou de quoi que ce soit de ce genre.

— Et votre père ?

— Je ne l'ai jamais connu.

— Que s'est-il passé avec lui ?

— Rien de spécial. Une banale aventure sans lendemain. J'ignore son identité. Ma mère aussi, d'ailleurs. Erika a tout de suite occupé le rôle du deuxième parent. C'est une belle-mère formidable, car oui, ma mère s'est rendu compte, après sa brève expérience avec mon père, qu'elle préférait les femmes. Cela fait presque trente ans qu'elles sont ensemble et je les considère toutes les deux comme mes parentes.

— Très bien. On va faire avec. Et puis aussi, Julien…

— Oui.

— Continuez à observer. Observez attentivement. C'est d'accord ?

17. Comme un cuirassé diabolique

La lieutenante attendait à côté de la machine à café depuis plus de vingt minutes. Elle ne marqua aucun signe d'agacement à mon arrivée, au contraire, elle me salua amicalement, un gobelet à la main, comme deux collègues qui s'octroient une pause.

Elle venait assister à l'un de nos tests.

Je restais prudent, presque sur la défensive. Dans les couloirs, je me préparais mentalement à ce qu'elle aborde le sujet de mon arrestation, mais derrière son nez rond, sa coiffe égyptienne et ses yeux de poussin étonné, elle me demanda simplement de commencer les explications sur les scarabées.

— Pour l'élaboration des robots, nous nous sommes inspirés de la structure de certains insectes. Prenons le cas d'une araignée, par exemple. Ne trouvez-vous pas étonnant qu'elle parvienne à marcher accrochée au plafond ? Attention, il y a une petite marche, là.

Elle évita la marche, mais ne sembla pas s'apercevoir que les portes s'ouvraient automatiquement devant nous grâce à nos badges suspendus autour du cou. Elle se prit le pied dans l'une des infimes rainures au sol, trébucha et renversa son gobelet de café chaud sur le bas de mon polo et la jambe droite de mon jean.

— Oh ! Quelle malagourde ! Je veux dire… pardon, quelle gourde ! Excusez-moi monsieur Solange, je suis navrée !

— Ce n'est rien, ne vous en faites pas, ça m'arrive tout le temps, à moi aussi. Reprenons le cas de notre araignée. Si elle peut se tenir la tête en bas c'est parce qu'elle possède des dimensions infiniment petites par rapport à son environnement. Les insectes, avec leur petite taille et leur poids infime, ne sont pas soumis aux mêmes règles physiques que nous. Imaginez, si tout était beaucoup plus grand, vous pourriez marcher sur un mur, un plafond, ou même sur de l'eau ! C'est digne de la science-fiction, non ? Attention, il y a une porte, qui va s'ouvrir, là.

— Merci. Très impressionnant ce système de sécurité. C'est un vrai bunker ici. Vos recherches sont si confidentielles ?

— Certaines, oui et puis, nous avons installé le système de sécurité de Marc bien avant sa commercialisation. Tests grandeur nature. Du coup, c'est vrai qu'il y a beaucoup de zones soumises à reconnaissance faciale. Nous arrivons bientôt. Encore une porte et je vous présenterai nos scarabées. Connaissez-vous le Nosoderma diabilicum, autrement appelé le scarabée cuirassé diabolique ?

— Ma foi, non.

— C'est notre insecte modèle, celui qui possède les qualités de résistance les plus fortes au monde. Pour se protéger des prédateurs, il feint le mort et il résiste aux coups d'écrasement et de perforation grâce à sa carapace. Il peut ainsi tolérer des forces allant jusqu'à 39 000 fois son poids ! Autrement dit, il est indestructible. Nous avons étudié de près sa carapace et nous avons découvert que ses incroyables pouvoirs étaient dus à une paire d'ailes antérieures rigides, les élytres, qui fonctionnent comme un exosquelette protégeant l'insecte.

Nous arrivâmes. Je me positionnai devant la salle de tests qui s'ouvrit après avoir détecté mon visage. J'invitai la lieutenante à entrer d'un geste.

Elle pénétra dans la première partie : un couloir étroit serré contre une cloison de verre. Un plan de travail accroché contre la paroi transparente laissait à peine le passage et je surpris une hésitation chez la lieutenante. Trois chaises étaient disposées derrière des écrans d'ordinateur. Ils s'alignaient alternativement avec des serveurs clignotants. Elle se demandait quel siège choisir.

De l'autre côté de la vitre, quatre hommes s'activaient dans une pièce sans fenêtre. Ils terminaient d'entasser des planches, des briques et des objets de formes et de textures variées recréant artificiellement les débris d'un bâtiment effondré.

— Installez-vous sur le fauteuil du milieu, moi je prends le gauche. Les techniciens préparent l'essaim, il sera prêt dans quelques minutes. Donc, je vous disais, nous avons reconstitué la structure des élytres. Voyez-vous, bien qu'ultra solide, cette structure est flexible. Le scarabée peut ainsi se cacher sous les rochers ou se tordre sous l'écorce des arbres pour s'abriter en portant un poids supplémentaire sans endommager ses organes internes. Mais contrairement aux scarabées diaboliques, nos scarabées à nous, ils volent. C'est même un de leur gros avantage.

— Et que font-ils d'autre ?

— Ils marchent, ils rampent aussi bien sur le sol, les murs ou sur les plafonds, ils peuvent pousser, agripper un objet pour le soulever, découper un obstacle…

— Découper ?

— Grâce à leurs élytres. Ce sont des micros lames. Quand les robots s'associent les uns avec les autres, ils sont aussi puissants qu'une scie sauteuse. Ils doivent pouvoir dégager des zones encombrées. Nous leur demandons de découper et de déblayer des objets entravant le dégagement des victimes. C'est précisément leur mission. Et c'est ce que nous allons tester aujourd'hui. Quand les techniciens auront terminé de préparer la salle, ils sortiront et on amènera l'essaim. C'est vrai que c'est mal fichu, on s'entasse tous ici, dans ce petit corridor au moment des tests.

— Vous n'êtes jamais dans la salle pendant les tests ?

— Non, nous restons derrière la vitre.

— Que craignez-vous ?

— Rien de particulier, c'est la procédure. Mesure de sécurité. Cela fait partie du protocole de tests.

— Pourtant Marc a bien dû avaler le scarabée au cours d'une séance de tests, non ? C'est bien le seul moment où ils sont en activité ?

— J'avoue, lieutenante Deltour, être très perturbé par tout ceci. Je ne comprends pas, j'ignore comment il a ingéré le scarabée et je suis… comment dire… perdu.

Les techniciens sortirent de la salle de test en brisant nos pensées qui s'étaient entremêlées l'espace d'un instant. Mais avant que les dernières miettes s'envolent, un souvenir trouble s'invita étrangement dans ma tête : à l'arrière d'une voiture, des menottes me liaient désespérément au siège. La lieutenante, assise à l'avant, côté passager, regardait fixement devant elle. Un danger planait, impalpable, invisible, mais lourdement présent. Du vent, de la pluie, une tempête, il fallait sortir au plus vite de cette voiture. Je la suppliais d'ôter mes menottes et alors que je pensais que tout était fichu, que j'allais mourir broyé dans le véhicule, seul contre l'indifférence et la cécité des autres face à la catastrophe qui se déroulait, elle se tourna et me libéra.

— On a fini, tout est en place, dit le dernier technicien. On vous laisse.

Je jetai un regard vers la lieutenante. Elle n'avait rien remarqué. Je chassai ce souvenir incompréhensible et scrutai son visage à la recherche d'indices m'éclairant sur cet épisode englouti par ma mémoire. Mais son expression demeura neutre, impassible. Je me tournai vers l'ordinateur et repris mes explications :

— Le pilotage informatique se fait ici, depuis cet ordinateur.

— Monsieur Ferdinand ne vient pas ?

— Il va bientôt arriver. C'est lui qui amène l'essaim.

— Que va-t-il faire ? Je veux dire, l'essaim ?

— Vous voyez les décombres qui ont été installés ? Un mannequin a été placé en dessous. Les scarabées ont pour objectif de le dégager, de le déplacer et de le déposer dans une zone protégée, c'est-à-dire suffisamment à plat pour ne pas le blesser davantage. L'essaim relèvera les indicateurs corporels de l'individu : température, pouls pour déterminer la stratégie. Après avoir vu le test en situation réelle, vous comprendrez mieux comment ça fonctionne.

— Si j'ai bien suivi, vous disposez de plusieurs essaims ?

— Nous en avons cinq, nommés respectivement A, B, C, D et le Z. Ce sont des petits essaims qui servent uniquement pour les tests et le développement technique. Ils sont composés de 200 à 1000 robots. Quand nous aurons les financements et que la mise en production débutera, les essaims les plus perfectionnés se composeront de plus de 15 000 robots.

— Et là, vous utilisez lequel ?

— Le A. Nous avons, bien entendu immobilisé l'essaim Z.

Elle se tourna vers moi, un léger sourire accroché sur ses lèvres :

— Ce sont vos bébés, n'est-ce pas ?

Jérôme entra avec la couveuse dans les bras : une large boîte ovale contenant les scarabées prêts à intervenir.

— Bonjour lieutenante. C'est très lourd, il viendra la saluer ensuite, dit-il sans s'arrêter.

Il pénétra dans la salle de test, posa l'appareil au sol, se releva, revint avec nous, ferma la porte vitrée et serra la main de la lieutenante.

— Comment va-t-elle ?

— Très bien, je vous remercie, monsieur Ferdinand.

Jérôme s'installa et j'annonçai :

— On commence. Voyez-vous, lieutenante, j'active de cette manière le programme, ici, sur cet ordinateur. Il communique avec les micro-robots qui ont, je le rappelle, pour objectif de dégager le mannequin.

— Comment font-ils la différence entre un bout de bois et le mannequin ?

— Excellente question lieutenante, répondit Jérôme, ils détectent la température et identifient la forme d'un corps. Le mannequin simule la température d'un humain et émet un pouls factice.

— Voilà, c'est parti, dis-je, j'ai lancé le programme.

Face à la vitre, nous observâmes, attentifs et émerveillés, le travail des scarabées.

Le couvercle de la couveuse s'ouvrit et un nuage de points noirs s'éparpilla dans la pièce dans un léger bourdonnement. Ils s'immiscèrent immédiatement à travers les interstices des décombres.

— Un premier lot de scarabées fait un repérage : grâce à leurs petites tailles ils s'introduisent partout, ils détectent les corps en vie et font une cartographie de la structure. Ils transmettent au fur et à mesure ces informations à l'ensemble de l'essaim qui détermine et calcule en temps réel les opérations à mener. Il s'agit d'une intelligence collective qui ne nécessite pas de direction centrale ou de planification. On dit que c'est de l'intelligence distribuée. Comme dans une fourmilière par exemple. Chacun des insectes semble ne pas avoir la capacité de raisonner : ils réagissent simplement pour entrer en contact avec leurs voisins immédiats et avec l'environnement local. Et pourtant, en tant que groupe, ils sont capables d'effectuer des opérations complexes.

— Vous n'intervenez pas pendant cette phase ?

— Non, c'est le principe. L'intelligence artificielle permet d'aller très vite. Jamais un humain ne pourrait réaliser ces calculs aussi rapidement.

D'autres robots se dispersèrent dans l'espace. Certains s'infiltrèrent à leur tour dans les décombres pendant que d'autres s'accrochaient sur des petits éléments afin de les déplacer. Un gros nuage se forma au-dessus d'une planche qui se mit à s'élever et à voler au milieu de la pièce. Elle vint se poser plus loin sur le sol et les scarabées qui l'avaient agrippée repartirent aussi vite pour s'atteler à d'autres tâches.

— Si je comprends bien, les robots agissent de manière autonome. Mais alors, ils prennent les décisions eux-mêmes ?

— Oui. Mais toujours dans le cadre de leur objectif : extraire les victimes des décombres. Ah, voilà, voyez sur l'écran, l'essaim indique la température du mannequin trouvé ainsi que sa pulsation. Il considère que le corps peut être transporté. Il va donc procéder à l'extraction.

Les scarabées avaient dégagé un espace suffisamment important parmi les débris pour sortir le mannequin. Le bourdonnement avait diminué, tous les scarabées se situaient à l'intérieur du chaos fait de bois, de pierre et de métal enchevêtrés. Puis, un son bien plus important s'éleva dans l'air, des chaussures apparurent, puis des jambes, et enfin tout le corps. Des scarabées entouraient intégralement le mannequin, ils le portaient et le hissaient en même temps. L'essaim déposa le mannequin à proximité de la porte et les insectes métalliques rentrèrent dans la couveuse immédiatement après.

— Il est toujours ému quand il voit ça. Et quand nous aurons réglé le problème de la batterie, les essaims seront autonomes pendant plus de deux heures, au lieu de nos trente minutes actuellement.

— Ce qui est déjà énorme, intervins-je. Jérôme est trop humble pour vous dire qu'il a élaboré un système totalement novateur et révolutionnaire.

— Avec les prochaines catastrophes naturelles, cet outil sera indispensable, poursuivit Jérôme dont le teint semblait plus clair que d'habitude.

— Bien, je vous remercie, monsieur Solange. Et vous aussi, bien sûr, monsieur Ferdinand, c'était très instructif. Vraiment. Je me posais juste une question. Elle hésita, leva légèrement son menton et continua : intégrez-vous la reconnaissance faciale dans vos essaims ?

— Non. Pourquoi ferions-nous cela, demandai-je ?

— Eh bien, je ne sais pas, par exemple si quelqu'un recherche une personne en particulier perdue dans les décombres.

— L'essaim a vocation à sauver toutes les vies. Toutes, sans exception. Nous nous refusons à programmer un choix d'une vie plutôt qu'une autre.

— Oui bien sûr, je comprends. Je me disais simplement qu'avec l'expertise développée par Marc…

— Ce n'est pas le cas.

— Je me demandais aussi… je sais que ça va vous paraître bizarre, mais je me suis amusée, hier, à googliser Marc et c'est étonnant parce que je n'ai trouvé aucune image de lui. Pour une personne travaillant sur le sujet de la reconnaissance faciale, cela m'a interpellée. Ensuite, j'ai regardé pour vous, monsieur Solange, et là, idem ! Aucune photo de vous nulle part sur le Net, ce qui est assez surprenant vu le nombre important de publications scientifiques qui vous sont attribuées.

— Ah bon. Je n'ai jamais fait attention.

— Et pour lui, vous avez regardé ? demanda Jérôme.

— Pour vous c'est différent monsieur Ferdinand, j'ai trouvé des articles passionnants que vous avez partagés sur l'urgence climatique. Je ne savais pas que vous écriviez dans une revue spécialisée. C'est drôle, je suis tombée dessus parce que je suis justement abonnée à cette revue. Le monde est petit !

Jérôme rougit légèrement et ne put dissimuler l'onde d'allégresse qui le parcourait.

— Le logiciel de recherche faciale ! m'écriai-je ! Je l'avais complètement oublié celui-là ! Il faut dire que Marc a développé tellement de programmes… C'est à cause, ou plutôt grâce à cet outil que vous ne trouvez aucune photo de Marc ou de moi-même sur le Net. Marc avait remarqué que l'on ne maîtrisait pas toujours sa présence sur Internet alors que le droit à l'image est pourtant essentiel. Il a conçu un logiciel qui permet de détecter les visuels d'une personne même dans les endroits les plus cachés du web afin de les neutraliser si nécessaire. Marc était obsédé par ça. Déformation professionnelle, sans doute. Il avait traqué et supprimé toutes ses photos et il m'avait proposé de le faire aussi pour moi.

— Je ne savais pas que ce sujet était si sensible, répondit la lieutenante pensive. Mais j'imagine que de la part d'un expert en reconnaissance faciale et en Intelligence artificielle, il y a de quoi se faire du souci.

18. Reconnaissance faciale

Une fois seul dans mon bureau, je me ruai à la recherche du logiciel de reconnaissance faciale. Si je parvenais à me remémorer son fonctionnement, sûr qu'il allait m'être utile. Je pressentais qu'il y avait là un enjeu important, que ce soit pour m'aider à réactiver mes souvenirs ou pour enquêter sur les clients de Marc.

Le logiciel permettait de trouver n'importe où sur Internet et même sur le Darknet, cet espace du web qui restait confidentiel, les informations relatives à une personne. Un nom ou une photo suffisait pour dénicher des données oubliées, mais néanmoins présentes sur la toile et accessibles à celui qui en avait les capacités technologiques. Donc, un pirate du Net. Car qui d'autre se préoccuperait de récupérer ce genre de renseignements ?

La force du logiciel consistait à supprimer l'empreinte numérique, que ce soit les images ou le nom en lui-même. Il parvenait, grâce à un développement très complexe et pas vraiment légal, à s'introduire frauduleusement dans le code des sites qui hébergeaient ces informations pour modifier ou carrément supprimer les données gênantes.

Je fouillai parmi les nombreux programmes présents dans le serveur commun de Drone-me-up et je retrouvai l'emplacement du logiciel. Je tentai de m'y connecter et fus surpris d'y avoir accès. Marc avait fait en sorte que je puisse l'utiliser.

Son fonctionnement me revint assez rapidement. J'en fus soulagé. C'était étrange, j'opérai ces manipulations comme s'il s'agissait d'une continuité alors qu'elles faisaient partie d'un autre temps. L'époque où je vivais sans me soucier de la mort ni de la disparition de mon ami.

Je lançai une recherche sur Marc. La lieutenante avait raison, aucune image n'y figurait. On avait tout supprimé. Pour le représenter, un visuel montrait une pomme verte et sur les photos de groupe, comme celles où nous nous retrouvions à l'école d'ingénieur, sa tête avait été floutée. La mienne aussi.

J'opérai la même recherche avec mon propre nom. À la place de la pomme, je trouvai un vase avec des tournesols : le célèbre tableau de Vincent Van Gogh. L'image était positionnée au début de mes articles publiés sur la micro-robotique.

Il se produisit alors quelque chose de particulier. Ces tournesols déclenchèrent en moi une vibration très spéciale. Elle prit naissance quelque part dans mes intestins, s'agita en produisant des gargouillis excessivement sonores, puis se diffusa dans l'intégralité de mon ventre. La vibration se propagea et chatouilla à présent ma cage thoracique, chanta dans mon cœur et sifflota, comme le faisait grand-mère Cha.

Je venais de retrouver un souvenir vieux de plus de vingt ans. Une émotion, plutôt. Quand ma grand-mère me gardait.

J'avais coutume d'admirer une reproduction de ce tableau chez elle, dans la chambre où je dormais. Grand-mère Charlotte me laissait faire la grasse matinée le samedi et quand je me réveillais, certain de recevoir des baisers cajoleurs, j'ouvrais tranquillement les yeux sur ces tournesols, annonciateurs d'une nouvelle journée lumineuse. Grand-mère Cha avait été mon soleil durant une bonne partie de mon enfance. Ce souvenir ravivé gonfla mon cœur. Grand-mère était partie depuis longtemps, mais je venais de la retrouver, là, dans un coin de ma tête.

J'entendis du bruit dans le couloir et je sursautai. Je m'étais tellement projeté dans la chambre de ma grand-mère que j'avais oublié où j'étais.

Je me secouai, quittai à regret le doux souvenir de grand-mère Cha et revins dans une réalité plus pressante. Ma priorité était d'enquêter sur la mort de Marc.

Je lançai une recherche avec le nom de Kochner. Il devait bien signifier quelque chose, je ne l'avais pas entendu pour rien dans le couloir et la douleur qui m'avait été infligée au poignet était encore bien présente dans ma mémoire.

Je ne trouvai aucun visuel. L'unique résultat se recoupait avec la simple information obtenue suite à ma précédente recherche effectuée sur Google. Le nom Kochner renvoyait à une certaine Éva Kochner, fondatrice de l'agence immobilière Koch à Bruges en Belgique.

J'avais peut-être mal compris ce nom chuchoté derrière mon oreille. Ces scènes d'horreur, ces flashs terrifiants d'individus tués m'avaient choqué. Comment conserver son esprit alerte quand on est sidéré par une situation ? Je me mis à douter. Avais-je vraiment entendu quelque chose ?

Je repensai au bureau de Marc et à l'article retrouvé parmi sa pile de dossiers. Fredo Benedetto. Si Marc conservait cet article, c'est qu'il s'intéressait particulièrement à ce sujet.

Je saisis Fredo Benedetto dans le logiciel et le résultat tomba : deux images se présentèrent, floues, désordonnées, ne montrant rien ni personne en particulier, des tables, des nappes, des bouquets, des hommes en costume, des femmes en robes volantes, un mariage ? Impossible de savoir qui était Fredo Benedetto sur ces photos, aucun visage n'apparaissait clairement, ils étaient tous positionnés de dos ou de trois quarts. Mais qui avait bien pu prendre des photos aussi ratées ?

Il me paraissait évident que Fredo Benedetto avait supprimé les photos susceptibles de l'identifier sur le Net et qu'il n'avait laissé que ces images inexploitables. Une parodie, une singerie, presque un pied de nez. Les mafieux ne se laissaient pas facilement attraper par un photographe, semblait-il. Ils soignaient leur visibilité, en la cachant du mieux possible. Comme Marc et moi-même.

Jérôme entra sans refermer la porte derrière lui, posa bruyamment les dossiers sur son bureau et lança :

— Les tests se sont bien déroulés. C'est dans la boîte ! La lieutenante a été bluffée !

— Elle est restée jusqu'au bout ? Je croyais que tu devais la raccompagner dans le bureau d'Albert après le premier test !

— Oui, mais finalement elle a préféré rester avec moi. Elle s'intéresse beaucoup à la technique.

Cette information me déplut sans que je ne sache exactement pourquoi.

Il s'assit, entama la lecture d'un document en produisant plusieurs séries de bruits de bouche et j'aperçus une ombre se faufiler furtivement derrière son bureau. Je repensai à cette souris qui s'était un jour invitée chez moi, à Paris. La bestiole s'était glissée tellement rapidement entre les deux fenêtres du salon, que je ne l'avais pas vue. Seule son ombre m'était apparue. Ce n'est qu'en trouvant les petites crottes oubliées le long du mur que je compris qu'il s'agissait d'un rongeur.

Je cherchai du regard, derrière le bureau de Jérôme, des éventuels indices laissés par les intestins de la bête et je l'aperçus de nouveau. L'ombre s'était arrêtée sous la fenêtre, mais il ne s'agissait pas d'une souris, ce n'était pas une ombre non plus, c'était de la fumée.

Le feu ? Y avait-il un début d'incendie ?

Je me levai, m'efforçant de trouver l'origine du foyer, prêt à appeler la sécurité et courir attraper l'extincteur dans le couloir. Cette fumée épaisse et soudaine était dangereuse. Elle cachait la combustion de matériaux inflammables potentiellement toxiques.

— Qu'est-ce qui se passe, il va bien ?

— Là, m'exclamai-je !

La fumée s'était propagée, mais elle conservait une forme particulière, comme une boule. Elle ne semblait pas posséder les caractéristiques habituelles d'une fumée résultant d'un incendie.

Au contraire, plus elle se densifiait, et plus elle formait une colonne qui s'approchait dangereusement de mon bureau. Elle demeura un moment devant moi et je crus y distinguer deux yeux. Ils me fixaient et je sentis l'effroi monter en moi.

La peur me traversa. Une peur brute, animale, instinctive. Une proie face à un prédateur. J'étais tétanisé, mes jambes coupées. Impossible de bouger, de fuir.

Puis, la fumée disparue, elle s'infiltra dans un infime interstice, entre le sol et le mur.

Je me rassis. Mon cœur tambourinait contre ma poitrine. Mes oreilles sifflaient si fort que je n'entendais pas Jérôme qui s'était approché. Le docteur mentait. Je devenais fou. Je bredouillais :

— Excuse-moi, Jérôme, j'ai cru voir de la fumée, mais je me suis trompé.

Il retourna s'asseoir sans un mot et se remit au travail, sans un bruit.

Plus tard, quand je fus certain que la fumée était vraiment partie, je repris mes recherches sur les clients de Marc.

Je développai alors une nouvelle technique : pour chacun des clients, je reconstituais un éventail complet d'informations : les noms des dirigeants, les principaux actionnaires s'il y en avait, les filiales rattachées. La localisation du siège social, du lieu protégé. J'espérais trouver un renseignement, un indice, quelque chose qui se rapprocherait de ce fameux Kochner.

Mais rien ne ressortait de mes recherches.

J'enfouis la tête dans mes mains, me demandant comment procéder, comment enquêter, mais mon attention fut détournée par un bruit particulier. Un ronronnement que je connaissais bien.

19. Le journal du Z

Je relevai la tête, Jérôme travaillait calmement. Ce chuintement ne ressemblait pas aux bruits qu'il avait l'habitude de produire. Le son provenait du haut de la pièce, vers l'entrée. Je me levai et m'approchai doucement. Le sifflement cessa au moment même où je fixai mon regard sur une tache noire posée au-dessus de l'encadrement de la porte. Je m'avançai pour l'identifier, mais elle se confondait avec les aspérités du mur.

Je saisis ma chaise et me hissai vers le point en question. Au moment où mes doigts s'apprêtèrent à palper le bois, la salissure se détacha brusquement et fonça droit sur moi. Elle frôla mon nez et s'enfuit dans le couloir avec une vitesse stupéfiante. Quand je compris qu'elle était partie, je réalisai que mon corps ne tenait plus en équilibre. Ma chaise vacilla et je m'affalai sur le sol dans un fracas monumental.

Jérôme se précipita vers moi en demandant en boucle s'il allait bien.

— Tout va bien Jérôme, je vais me relever tout seul.

— Il a une trace sur le front, là. Qu'est-ce qui s'est passé ? En tout cas, il va encore avoir une belle bosse.

— Il y avait un scarabée au-dessus de la porte.

— Qu'est-ce qu'il raconte ?

— Tu ne l'as pas vu ? C'était un de nos scarabées. Il était là et il m'a foncé dessus !

— Il a rien vu.

— T'as pas entendu le bruit ?

— Non.

— Pourtant il était bien là. Mais enfin, qu'est-ce qui se passe avec nos robots, Jérôme ? Qu'est-ce que ça signifie ? Il y en a encore un de perdu ? Il y a un truc qui nous échappe, il faut faire quelque chose !

— Il doit surtout se calmer. Il a dû se tromper. Ce n'est pas bon pour la santé toutes ces émotions. Il devrait se reposer, prendre soin de lui. Il a eu un vertige, ça arrive à tout le monde. Par contre, il ne devrait pas monter sur des chaises comme ça, c'est dangereux. Surtout après le coup qu'il a reçu sur la tête l'autre jour. Il s'est encore cogné en tombant. Et sur le front en plus. Son crâne a déjà été bien endommagé comme ça, il devrait faire attention.

— Mais enfin, Jérôme, tu n'as vraiment rien remarqué ?

— Ben non.

— Tu ne l'as pas vu disparaître dans le couloir ?

— Il s'excuse, mais il ne regardait pas spécifiquement dans sa direction. Et puis, il était de dos, debout sur une chaise, comment voulait-il qu'il voie quoi que ce soit. Allez, Julien, maintenant il devrait se rasseoir et rester tranquille.

Jérôme se réinstalla dans sa bulle et dans son travail, mais les plis qui venaient de se former entre ses yeux trahissaient ses pensées. Il se disait que mon accident de surf avait endommagé une partie de mon équilibre psychique. Il s'inquiétait, considérait que je devrais aller consulter, me rendre à l'hôpital, faire un scanner ou quelque chose comme ça pour vérifier qu'il n'y avait aucun dégât à l'intérieur de ma boîte crânienne. Il pensait à tout ça en pianotant sur son clavier, mais il n'osait pas me le dire. J'entendais si bien ses pensées que je finis par en être troublé et je me demandai, l'espace d'un instant, s'il n'avait pas raison. Je devrais peut-être me rendre aux urgences psychiatriques.

— Il devrait aller à l'hôpital, faire un scanner ou quelque chose comme ça pour vérifier qu'il n'y a pas de dégât dans sa boîte crânienne.

— Oui Jérôme, je vais voir mon médecin tout à l'heure. Je lui en parlerai, soufflai-je interloqué.

Il venait de répéter mot pour mot ce que j'avais entendu dans ma tête.

— Il pense qu'il fait bien. Voilà, il a fini. Il a exporté les données du journal des opérations de l'essaim Z sur les quinze derniers jours, comme il lui avait demandé. Comme on le sait déjà, aucun mouvement n'a été enregistré. Aucun test, aucune sortie, rien du tout. Il imprime tout.

La fenêtre se ferma brusquement en claquant sous l'effet d'un courant d'air. Je me levai pour la rouvrir et j'aperçus un magazine tombé à terre.

— Il ne devrait pas bondir comme ça ! Doucement, il doit faire doucement !

— Oui papa Jérôme. Je vais ralentir. Mais on devrait tout de même ranger ailleurs la pile des magazines. Ce n'est pas vraiment pratique, là sur le rebord de la fenêtre.

— Il a pris un peu de retard dans ses lectures, c'est vrai. Il s'en occupera, promis.

Je me baissai et mon attention s'arrêta sur le titre de l'article de la page ouverte : « Comment protéger la sauvegarde de vos données informatiques ? Toutes les solutions, tous les pièges, les erreurs à ne pas commettre. » Me yeux se fixèrent ensuite sur un des paragraphes : « Vérifier régulièrement vos sauvegardes ».

Je me relevai, pris le paquet de feuilles encore chaudes sur l'imprimante et revins à ma place pour me plonger dans l'analyse des mouvements du journal du Z.

— Albert va être content, il aura quelque chose à donner à la lieutenante, dis-je pensif.

Je parcourus les données du journal au cas où un indice, une explication concernant le scarabée retrouvé dans Marc pointerait. Bien évidemment, il n'y avait rien. Mais comment pouvait-on s'en tenir à ces données incompréhensibles ? Un scarabée s'était échappé de l'essaim Z, l'information était forcément consignée quelque part !

Je lus l'intégralité du journal des opérations, mais les éléments demeuraient désespérément figés. Le même enregistrement se répétait à l'identique, jour après jour : *Activité : néant.* Rien ne s'était passé durant ces deux dernières semaines. L'essaim n'avait pas bougé. C'était inscrit noir sur blanc.

Par dépit je jetai les feuilles dans ma bannette et décidai de consulter mes mails. Je ne les avais pas ouverts depuis mon accident et j'avais pris un sacré retard. Je cliquai sur le plus récent, celui qui figurait tout en haut de la liste. Il provenait d'un confrère me présentant son dernier article qu'il venait tout juste de publier dans une revue scientifique. Il s'intitulait « De l'importance de vérifier ses sauvegardes ».

La coïncidence m'étonna. Dans la même minute, je tombais sur deux articles parlant du même sujet. Une synchronicité, comme le dirait le docteur Aguilar.

Toutes les heures, une sauvegarde automatique copiait les répertoires et les stockait sur un serveur externe en dehors des locaux. Ce système permettait à la société de récupérer les données en cas de coupure de courant, d'incendie ou voire pire, de piratage. Je me souvins d'une vive discussion à propos de la périodicité de ces sauvegardes. Albert avait décidé qu'elle devait avoir lieu toutes les heures, ce qui impliquait des serveurs d'une très grande capacité.

Je ne savais plus comment opérer pour accéder à ce serveur. Ce n'était pas une manipulation habituelle. On n'ouvre jamais la sauvegarde, sauf en cas de gros pépin. Ce qui n'était, il me semblait, jamais arrivé.

Je me concentrai et au bout de quelques minutes, j'y parvins. Je cherchai le dossier correspondant au samedi précédent, le jour du décès de Marc et je sélectionnai les enregistrements effectués à 13 h, 14 h et 15 h.

Les données auraient dû être identiques en indiquant *Activité : néant*, mais je savais au fond de moi, on me l'avait chuchoté derrière l'oreille, je savais que quelque chose clochait et malgré tout, mon cœur bondit en constatant que sur la sauvegarde de 14 h, l'essaim avait été activé.

Activité : allumage — mise en marche – programme inséré — activation – désactivation.

J'ouvris la sauvegarde effectuée à 15 h et vérifiai les données enregistrées. L'information n'apparaissait plus. On pouvait lire, sur toutes les lignes correspondant aux heures précédentes : *Activité : néant.* C'était incompréhensible. Illogique. Si une activité avait été enregistrée à 14 h, elle aurait dû rester sur la sauvegarde effectuée à 15 h ainsi que sur toutes celles qui suivaient. Et bien sûr, l'information aurait dû se lire sur le journal de bord lui-même.

Sauf si on avait effacé l'enregistrement du journal du bord en oubliant de la supprimer sur la sauvegarde automatique qui avait capturé les données juste avant la falsification.

Une sueur froide envahit mon dos et ma respiration devint difficile. Mes pensées se brouillèrent. Tout ceci n'avait aucun sens.

On avait utilisé l'essaim au moment même où Marc était mort.

20. Un regard si troublant

Un bruit de bouche me sortit de ce malaise. Jérôme avait entrepris une série de claquement de langue tout en m'observant.

— Un problème ?

— Oui, sur une des sauvegardes du Z. Celle de 14 h, samedi. Elle indique que l'essaim était en activité.

Ses yeux s'arrondirent et un borborygme incompréhensible se dégagea de sa gorge. Je poursuivis :

— Pourtant, le journal de bord indique bien qu'aucun mouvement n'a été enregistré depuis quinze jours. On a trafiqué les données.

Nous sursautâmes de la même manière quand mon téléphone sonna. Je décrochai. Albert voulait savoir où en était l'avancement des tests.

— On avance, Albert, pas de souci.

— Tu as une drôle de voix, ça va mon p'tit Julien ?

Albert m'appelait souvent de cette manière quand nous étions tous les deux et cela m'irritait. Mais ce n'était pas le moment de ruminer. Je raccrochai. Jérôme s'était figé dans ma direction et me demanda :

— Il ne lui a rien dit, pour la sauvegarde ?

— Non, c'est trop frais, répondis-je en ne sachant pas exactement pourquoi je n'avais pas communiqué l'information à Baroni.

Puis, mon corps se pétrifia. Je crus tomber dans la démence quand dans le coin de la pièce, une ombre se forma de nouveau.

Elle vint se cacher derrière les magazines. Pourtant, il n'y avait pas la place, je les avais bien calés contre la fenêtre, mais elle ne semblait nullement gênée. Elle serpenta vers le sol, puis s'étira, et s'éleva en hauteur en prenant de la consistance.

Tout en s'allongeant, son aspect se modifia et c'est une colonne nuageuse blanche qui s'affichait maintenant devant moi. Une paire d'yeux se forma dans cette masse volatile qui se densifiait au fur et à mesure que je la regardais. Les yeux, d'un bleu très clair, étaient cerclés d'un épais contour gris pétrole. Ils me fixaient singulièrement. Je ne parvins pas à saisir l'intention. Je demeurai perplexe. Mon sentiment d'effroi s'était effacé derrière une volonté de comprendre. Il émanait de ce regard une étrange vivacité, une énergie imposante, une force attirante et magnétique. Je ressentis soudainement l'envie presque irrépressible de m'y attacher. Un souffle puissant gonfla ma cage thoracique. L'entité grandissait et mon corps allait bientôt éclater. Mon attention s'était collée à ces yeux et j'entendis alors :

— Viens avec moi. Tu as beaucoup à apprendre. Ta formation commence. Je suis ton guide. Accepte ma proposition. Tu ne peux pas refuser ce cadeau. La fenêtre est de courte durée. Après, ce sera trop tard. Je t'ouvre un lieu très spécial. Je te fais beaucoup d'honneur en t'y amenant, peu de personnes ont la chance de le visiter et encore moins de l'utiliser. C'est mon cabinet de travail. Ici, tout est possible. Regarde. Regarde ce que tu peux faire.

À travers la fumée je vis une scène. Marc et moi en train de parler dans une pièce qui ressemble à une bibliothèque. Des objets sont dispersés sans ordre ni logique. Des statuettes éparpillées par une main distraite traînent négligemment dans les coins et sur le sol. Les murs composés de bois sombre sont tapissés d'étagères garnies de livres, de médailles encadrées et de gravures modelées à même les murs. Des sculptures sortent des parois. Elles sont séparées les unes des autres par une délimitation fine, mais évidente. Leur enchaînement semble raconter une histoire. Elles représentent des personnages, des animaux et des créatures étranges, ce qui me fit penser aux tableaux du docteur Aguilar sauf que de cette matière, une atmosphère trouble et un peu acide s'en dégage.

Une des créatures bougea, elle tourna sur elle-même en soulevant une trompe et en émettant de petits bruits secs et courts. Je me retournai vers le centre de la pièce, Marc était assis sur un fauteuil, un verre de whisky à la main. Mais Marc ne buvait jamais de whisky ! Le verre disparut et à la place, une bière apparut. Je me concentrai sur ses paroles. Il me disait que dans le cabinet de travail de la fumée, il pouvait me parler librement et que je pouvais l'entendre sans que le squelette vienne me déranger, mais que pour cela, il fallait que je suive le guide.

Puis, tout s'envola. La colonne de fumée retrouva sa densité et son opacité. Elle s'approcha encore plus et dit :

— Alors, acceptes-tu mon enseignement ?

Je me sentis fébrile, de la sueur perla sur mon front. Avais-je de la fièvre ? Une envie soudaine de m'affaler sur mon bureau m'envahit.

— Donnez-moi du temps. J'ai besoin de réfléchir.

Les cercles bleu pétrole se resserrèrent l'un de l'autre et une colère sourde vibra :

— Alors, dépêche-toi !

La colonne de fumée disparut, laissant derrière elle, Jérôme qui s'était levé et qui me regardait, les yeux écarquillés :

— Il va bien ? Il veut que je l'amène à l'infirmerie ? Ou alors, il appelle le 112 ?

21. La brèche

Jérôme m'accompagna jusqu'à ma voiture. Oui, je partais de ce pas chez mon médecin, oui, j'étais en état de conduire, non, ce n'était pas la peine d'appeler une ambulance, j'allais bien, un peu sonné, mais bien quand même.

Dans le rétroviseur, je le vis m'observer jusqu'à ce que je sois hors de portée. Son inquiétude me touchait, mais que pouvais-je lui dire ? Qu'un être étrange qui prenait l'apparence d'une fumée me proposait d'être mon guide ? Qu'il était aussi attirant qu'effrayant ? Seule le docteur Aguilar était en mesure de saisir l'inaudible.

La radio crachait une musique insignifiante jusqu'à ce que j'entende les premières notes de guitare que je connaissais si bien. *Via Via con me.* Paolo Conte. Je n'éteignis pas. Je fredonnai avec la voix de ce chanteur si suave, et dont chaque son émanait une émotion de bonté, de beauté, un univers que Marc considérait comme grand. Je ne pleurais pas en chantonnant *it's wonderful*, bien au contraire, ma gorge était chargée de détermination. J'étais ébranlé, décontenancé, les mots ne pouvaient décrire mon état, je me sentais incapable d'expliquer ce que je venais de vivre dans mon bureau, et pourtant j'étais serein, sûr de moi et de ma quête de vérité. Ma volonté de rendre justice à mon ami passait au-dessus de tout.

Je roulais lentement, la route ondoyait au cœur d'une forêt sauvage et j'atteignis enfin un des nombreux sommets qui précèdent le massif montagneux. Les locaux de Drone-me-up étaient plantés au milieu de nulle part, dans une nature que nous pensons à tort apprivoisée.

Je ne sus pourquoi je m'arrêtai et me garai sur une étendue herbeuse qui offrait un large plat. J'eus soudainement envie de scruter l'horizon. D'un côté, les montagnes et de l'autre, l'océan. Je connaissais bien cette vue, je l'admirais très souvent, mais c'était la première fois que je l'observais réellement.

Je laissai la colère, la fureur, l'injustice de la mort de Marc dans la voiture et je grimpai sur une série de rochers qui débouchèrent sur une pointe plus haute que les autres. Je m'y hissai et découvris une vue panoramique exceptionnelle.

Je fus sidéré par la beauté du lieu. Devant ce spectacle, je me relâchai, laissant la tension et le stress se dissoudre. Mon corps ressemblait à une poupée de laine sans peur, sans contraction, sans cette pointe qui ne cessait de me torturer au niveau du plexus solaire. En me relaxant, je réalisai à quel point mes muscles étaient crispés. Puis, un phénomène étrange se produisit.

Le ciel m'engloba, ainsi que les arbres, l'océan, la montagne dans une sphère où le temps n'existait pas. J'entendis le battement de mon cœur, puis celui de ce rapace qui planait majestueusement au-dessus de moi, jusqu'à ce que je m'aperçoive qu'ils pulsaient tous les deux sur le même rythme, à l'unisson. J'ouvris grand mes oreilles pour capter un son très mystérieux. C'était une onde qui provenait de quelque part, sous les montagnes. Je l'entendais parfaitement bien. Cela ne venait pas d'un point en particulier, c'était toute la montagne qui grondait, c'était son son. D'autres vibrations me parvinrent, mais je n'en identifiais pas l'origine. Ensuite, je me sentis projeté à l'intérieur du rapace, j'étais lui, je le comprenais, je respirais à sa place, je voyais comme il voyait, c'est-à-dire en percevant chaque brindille aussi nettement que le gros nuage derrière moi puis j'entrai davantage dans les profondeurs de son être, je parcourus ses veines et j'écoutai les pulsations de son cœur en ressentant un amour infini pour chaque cellule composant l'animal. Je sortis de l'oiseau et revins sur terre, au milieu des arbres et je m'infiltrai dans l'écorce d'un des chênes plantés plus loin. J'entendis la sève couler et j'éprouvai, une fois de plus, un amour infini et une grande compassion pour l'arbre, le rapace, la montagne, et tout ce qui gravitait autour de moi.

La sphère se dissipa. Je retrouvai le rocher sous mes pieds, le ciel en haut, la mer plus loin et la montagne de l'autre côté. Tout était revenu dans l'ordre. Tout sauf moi.

Je m'assis sur le rocher, hébété. Mon sang circulait à une vitesse inhabituelle. Je regardai mes mains, mes veines étaient gonflées, mais ce n'était pas la canicule qui me donnait chaud. Quelques secondes s'étaient écoulées. Ou une éternité. Je ne savais plus. Je vérifiai l'heure et je descendis de mon perchoir avec la sensation d'être plus fort et plus calme. Je regagnai ma voiture, m'installai derrière mon volant, bien incapable d'allumer le contact.

Je restai un moment pour me remettre et retrouver une certaine lucidité. Mes veines reprirent peu à peu une consistance normale, mon sang ne bouillonnait plus et la vibration qui s'était invitée dans mes artères disparut à son tour.

Je le savais, à présent, dans le chaos qui s'était abattu soudainement dans ma vie, une brèche s'était ouverte, une ouverture vers d'autres perceptions dont, en vérité, je ne comprenais pas grand-chose.

22. Marc téléphone maison

Quand je me sentis en état de bouger, j'eus une étrange envie : celle d'attraper mon téléphone, d'ouvrir la fiche contact de Marc et de l'appeler. Sa voix me manquait.

La sonnerie bascula immédiatement sur sa boîte vocale et le timbre de ses paroles retentit : « Bonjour, c'est Marc. Je ne suis pas disponible, mais laissez-moi un message, je vous rappellerai ». Une voix que je n'entendrai plus jamais. Il me semblait déjà que je l'avais un peu oubliée et je tentai de la figer dans ma tête, de l'immortaliser. Je voulus l'écouter encore une fois. Je réitérai et la tonalité déboucha de nouveau sur la boîte vocale. Mais au lieu d'entendre le message d'accueil, mon cœur bondit en découvrant : « Allo, Julien c'est, Marc. Trouve le dossier Kochner. Chez moi ».

Je relançai l'appel dans l'intention de vérifier, de réécouter ces paroles surréalistes, mais je ne retrouvai que l'enregistrement initial.

Je recommençai une bonne dizaine de fois, me demandant, à la fin de chaque tonalité, si je n'avais pas été victime d'une illusion auditive jusqu'à ce que l'appel aboutisse sur un long sifflement.

Alors, je rallumai le moteur et fonçai vers le front de mer, en réalisant que je ne me souvenais plus exactement de son adresse. Il voulait que je fouille chez lui, que je trouve le dossier Kochner.

Encore ce fameux Kochner ! Cette fois, ce n'était pas un chuchotement derrière l'oreille, mais un appel téléphonique !

Au fur et à mesure que je m'approchais, le trajet redevenait familier. Marc habitait la Route de la Corniche, en front de mer, à l'opposé de chez moi. Je me garai au pied de son bâtiment.

L'entrée était protégée par un digicode. Je sélectionnai l'appartement de Marc et appuyai sur la cloche pour déclencher l'appel, sachant que personne ne répondrait. J'avais dans la tête de sonner ensuite chez les voisins pour discuter avec eux.

Mais le grésillement caractéristique d'un haut-parleur suivi d'un claquement sec et métallique me fit sursauter. Quelqu'un était chez Marc et venait de déverrouiller la porte d'entrée de l'immeuble.

Je poussai le battant et m'engouffrai dans l'ascenseur qui par chance attendait au rez-de-chaussée. J'appuyai sur le bouton de l'étage et dus patienter des secondes interminables avant que les parois me laissent sortir. Les lumières s'allumèrent automatiquement quand je m'avançai dans le couloir. Devant chez lui, on ouvrit.

J'eus du mal à le reconnaître tellement son visage était rouge.

— Albert ? Que fais-tu là ?

— Je fouille.

Il était couvert de sueur et ses cheveux s'étaient ratatinés sous l'effet de l'humidité. Plusieurs mèches avaient été rabattues derrière ses oreilles, et l'éclat de ses yeux me fit penser à un chien fou. Il traversa le couloir et fonça vers le salon sans vérifier que je le suivais. J'entendis :

— Marc laisse ses clés chez la voisine. Je le savais, il me l'avait dit. Elle est charmante au demeurant, je comprends pourquoi il lui a confié ses doubles, mais bon, passons, c'est vrai qu'avec ces portes blindées, si t'oublies tes clés à l'intérieur, t'es mort, t'as plus qu'à appeler un serrurier qui coûte une fortune. Bon, alors, tu viens ou quoi ?

Il se posta devant la baie vitrée du salon et me montra d'un geste circulaire l'ensemble de la pièce, comme un agent immobilier fier de sa trouvaille.

— Marc est parti, mais les clients, eux, sont toujours là. Il conserve chez lui des dossiers sensibles et regarde !

— Ben.. je ne vois rien.

— Voilà, il n'y a rien ! On dirait un appartement-témoin. Tout est nickel chrome. Rangé, nettoyé, rien ne dépasse !

— Marc n'aime pas le désordre, il n'y a rien d'anormal à ça.

— Mais ils sont où, ses dossiers !

Il pivota sur lui-même, s'avança la tête basse et les bras ballants en direction du canapé puis il se retourna brusquement vers moi :

— Au fait, pourquoi t'es là, toi ?

— Je voulais voir une dernière fois son appartement avant que tout soit vidé.

Il s'assit lourdement et se tritura une mèche nerveusement, le regard perdu dans des pensées lointaines. Ce grand corps fatigué posé sur ce canapé trop étroit me fit presque de la peine. Et pourtant, ce n'était pas la mort de mon ami qui l'affectait. De la peur suintait de tous ses pores.

L'appartement n'avait visiblement pas été aéré depuis samedi et la chaleur stockée s'était amplifiée. J'ouvris en grand la porte vitrée qui débouchait sur une large terrasse et je respirai profondément. Le soleil déclinait. La brise marine et la position oblique des rayons avaient fait baisser la température en dessous de 35°, ce qui m'apparut d'une fraîcheur salvatrice par rapport à la moiteur de l'intérieur. Albert avait sorti un mouchoir et s'épongeait le front. Je restai devant la porte-fenêtre grande ouverte, et je lançai :

— J'ai vu quelque chose sur la sauvegarde du Z, celle effectuée à 14 h, samedi. On y lit que l'essaim était en activité. Mais cette information est présente uniquement sur cette sauvegarde. Pas sur les autres. Ni sur le journal de bord lui-même.

— Un bug ?

— Ou quelqu'un qui aurait utilisé l'essaim samedi, effacé les données du journal du bord, mais qui aurait oublié de vérifier si une des sauvegardes avait conservé l'information.

— Non, ce n'est pas possible. C'est certainement un bug.

Il se leva et vint se poster de l'autre côté de la porte-fenêtre.

— Tu en as parlé au lieutenant ?

— À la lieutenante ? Non, pas encore.

— Ne lui dis rien. Pas pour l'instant. Je me méfie d'elle. Va savoir ce qu'elle va bien nous trouver et t'as vu comment elle nous toise du regard comme ça, tout le temps ? Comme si elle nous soupçonnait de je ne sais quoi. Menons notre propre enquête en interne avant de lui en parler. C'est préférable.

Il souffla longuement, replaça ses mèches toujours humides derrière les oreilles et poursuivit : « J'aimais beaucoup Marc. C'était l'un des tout premiers ingénieurs à venir travailler chez moi. Il a tellement fait pour la boîte. C'était un esprit brillant. Il a tout inventé. L'Intelligence artificielle, la reconnaissance faciale, sans lui je n'y serais jamais arrivé. À toi aussi, je dois beaucoup. Nos recherches sont si importantes, si fondamentales. Que va-t-on faire maintenant sans lui ? »

— On va continuer, Albert.

— Mais qui va prendre sa suite ? Je n'ai personne pour le remplacer.

— Je ne sais pas. Je n'ai pas trop envie de penser à son remplaçant, je dois l'avouer.

— J'ai besoin de toi, Julien, pour un dossier urgent. Le client attend. Je ne peux pas me permettre de le laisser en plan.

— Albert, ce n'est pas sérieux. J'ai déjà bien assez à faire avec les essaims.

— Jérôme te seconde très efficacement. Tu as les compétences, cela ne te prendra que quelques heures. Tu connais le logiciel développé par Marc. Il s'agit de travailler des photos qui ne sont pas exploitables pour la reconnaissance faciale du système de sécurité. Elles sont trop floues.

— Le client ne peut pas prendre de nouvelles photos, tout simplement ?

— On ne contrarie pas ce genre de client. On s'adapte.

— Il doit bien exister un autre ingénieur capable de le faire. Franchement, ça ne me plaît pas de reprendre les dossiers de Marc.

— Je ne te demande pas si ça te plaît, Julien, je te demande de le faire.

— OK, d'accord, dis-je contrarié autant pour clore le sujet indécent du remplacement de Marc que pour me concentrer sur une brume de chaleur qui s'était formée dans un coin du salon.

Mais les brumes de chaleur, en général, ne se produisent pas à l'intérieur des appartements et ne sont visibles qu'à des distances bien plus lointaines. Ce n'était pas un rayonnement thermique, c'était la fumée blanche qui s'imposait de nouveau et qui s'avançait doucement vers moi. Tout en s'amplifiant, elle me dit :

— Qu'es-tu en train de faire, Julien ? Tu parles technique, tu parles travail alors que ton ami a besoin d'aide ? N'as-tu pas honte ? Ton égoïsme est bien plus important que je ne le croyais. N'y a-t-il donc que ton travail qui t'importe ? Es-tu donc sans cœur ? Tu possèdes de grands pouvoirs, mais je vois bien que tu ne sais pas les utiliser. Personne ne t'a appris. Tu as besoin d'un guide ! Viens avec moi. Je vais t'aider à te débarrasser de ce squelette ridicule qui pleure dans la mare et, ensuite, tu pourras parler à Marc.

23. Chaos factuel

— Docteur, sérieusement, qu'est-ce qui se passe ? Je perds pied, je ne comprends plus rien.

— Restez factuel, Julien. Analysez les faits. Froidement.

— Tout est anormal, tout ! Entendre les pensées de mon collègue. Entendre quelqu'un chuchoter *Kochner* pendant que mon poignet brûle. Apercevoir un de mes scarabées voler dans mon bureau. Rester planté en haut de la montagne, entendre le son des éléments, me fondre avec eux. L'expérience se situe hors de toute logique rationnelle. Ensuite, j'entends Marc au téléphone. Je deviens fou, docteur, et vous n'osez pas me le dire. Et il y a aussi cette fumée qui prétend être mon guide. Mon guide de quoi ? Allez savoir.

— C'est effrayant, je le comprends. Difficile à admettre aussi. Vos perceptions vont au-delà du réel et je dois vous avouer, monsieur Solange que je suis très intriguée. Dans certaines cultures, on associe les phénomènes que vous décrivez à des prédispositions. À des dons.

— Des dons ? Vous plaisantez.

— Je suis très sérieuse. Votre expérience dans la montagne ressemble à certains voyages chamaniques. Et vous semblez être doté du don de communiquer avec le monde invisible.

— Les chamans ? C'est quoi, des vaudous ?

— Non, ce sont des guérisseurs qui pratiquent une médecine traditionnelle.

— Oui enfin, des guérisseurs… on sort quand même du cadre médical non ?

— C'est pourtant le sujet de ma thèse : les effets de la transe chamanique et des états modifiés de conscience sur les pathologies psychiatriques et les impacts en neuroscience.

— Je ne sais pas si ça me rassure ou si ça me plonge encore plus dans la folie.

— Julien, vous possédez de formidables prédispositions et vous avez besoin de les exprimer, de les expérimenter. Vos intuitions, tout ce que vous ne voyez pas, mais que vous ressentez. Vos visions. Vos rêves. Il existe tellement de facteurs et de stimuli que nous ne reconnaissons pas. Le monde est beaucoup plus grand que nous le croyons et il interagit en permanence avec nous.

— Tout ceci me laisse perplexe. Une psychiatre n'est-elle pas censée être rationnelle ?

— Voilà, justement, c'est une psychiatre qui m'a fait basculer. Une psychiatre russe. Elle était venue nous exposer son expérience du chamanisme à la fac et le fait qu'une psychiatre saine de corps et d'esprit nous raconte de manière rationnelle et cohérente son récit a chamboulé radicalement ma conception du monde. D'où le sujet de ma thèse. Je suis allée à la rencontre des chamans du monde entier : Sibérie, Mongolie, Pérou, Mexique et même au Canada où il en existe encore beaucoup. La seule région du globe que je ne connais pas, dans ce domaine, c'est l'Afrique. Pourtant, il existe des vaudous très puissants là-bas, paraît-il. Je rêve d'aller à leur rencontre. Quoi qu'il en soit, j'ai compris, suite à mon tour du monde chamanique, que si les chamans utilisent des méthodes différentes, le résultat demeure le même : ils savent entrer dans un état de conscience modifiée qui leur permet d'ouvrir la porte du monde invisible. En Sibérie, ils utilisent le son du tambour tandis qu'en Amérique du Sud ils avalent une plante aux effets hallucinogène : l'ayahuesca. Mais ce ne sont que des outils, certains ne les utilisent même pas. Il existe des gens, comme vous, qui ont le don d'entrer facilement dans cet état de conscience élargie.

— Avec l'hypnose ?

— Oui, mais aussi avec les rêves ou quand vous méditez, ou dans ce court instant, vous savez, quand vous n'êtes pas encore totalement réveillé.

— Si je comprends bien, vous êtes une chamane des temps modernes ?

— Non, je suis juste un médecin psychiatre aux méthodes non conventionnelles. Les chamans, eux, possèdent des dons que je n'ai pas. Le genre de dons que vous, vous semblez détenir.

— Je ne sais pas, docteur, ce dont je suis certain, c'est que je ne maîtrise rien du tout.

— Ce n'est pas si simple. Vous n'avez pas le mode d'emploi. En général, un initié est accompagné, il suit une longue formation donnée par un autre chaman, son guide. Là, vous êtes tout seul, c'est forcément plus compliqué.

— Un guide ? Comme la fumée blanche ?

— Je n'ai encore jamais entendu parler d'un guide sous forme de fumée. La difficulté, pour vous, c'est que l'on ne sait pas d'où viennent vos capacités et qu'il n'y a personne pour vous enseigner les bonnes pratiques, personne d'humain en tout cas. Moi j'aurais tendance à me méfier de cette fumée.

— Elle m'a dit que je devais régler le problème de la fille dans la mare.

— Oui, je le pense aussi. Nous allons nous concentrer sur elle, sur ce qu'elle n'a pas voulu puisque c'est le message qu'elle vous délivre. Mais avant de commencer la séance, j'aimerais vous poser une question : avez-vous déjà accompagné quelqu'un lors de sa mort ?

— Comment ça ?

— Avez-vous été présent lors du décès d'une personne ?

— Non, je ne crois pas.

— Parce que la fille de la mare semble vous hanter depuis longtemps. Pensez-y. Cela va peut-être vous revenir. Quelqu'un qui serait mort à proximité de vous et qui aurait profité de votre capacité à communiquer avec le monde invisible pour s'accrocher à vous et vous hanter.

Oui, c'était une certitude, à présent, la partie logique et rationnelle qui portait ma vie s'écroulait.

24. La fille qui pleure dans la mare

Je rentrai dans la ligne d'horizon en me laissant avaler par les paroles du docteur.

Je devenais expert dans l'art d'entrer dans la mare. Je m'y étais engouffré en un claquement de doigts, à peine quelques minutes après le début de la séance.

Je n'aimais pas ça. L'eau était toujours aussi visqueuse et opaque. Je pouvais même sentir des algues me frôler.

D'abord je rencontrai son odeur puis ses reflets blancs et enfin, je le vis. Le grand squelette tenait dans ses mains un bouquet de tournesols. Que voulait-il me faire comprendre avec cette offrande ?

Il claquait les os de sa mâchoire. Tentait-il de me parler ? Je ne parvenais pas à deviner ses pensées, l'espace qui nous séparait était bien trop trouble, bien trop opaque et affreusement gluant. J'écrasai un sentiment de dégoût face à cette matière qui s'agrippait à ma peau. C'était comme si elle avait une conscience, elle aussi et je devinai que quelques mauvais esprits se cachaient derrière cette substance poisseuse. Je voulus partir, mais le squelette, pris de panique, fit claquer sa mâchoire en un bruit sec et rond avant de reprendre une posture malodorante.

J'entendis au loin le docteur qui criait « Soyez attentif ! Soyez attentif ! »

Je me calmai et entrepris de communiquer avec la chose. Je formulai ma pensée clairement dans ma tête et la projetai avec force dans la mare. Il n'était sûrement pas nécessaire de me contracter autant pour y parvenir, mais je ne savais comment faire autrement.

— Tu as dit : je n'ai pas voulu ça. Pourquoi ?

En réponse je ne reçus qu'un long sifflement : « Salut vous né pas je ».

Le squelette laissa tomber le bouquet de tournesols et exhiba à la place une pomme verte, posée sur la paume de sa main gauche. Elle changea de couleur et devint jaune. Je me concentrai pour réitérer ma demande lorsque je perçus sa présence. Mon sang m'alerta, cogna et me poussa à agir.

Marc était là, caché et coincé par cette chose nauséabonde. Sans réfléchir, je pris le squelette par surprise, l'attrapai de mes deux mains, et malgré ma répugnance à le toucher, je le rejetai violemment.

Je disposais de très peu de temps. Le squelette allait revenir, sans doute chargé de fureur. Stupéfait par mon initiative, il était en train de se retourner pour mieux me terrifier.

Marc criait dans un chuchotement à peine audible :

— Tué, il m'a tué !

— Qui ça ?

— Eux. Tous. Fais attention !

Mais déjà le squelette revenait et hurlait :

« Salut vous, né pas je »

Je tentai de reprendre le dialogue avec Marc :

— À qui dois-je faire attention, Marc ?

— Aide-la. Elle ne comprend pas, elle a besoin de toi. Dis-lui que je sais.

Le souffle de la chose reprit avec plus d'intensité :

« Salut vous né pas je »

Puis, sans aucune pause entre les mots et tapant ma tête de l'intérieur jusqu'à ce que je comprenne :

« Salut vous né pas je, né pas je, salut vous, voulu ça, voulu ça, je n'ai pas, c'était un, un, accident. »

Je compris alors qui était ce squelette, qui était la fille de la mare. Je compris aussi qu'elle me hantait depuis tout ce temps. Elle voulait que je transmette un message à Marc. Mais pourquoi ne pas lui dire directement ?

Il fallait que j'entre en contact avec elle, que je lui explique : Marc s'enfonçait dans la mare, avec elle. Elle l'écrasait, elle le bâillonnait alors que c'était lui qui était au cœur de ses préoccupations.

Mais alors que je me concentrais, cherchant les bons mots, elle m'enlaça de ses os et de sa puanteur. Je tentai de m'extraire de son étreinte. J'étouffais. L'eau de la mare s'infiltrait dans mes narines. Je n'avais plus la capacité de respirer. J'allais me noyer. Alors, je coupai ma respiration, j'empêchai le liquide d'atteindre mes poumons. Mais combien de temps allais-je tenir ainsi, sans respirer ?

— Focalisez…

La voix du docteur provenait de très loin.

— Ma main…

Je me concentrai sur ces paroles.

— Ma main. Focalisez votre attention dessus.

Sa voix se densifiait.

— Vous revenez à la réalité maintenant.

Le squelette était reparti, je remontai à la surface et l'air entra de nouveau dans mes bronches. J'étais sauvé.

— Respirez. Doucement.

Le docteur, assise à côté de moi, la main posée sur ma poitrine, mimait une longue respiration.

— Faites comme moi.

Elle poursuivit ses longs soufflements que j'imitai comme je le pus, entre deux spasmes.

Elle m'indiqua ses yeux de ses mains. Elle voulait que je reste concentré sur son regard, que je respire avec elle et peu à peu je me calmai. Mon attention, accrochée sur son visage, se concentrait sur ses yeux, son nez, sa bouche et je revins dans la réalité. Elle m'observait avec douceur.

Elle ôta sa main de ma poitrine, se leva et repartit vers son bureau, me laissant seul avec un sentiment d'absence. Je gardai son parfum, quelques particules de rose qui voletaient doucement.

Quand je retrouvai l'usage de la parole, je lui dis :

— Je sais qui est ce squelette. Je sais qui est la fille de la mare. Je m'en souviens, à présent. Mais je ne comprends pas pourquoi elle s'en prend à moi. Pourquoi moi ? Depuis le temps, elle aurait pu hanter les nuits de Marc plutôt que les miennes. C'est lui, la personne concernée, pas moi. Et maintenant qu'ils sont ensemble, dans cet espace restreint, coincés entre deux mondes, elle pourrait facilement communiquer avec lui. C'est comme si elle ne le reconnaissait pas.

— Il faudrait que vous me racontiez l'histoire de cette fille pour que je comprenne.

— Docteur ?

— Oui ?

— Je croyais que vous aviez fermé les fenêtres ?

— Je suis navrée, il y en a une qui s'est ouverte pendant la séance. Je n'ai pas voulu me lever pour la rabattre, c'était bien trop… intense.

— Vous n'avez vu aucun scarabée entrer ?

— Non.

J'étais pourtant persuadé avoir aperçu une tache sombre s'envoler vers le ciel.

25. Les fenêtres de la rue de Bizerte

Je m'étais levé et approché de la fenêtre restée ouverte. Dans la véranda, je ne vis aucun scarabée. À moins qu'il se soit caché quelque part, parmi les nombreuses plantes ?

Je revins m'asseoir. Le docteur n'avait pas bougé de son fauteuil. Elle attendait que je lui raconte, mais je ne savais pas par quel bout commencer. Je me décidai :

— La fille de la mare s'appelle Louane.

— C'était une amie de Marc ?

— Une petite amie, qui est vite devenue un vrai poison.

— Que s'est-il passé ?

— Elle était jalouse, elle lui a fait vivre l'enfer.

— Ça a duré longtemps ?

— Pas tellement. Je veux dire, leur relation n'a pas duré très longtemps. Quelques mois, pas plus. Ils se sont rencontrés lors d'un mariage et ils sont devenus amants très rapidement. C'est grâce à elle si j'avais trouvé mon appartement, rue de Bizerte, juste en face de chez elle. Elle avait repéré le panneau « à louer », elle en avait parlé à Marc qui savait que je cherchais un logement dans ce quartier, proche des lignes 2 et 13 du métro. »

Je marquai une pause, plongeai mon regard dans le bleu de l'océan et poursuivis :

« Ce n'est pas comme ici avec cette vue dégagée. La rue de Bizerte était si étroite que je devinais, depuis les fenêtres de mon salon, si Marc était chez elle ou non. Le soir, quand les lumières étaient allumées, que les ombres se dessinaient et que les contours se précisaient, je fermais mes rideaux. Je ne voulais pas m'immiscer dans leur intimité. »

« Je savais que Marc n'était plus amoureux. Elle était devenue possessive et maladivement jalouse. Il a rompu. Mais elle n'a pas accepté. Elle s'est mise à l'appeler dix fois par jour, à lui envoyer des dizaines de SMS par heure, à l'attendre le midi, en bas de son bureau pour l'insulter devant ses collègues. C'était très gênant et Marc a même fini par porter plainte. »

« Un soir, alors que je dînais chez moi et que je n'avais pas fermé les rideaux, j'ai vu quelque chose de particulier. Quelque chose que je n'aurais pas dû voir. À travers les fenêtres, elle pleurait, assise sur son canapé. Entre deux sanglots, elle s'enivrait en buvant du vin à même la bouteille et elle picorait des gâteaux apéritifs. »

« Les minutes ont passé et j'ai eu un affreux pressentiment. Et si ce n'étaient pas des cacahouètes ni des pistaches ? C'était plus blanc, plus rond. Des comprimés ? J'ai regardé à travers la fenêtre et j'ai vu une masse sombre allongée sur le sofa. Elle s'était endormie devant le téléviseur resté allumé. »

« Je suis retourné à mes occupations en pensant à autre chose, mais plus la soirée se poursuivait et plus j'étais obsédé par ce pressentiment. C'était idiot, je ne pouvais pas distinguer aussi finement ce qu'elle avalait depuis chez moi. Et pourtant, je me sentais très mal, je devinais que quelque chose de très grave se passait. Mais je n'en étais pas certain et puis on n'allait pas sonner chez les gens parce qu'on avait une intuition ! Déjà que la relation était compliquée avec Marc, je ne voulais pas envenimer la situation. »

« Au bout d'un moment, je n'y tins plus. Je me suis précipité, j'ai descendu les escaliers en sautant au-dessus des marches, je suis sorti, j'ai traversé la rue, je suis monté jusque devant sa porte et j'ai sonné, plusieurs fois, j'ai tapé, j'ai crié, mais personne ne répondait. »

« La voisine de palier, alertée par le bruit, a appelé les pompiers. Elle m'a fait rentrer chez elle. Depuis son salon, on les a vus arriver et préparer l'échelle. L'un d'eux a gravi les barreaux jusqu'à sa fenêtre. Il nous a dit que c'était plus rapide et plus facile à ouvrir qu'une porte blindée. En moins de cinq minutes, ils pénétrèrent à l'intérieur. »

« Avec la voisine, nous nous sommes précipités sur le palier. D'autres pompiers avec une civière attendaient que la porte de Louane s'ouvre. Quelqu'un m'a empêché de rentrer. C'est grave ? Oui, assez. Très grave ? On l'emmène en soins intensifs. On ne peut rien dire pour l'instant. Vous êtes un ami ? Un proche ? Il faut prévenir sa famille. Elle prenait des médicaments ? Oui, ça ressemble à une overdose médicamenteuse. »

« J'ai vu le brancard passer. Ils ne m'ont pas laissé la voir. Ils sont partis très vite et c'est un autre pompier qui a pris le temps de discuter avec moi. Il avait l'air de s'inquiéter pour moi. Il a même voulu que je vienne avec lui. Mais ce n'était pas moi qui étais dans le coma. »

« Je me suis rendu à l'unité de soins intensifs le lendemain, à l'aube. Mais cela n'a servi à rien. Elle est décédée quelques heures plus tard. »

« On a toujours cru qu'elle s'était suicidée. »

— *Je n'ai pas voulu ça.* C'est ce qu'elle veut vous dire : ce n'était pas un suicide, c'était un accident. Savez-vous si elle prenait des antidouleurs ? Des opiacés ?

— Possible. Elle était sujette aux migraines.

— Certaines molécules sont incompatibles entre elles. On a tendance à minimiser les dangers de ces médicaments, notamment quand ils sont associés à d'autres. Les États-Unis ont même retiré de la vente libre certains opiacés, tellement les incidents étaient nombreux. Il est tout à fait possible que Louane n'ait pas agi intentionnellement, qu'elle n'ait pas voulu se donner la mort.

— Mais pourquoi s'en prendre à moi maintenant ?

— Parce que vous étiez là au moment de sa mort. Elle a dû percevoir que vous possédiez le don de communiquer avec l'invisible. Elle a trouvé un hôte, vous.

— OK, mais pourquoi s'accroche-t-elle à moi comme ça ? Elle est dans la mare avec Marc, elle peut lui parler, lui délivrer son message directement !

— Peut-être n'a-t-elle pas compris qu'elle était morte. Elle vous hante depuis le jour de son décès et elle est restée dans cet entre-deux, un espace entre notre monde et le monde invisible. Tant qu'elle n'aura pas réalisé qu'elle est morte, elle y sera coincée. De la même manière que Marc semble lui aussi prisonnier de cet endroit. Vous seul avez la capacité de capter leur présence. Vous êtes l'intermédiaire, le messager. Maintenant, il va falloir vous adresser spécifiquement à Louane. Lui parler pour qu'elle parte et qu'elle laisse la place à Marc.

— Comment ?

— Ce soir, avant de vous coucher. Vous lui parlez à haute voix ou à voix basse, c'est vous qui voyez. Vous pouvez lui écrire une lettre, si vous préférez. Vous lui direz que Marc est mort, qu'il baigne dans la mare avec elle, que vous avez la capacité de lui expliquer pour l'accident, mais qu'elle doit d'abord vous libérer de son emprise.

Elle se redressa et me lança d'un ton joyeux : « Restez dîner avec moi. Vous avez effectué une séance éprouvante, ça m'embête de vous laisser comme tout seul avant la nuit. »

26. Partager un repas délicieux

Dans le couloir qui menait vers la cuisine, je restai fasciné devant un des tableaux caractéristiques du docteur : un homme et une femme debout, face au visiteur, posaient vêtus en habits de campagne. Une salopette en jean, des bottes en caoutchouc, les vêtements d'un couple travaillant la terre. Le monsieur avait une tête de poisson et la femme une tête de zèbre. La réussite de ce tableau consistait à rendre la scène ordinaire et à considérer qu'une tête d'animal accroché sur un corps d'humain apparaissait d'une banalité absolue. Derrière, la maison du docteur. Le tout, la nuit au clair de lune. En m'approchant de plus près, j'observai des petites créatures disséminées autour du couple : cachées dans les arbres, les tuiles du toit, en haut du conduit de cheminée ou dans les graminées du jardin. Ces créatures étaient en mouvement alors que le couple, lui, restait figé dans sa position, comme s'il essayait de regarder à travers la couche de vernis. Je reculai, la femme m'avait vu et une bestiole était montée sur une de ses épaules pour mieux me dévisager.

— Venez, installez-vous.

Je sursautai et entrai dans sa cuisine.

Je découvris un curieux mélange de modernité et de ce qui ressemblait aux vestiges d'une vieille demeure. Les murs, des blocs de pierre épais et massifs me firent penser aux bâtiments érigés du temps des rois. Pourtant, la maison du docteur n'était pas si ancienne. Des parois transparentes, apposées contre des agencements en pierres brutes qui tenaient lieu de placards laissaient s'échapper des éclairages de différentes couleurs. Un subtil mélange de bleu turquoise, rouge carmin et jaune ocre se répandait ainsi dans la pièce.

Sur le bar américain qui servait aussi de plan de travail, le reste du petit déjeuner avait été déposé à la va-vite. Des livres, journaux et magazines y étaient également entassés sans ordre ni logique.

— C'est le bazar n'est-ce pas ? dit-elle, un sourire au coin des lèvres.

— Non, pas du tout, mentis-je.

J'avais tendance à être un peu maniaque, tout comme Marc. Sûrement un des effets secondaires liés à nos études d'ingénieur. Je savais que cela pouvait devenir un défaut et j'évitai d'exposer cette facette de ma personnalité au docteur même s'il m'avait semblé qu'elle l'avait déjà entraperçue.

Elle enleva le plateau et rangea le pot de Nutella dans un des profonds placards. Elle plaça les cuillères dans le lave-vaisselle dissimulé derrière une porte en bois laqué.

Elle attrapa une casserole, la remplit d'eau puis la mit sur le feu.

— Vous cuisinez, Julien ?

— Il m'est déjà arrivé de préparer un osso buco, mais je dois admettre que ce n'est pas mon fort. Et vous ?

— J'aime beaucoup partager un repas délicieux.

Tout en me parlant de ses recettes préférées, elle sortit du réfrigérateur des aliments dont certains m'étaient totalement inconnus. Elle les découpa avec une rapidité déconcertante, les fit revenir dans une poêle, ajouta des épices et encore d'autres ingrédients tout aussi étranges, et enfin, une délicieuse odeur s'éleva. Ma sensation de faim prit une place étonnante dans mon estomac et dans mon esprit.

Elle poussa négligemment les revues qui envahissaient l'îlot pour dresser deux assiettes. Je l'aidai, en organisant des tas rangés par ordre de grandeur. La plupart des magazines traitaient de médecine, de psychologie, de psychiatrie, mais également, de cuisine, de décoration, et cachés sous un des nombreux « Le quotidien du médecin », un album de Tintin. Je le feuilletai et je retrouvai le nez du personnage qui m'avait fait penser à la lieutenante Deltour.

— Docteur, voilà une belle synchronicité !

— Dans ma cuisine, vous pouvez m'appeler Rosa.

— J'ai pensé à cet album pas plus tard qu'hier et je ne parvenais pas à me souvenir du titre ! Maintenant je le vois devant moi : Vol 714 pour Sydney.

Elle se tourna vers moi avec un large sourire.

— J'en suis ravie.

Je feuilletai les pages jusqu'à ce que je tombe sur le passage où l'homme de main compare involontairement son patron Rastapopoulos avec un singe nasique. Mince alors, j'avais oublié ce détail. Un singe nasique. Je me promis de ne plus y penser. Associer la lieutenante à un personnage si malfaisant et à un singe nasique qui plus est me mettait mal à l'aise. Néanmoins, je ris intérieurement. Cette scène m'avait toujours beaucoup amusé.

— Qu'est ce que cela veut dire d'après vous ?

— Les synchronicités n'ont pas forcément un message clair à faire passer. C'est un clin d'œil. Cela vous permet d'observer, d'être attentif. Parfois, cela peut vous guider vers une réflexion, une pensée.

— Comme mon arrestation, par exemple. Ce souvenir est tellement improbable.

— Il y a certains épisodes de notre vie que l'on préfère conserver cachés, dit-elle en me décochant un regard espiègle et en relevant malicieusement les sourcils.

Elle jeta dans la poêle des légumes qu'elle venait d'émincer finement. Un crépitement surgit immédiatement ainsi que des volutes réconfortantes.

Tout en remuant énergiquement sans détourner les yeux de la cuisson, elle poursuivit :

— Moi aussi je me demandais quelque chose. Comment êtes-vous entré chez Drone-me-up ?

— C'est grâce à Marc. Il a été embauché avant moi et il m'a mis en relation avec Albert Baroni. Cette boîte répondait aux valeurs éthiques que je cherchais et Albert travaillait sur des solutions innovantes en accord avec mon projet. Il a tout de suite dit oui quand je lui ai présenté mes travaux. Sans lui, mon essaim n'existerait pas. Je lui dois beaucoup. C'est le projet de toute une vie. Mon projet de vie en quelque sorte.

Mais sans ce projet, quel serait le sens de ma vie ? Cette question, Johanna me l'avait posée, un jour, et elle était restée gravée dans un coin de ma tête. Seulement, dès que je la délogeais, elle s'envolait immédiatement.

Le docteur posa sur la table une casserole dont l'odeur alléchante détourna instantanément mes pensées vers mon estomac.

Les effluves m'entraînèrent dans une parenthèse, un endroit où le corps reprend des forces et de l'enthousiasme.

Elle ouvrit une bouteille de vin rouge, remplit au trois quarts deux verres ballons, huma longuement le breuvage, afficha une expression de satisfaction prononcée avant de lever légèrement le verre dans ma direction puis elle le goûta attentivement.

— Ce vin est parfait pour accompagner le plat.

Elle nous servit. Les saveurs enchantèrent mon palais et activèrent davantage mon appétit. Elle-même n'en manquait pas et dégustait chaque bouchée voluptueusement. Comment avait-elle fait pour préparer un repas aussi délicieux en si peu de temps ?

J'eus soudain l'impression de comprendre cette notion de moment présent, ce concept assez abstrait formulé par des personnes qui aspirent à la zénitude. Je me sentais tout simplement bien.

— Et vous, Rosa, parlez-moi de vous. Quelles sont vos synchronicités ?

— Je ne vais pas tout vous raconter, cela ne vous intéresserait pas et ce serait trop long ! Mais ce que je peux vous dire, en quelques mots, c'est que le jour où j'ai commencé à écouter mes synchronicités, j'ai surtout appris à écouter mes intuitions et ce jour-là, j'ai commencé à être heureuse. Je suis sortie du cadre dans lequel je m'étais enfermée moi-même et j'ai découvert un monde plus vaste. Plus vivant, plus magique.

— Rosa, je vous remercie pour ce repas. C'est vraiment délicieux.

— Vous en aviez besoin. Votre corps doit reprendre des forces. Chaque bonheur compte, vous savez. Ils sont indispensables. Ce sont eux qui nous font vivre. J'ai l'impression que vous n'avez pas l'habitude de les observer. Je me trompe ?

— C'est-à-dire que je suis passionné par mon travail, mes recherches.

— Je comprends.

— Vous pensez que je passe à côté de quelque chose ?

— Je ne me permettrais pas d'émettre un tel jugement. Mais si vous vous posez cette question, cela vaut peut-être le coup d'interroger vos sens. Si tout devait s'arrêter, et que vous regardiez votre vie défiler devant vous, qu'est-ce qui serait important, finalement ? Quel message aimeriez-vous laisser au monde ?

— Difficile à dire en ce moment avec mes amnésies !

Elle sourit. Je me sentais bien.

— Vous semblez tellement aimer la vie, Rosa. Comment faites-vous pour dégager autant de joie et de gaieté tout en écoutant les sombres histoires de vos patients ?

— Parce que j'aime ça. Je suis faite pour ça, c'est ma vocation, mon essence : aider les autres à mieux se connaître. Et puis, je vais vous dire un de mes secrets. Pour chaque décision que je suis amenée à prendre, je me demande si, au fond de moi, elle me procure de la joie. Si oui, je suis sûre d'être dans la bonne voie. La joie, c'est mon phare à moi.

Je me levai. Il était tard et il fallait que je dorme si je voulais tenir le coup.

Dehors, une symphonie d'insectes enchantés par la nuit retentissait contre les pins et les lauriers. Les étoiles projetaient leur présence comme des millions de pensées qui cheminaient, au rythme de la rotation de notre Terre.

Je m'avançai vers ma voiture. À quelques mètres, au pied d'un arbre qui ressemblait à un chêne-liège, des formes scintillantes et rondes voletaient. Des lucioles dansaient.

Je me retournai. Le docteur était sur le point de refermer la porte.

— Rosa, vous aviez tort, tout à l'heure.

— À propos de quoi ?

— Ça m'intéresserait beaucoup de connaître vos synchronicités.

27. Lettre à Louane

Très chère Louane,

Je comprends, à présent, pourquoi tu t'accroches à ma colonne vertébrale et pour quelle raison tu m'apparais la nuit, et peut-être même la journée sans que je m'en rende compte.

Je t'en ai voulu. Tu m'as terrorisé, hanté, tu m'as plongé dans des angoisses abominables, mais maintenant que j'en connais l'origine, ma colère s'étiole et je réalise que c'était ton désespoir qui tapait entre mes côtes.

Je m'en veux. J'aurais dû écouter mon intuition et agir immédiatement. Je t'aurais sauvée.

Mais nous ne pouvons pas revenir en arrière et les choses se produisent, c'est ainsi. Alors, avançons.

J'ai faussement interprété ton acte. Marc aussi. Nous nous sommes tous trompés. Nous savons à présent que tu n'as jamais voulu te donner la mort.

Maintenant que la vérité est rétablie, sache, très chère Louane, que tu peux partir sereinement vers ton monde. Quitte ma colonne, va retrouver tes proches, de l'autre côté. Ils t'attendent. Ils combleront ce vide, cet amour que tu n'as pas rencontré dans ta vie terrestre.

J'ai bien vu que tu vivais dans l'illusion de l'amour avec Marc. Tu voulais te protéger, éviter d'ouvrir une blessure douloureuse. Tu colmatais désespérément une vieille peur qui n'avait jamais dit son nom et tu rejouais la même scène pour la comprendre. Abandon, trahison, colère. Voilà tes maux. Ces émotions t'ont abîmée quand tu n'avais pas l'âge d'analyser les évènements. Je ne connais pas ton histoire, je ne connais pas ta vie, je ne sais pas ce qui t'est arrivé, je comprends simplement tes émotions, tes blessures et je comprends pourquoi tu t'es perdue dans la jalousie.

Comme tu as dû être triste et malheureuse à ne pas savoir, à ne pas pouvoir aimer !

Ma chère Louane, je vais te confier un secret : moi non plus je ne sais pas aimer. Je fais face à cette même illusion. Au moment où je pense aimer, une masse compacte, une boule dans la gorge, un sentiment confus et des pensées floues agissent comme une porte qui se referme sur moi. Il est difficile d'aimer. C'est certainement la tâche la plus importante et la plus difficile de notre passage sur cette Terre et je réalise amèrement à quel point mon cœur est vide et aride.

J'ai fait souffrir, moi aussi. Je le regrette profondément. Pas comme toi, non, moi je suis resté distant, dans toutes mes relations, incapable de montrer mes sentiments, incapable d'accueillir l'autre dans ma vie.

J'étais bien trop occupé à me demander qui était mon père. Comment aimer quand on ne connaît pas ses origines ?

Je souffre de cette vieille blessure. Je l'ai étouffée pour avancer, oubliant de l'entendre, de la comprendre et de la reconnaître. Il est temps de faire face, maintenant.

Bon vent, Louane, vogue, ouvre ton cœur, libère-toi, aime, aime autant que tu le peux. Tu es libre, à présent.

28. **Le tableau de la victoire**

La clarté de la lune rendait paisible l'atmosphère de ma chambre. Pour la première fois depuis longtemps, je me sentais bien. Les yeux ouverts, je respirais la douceur du moment. Pourtant, je dormais.

Le mobilier s'était teinté d'un gris métallisé alors que dans la réalité, le blanc dominait. Je ne m'arrêtai pas à ce détail et je décidai de profiter de ce repos quand je m'aperçus que je lévitais au-dessus de mon lit. Je connaissais cette sensation, ce n'était pas la première fois que je nageais dans l'air.

Je perçus une présence singulière. Une odeur qui se transformait au fur et à mesure que je la captais. Louane quittait son costume de squelette. Elle s'était dégagée de ma colonne et flottait légèrement au-dessus de moi. Elle n'était plus constituée d'os, mais d'une matière translucide, mouvante et pour autant suffisamment compacte pour que je la sente me frôler. Elle sortait de mon corps. Une vibration chaude, épaisse, veloutée fit pétiller des éclats de joie dans mes muscles.

Mais ce bien-être fut de courte durée. Une main géante et invisible enserra mes pieds, mes jambes et remonta jusqu'à mes hanches. Elle me projeta violemment contre le mur, mais s'arrêta juste à temps, évitant de me fracasser le crâne et de le transformer en une bouillie d'os et de chair. J'étais aussi vulnérable qu'une volaille qu'on s'apprête à broyer.

La force me catapulta alors de l'autre côté puis au-dessus de la porte et recommença, de part et d'autre de ma chambre avec une fureur inouïe. Les murs se rapprochaient à une vitesse affolante, je ne parvenais même plus à visualiser la pièce tant on me malmenait avec rage. Est-ce que j'allais mourir d'une crise cardiaque ?

Quand je crus perdre connaissance, je me retrouvai le dos plaqué contre le plafond. J'étais à la merci d'une puissance bien plus forte que moi qui me maintenait à présent suspendu au-dessus du vide et menaçait de me laisser tomber.

J'étais prisonnier d'un rêve infernal.

Une odeur me sortit de ce cauchemar. Louane s'était claquemurée dans les os du squelette qui se reconstituait et qui reprenait une conscience propre, régie par la peur et l'ignorance. Le squelette s'agitait sur mon lit, il me cherchait, il voulait réintégrer son territoire. Ses os rendus phosphorescents par la colère me terrifièrent. Il m'aperçut et se rua vers moi, mais avant qu'il ne m'atteigne, quelque chose le prit par les pieds et le projeta par terre. À ma grande stupéfaction, il ne s'éparpilla pas en une centaine d'os disséminée dans la pièce. Il resta entier. Il était bien plus costaud que je ne l'imaginais.

Une ombre se faufila depuis la rainure du bas de la porte jusqu'au plafond. Elle se forma en boule juste à côté de moi. Je l'entendis siffler des ultrasons qui immobilisèrent les dernières tentatives de mouvements du squelette. Puis, quand plus rien ne bougea, la fumée s'allongea, déroula un de ses tentacules jusqu'en bas et l'enroula autour du tas d'os inerte. Ensuite, elle le bâillonna et l'entraîna dans une grotte secrète.

Le calme revint. La pièce perdit la tension et l'agitation qui avaient pris possession du lieu.

Je ne lévitais plus. Je me retrouvai assis sur le lit, me demandant si j'étais toujours vivant.

Devant moi, deux cercles bleus me fixaient, hypnotiques, attirants, mais aussi, terrifiants. Un sentiment d'effroi me pénétra. Il fallait être fort pour combattre les démons, pensai-je. Un brouillard se condensa et s'organisa en une colonne. Les yeux, au milieu, se plissèrent.

— J'ai tant de choses à t'apprendre. Tu vois ce qu'elle voulait te faire ? Elle ne t'embêtera plus.

— Je ne comprends pas, elle était en train de partir, et puis quelque chose s'est passé, elle a eu peur. Pourtant, elle s'envolait vers la lumière !

Un rire gras gronda contre les murs.

— Mais que sais-tu de ces histoires-là ? Toi, tu n'y connais rien et ce n'est pas cette petite humaine aux cheveux rouges qui pourra te guider. Elle, elle ne fait qu'improviser, elle n'a aucun pouvoir. Si je n'étais pas intervenu, ce squelette nauséabond t'aurait nécrosé peu à peu. Mangé, gangrené, ta chair pourrie et ton âme perdue. Tu es encore un poulet maigrelet qui découvre la vie. Tu ne sais pas interpréter les signes. Tu picores, pour l'instant, tu ignores comment s'organise un festin. Quand tu auras compris, quand tu sauras utiliser tes dons, tu me remercieras. Marc t'attend dans mon cabinet de travail. Souhaites-tu t'y rendre ?

Je n'eus pas le temps de répondre. Ce n'était pas une question, c'était une évidence. Bien sûr que je voulais lui parler ! Les lattes de mon parquet s'écartèrent et je tombai dans l'antre de la fumée.

La pièce était plus sombre que la dernière fois. En face, j'aperçus les statuettes entreposées maladroitement sur le sol ainsi que sur les rayonnages de la bibliothèque. L'une d'elles était sur le point de tomber. Néanmoins, elle restait bancale, presque en suspension, défiant toutes les lois de la physique. Sur les autres murs, je devinai les gravures des panneaux de bois qui tapissaient intégralement les parois. Au milieu, Marc était assis sur un fauteuil. Il était en colère. Il pensait à moi. Il se demandait pourquoi je n'agissais pas. Je ne comprenais pas. Que voulait-il dire précisément ? Au moment où j'allais lui poser la question, ma bouche se paralysa. Mes lèvres se collèrent l'une contre l'autre. Surpris, je tournai sur moi-même, je fis quelques pas et je me retrouvai plaqué contre l'une des parois sculptées. Devant moi, je reconnus l'animal étrange avec une trompe. Il émit des bruits secs et courts, les mêmes que la dernière fois, mais son intonation sonnait différemment, comme s'il voulait me prévenir d'un danger imminent, comme s'il voulait me montrer quelque chose. Je prolongeai mon regard vers le tableau suivant et je me figeai : Louane était engluée dans le bois. Réduite au format du panneau, transformée en gravure, son désespoir déchira mon cœur. Le fond de ses yeux avait une étrange couleur terne. Ses pupilles aveugles s'agitaient en vain à la recherche d'une courbe, d'un trait ou de n'importe quoi de visible. Sa bouche se tordait, scellée, elle aussi. Elle parvenait cependant à se mouvoir. Elle pivotait de gauche à droite, engluée dans la matière, ligotée par le bois semi-liquide. La voix de la fumée me fit sursauter :

— Il a fallu que je te secoue un peu pour la faire sortir, mais tu as quand même bien travaillé. Tu l'as chassée de la mare et j'ai pu l'attraper alors qu'elle s'enfuyait. Tu n'auras plus à la supporter et grâce à toi j'ai pu accrocher un magnifique tableau sur le mur de ma bibliothèque !

La fumée se dressait devant moi, les yeux bleus cerclés de fureur. Le bas de la colonne s'étirait comme la queue d'un animal qui serpentait à la recherche d'un objet à agripper. Elle attendait une réaction de ma part, mais je restai figé, les lèvres toujours scellées. Elle le remarqua, et comme si elle avait oublié ce détail sans importance, elle me rendit l'usage de la parole. Je m'exclamai :

— Mais… elle n'a pas l'air d'apprécier, elle n'est pas bien, là !

— Allons, Julien, voyons, elle n'a que ce qu'elle mérite. Après ce qu'elle t'a fait, c'était la moindre des choses.

— On ne peut pas trouver une autre solution ?

— Sa puanteur avait déjà commencé à trouer une partie de ton foie. Elle te tuait, elle te rendait malade !

— Elle pourrait partir vers la lumière, tout simplement. Elle a délivré son message, on l'a entendue, elle n'a plus de raison de continuer à me hanter.

— Et tu la crois, naïf que tu es !

La fumée devint dense et sombre, elle s'organisa en boule et grossit jusqu'à occuper la quasi-totalité de l'espace. Sa colère gronda, pénétra ma chair et atteignit mes poumons. Tout mon être n'était plus que doute et peur.

— Ne sois pas faible Julien. Comment crois-tu que l'on gagne une guerre ? En libérant ses ennemis ? Et que fais-tu de Marc, tu l'abandonnes ? Il a besoin de toi, tu dois réparer l'injustice qui lui a été faite. Et toi, tu veux laisser ce squelette immonde te nuire ? Te mettre plus bas que terre ? T'entraîner vers les limbes ? Savoure ta victoire au lieu de chipoter, sois grand et fort, sois puissant, c'est toi le maître. C'est ton royaume ici, Julien, ton royaume ! Ne laisse personne te duper. Louane est exactement à l'endroit où elle doit être alors que Marc n'est toujours pas vengé. Maintenant, agis ! Écoute-le, et rends-lui justice !

29. Né de père inconnu

Il était 4 h du matin. Le docteur ouvrit, enveloppée dans un large peignoir, les yeux gonflés de sommeil. J'étais tellement désolé de la sortir de son lit, de sa nuit, de la déranger, mais elle m'assura que ce n'était pas un problème.

Elle m'installa sur un fauteuil qu'elle déplia intégralement en position horizontale, me donna un somnifère pour me permettre de dormir quelques heures. J'avalai le comprimé, lui demandai une deuxième dose pour amplifier le résultat, ce qu'elle refusa tout en me répétant que la tempête à l'intérieur de ma tête allait très vite se calmer. J'allais éclater, comme un crapaud qu'un sale gamin sadique aurait gonflé d'air.

Dormir sans cauchemar était un luxe que seule la chimie pouvait m'offrir.

Je posai mon corps endolori. Mes muscles s'étaient tant crispés aux endroits où la peur avait frappé. Des courbatures me paralysaient. Mes nerfs, enchevêtrés et emmêlés les uns dans les autres formaient des pointes qui torturaient mon dos, mon cœur et mon âme.

Là, sur ce fauteuil, à proximité du docteur Aguilar, j'étais en sécurité. Je savais que je retrouverais le calme et la paix.

Après trois heures de noir complet, d'absence de pensée, d'émotion, de peur et d'angoisse, je la rejoignis dans sa cuisine. Il était sept heures. Elle, toujours pimpante, multicolore, moi, une gueule floue parsemée de poils hérissés et de mèches désordonnées.

— Sacrée nuit, n'est-ce pas ? me dit-elle en souriant. Café, pain, confiture ?

Je m'assis, elle posa un mug fumant devant moi et je bus une gorgée du liquide noir brûlant et revivifiant. Le toasteur émit le son caractéristique d'une tartine prête à être beurrée. L'odeur réconfortante de pain grillé chatouilla mes narines et fit renaître l'idée que la vie reprenait le dessus, quoi qu'il arrive. Le docteur avait décidément le don pour m'ouvrir l'appétit, l'optimisme et l'esprit, de sorte que je pouvais lui raconter l'impensable sans qu'elle fronce un sourcil.

— J'ai du mal à percevoir l'intention de la fumée. Elle m'apparaît comme un guide, elle m'offre un lien, une passerelle pour communiquer avec Marc, mais il y a quelque chose d'acide chez elle. Elle a enfermé Louane, alors qu'elle était en train de partir ! Et pendant ce temps, Marc a besoin de moi. Alors, qu'est-ce que je dois faire ? Suivre la fumée ? La rejeter ? Et si je perdais toute possibilité d'entrer en contact avec Marc ?

— Vous avez raison d'être méfiant. Vous avez ouvert la porte avec le monde invisible, ce qui vous permet d'y accéder. Mais la brèche est également ouverte dans l'autre sens. Toutes sortes d'entités peuvent s'infiltrer dans votre monde.

— Si vous pensiez me rassurer, là, c'est raté.

— Vous devriez vous fier à vos dons sans passer par cette fumée.

— Mais vous avez bien vu, dès que je dors ou dès que je suis en hypnose, la fumée s'invite.

— Alors il faut trouver la parade. Une parole, un geste, un rituel pour entrer dans la mare sans que la fumée s'en aperçoive. Et ce qui pourrait nous aider, je vous l'ai déjà dit, c'est de comprendre la part héréditaire de votre don, car il y en a une, il y en a très souvent une. Je sais que votre mère est hermétique à tout ceci et que vous ne connaissez pas votre père, mais ça vaut le coup de creuser tout de même. Y a-t-il un oncle, une tante, un cousin même lointain qui posséderait une prédisposition en particulier ? Un coupe-feu, un don de voyance, un guérisseur ?

— Rien de tout cela.

— Vous devriez quand même poser la question à votre mère, vous aurez peut-être quelques surprises.

La lueur des premiers rayons du soleil éclaira son visage. Une légère brise virevolta dans la pièce avec une agréable odeur de chèvrefeuille. J'aperçus des petites fleurs blanches dépasser de la balustrade derrière la fenêtre grande ouverte. Un papillon jaune vif, attiré par quelques senteurs florales entra et se posa sur ma main. Je n'osais plus bouger de peur de le faire s'envoler. Le jaune lumineux contrastait avec une délicate ligne noire qui bordait ses ailes. Sur chacune d'elles, une tache ovale offrait plusieurs nuances de mauve et de violet.

— Non, vraiment, je ne m'imagine pas parler du monde invisible à ma mère. Elle me rirait au nez, il n'y a pas plus cartésienne qu'elle. C'est une ingénieure pur jus, spécialiste des tuyaux PVC. Elle a même gagné le concours Lépine 1990. Elle a inventé un outil pour l'emboîtement des canalisations. La tuyauterie, c'est son truc.

— Et votre père ? Que savez-vous de lui ?

Le papillon s'envola, libérant ma main de sa position statique dans laquelle je l'avais maintenue pour offrir à l'insecte un reposoir confortable.

— Ma mère ne m'a pas dit grand-chose à son sujet. Un amour de vacances aussitôt disparu. C'était sa toute première fois et, pas de bol, elle est tombée enceinte.

— Vous n'avez jamais cherché à en savoir plus sur lui ? Vous n'avez pas questionné votre mère ?

— Si, bien sûr. Je l'ai même harcelée, jusqu'à ce qu'un jour, elle n'en puisse plus et qu'elle me réponde par une gifle. J'avais une dizaine d'années. Après, j'ai arrêté de l'embêter avec ça. Que voulez-vous, elle ne connaissait rien de lui. C'était un militaire de passage qui partait en mission en Afrique, au Congo. Pas de nom, pas d'adresse, aucun indice. Comment le retrouver dans ces conditions ?

— Mais vous aviez toute légitimité à vous renseigner sur lui.

— De toute façon, il y a une probabilité non négligeable pour qu'il soit mort. J'ai lu dans la presse que des militaires étaient morts dans une explosion, là-bas, à cette période.

— C'est vraiment tout ce que vous savez de lui ? Votre mère ne vous a pas fourni d'autres détails ? Vous dites que vous avez arrêté de l'embêter avec ça, mais pour vous, c'est tout aussi embêtant de ne rien savoir de lui !

— Elle dit que cela n'a aucune importance et que tout ceci n'a rien à voir avec l'amour qu'elle me porte.

— L'un n'empêche pas l'autre. Elle vous aime, elle a l'air attentive envers vous, mais vous pourriez lui demander de vous aider à remonter la piste jusqu'à lui.

— Elle bloque. Elle n'en parle jamais. Quoi qu'elle en dise, je reste le fruit d'une erreur de jeunesse. Elle avait à peine dix-sept ans. Une mère célibataire. Ce n'était pas très bien vu, à l'époque. De nos jours non plus, d'ailleurs. Heureusement, ma grand-mère s'est beaucoup occupée de moi, laissant du temps et de l'espace pour que sa fille continue ses études. Et ma mère, de son côté, a fait tout ce qu'elle a pu pour que je ne souffre pas de la situation.

— Je comprends. Difficile de vous renseigner sur votre papa dans ces conditions. Mais sait-on jamais… parfois l'impossible arrive.

30. Un client que l'on ne contrarie pas

J'arrivai tôt avant les autres dans les locaux de Drone-me-up. La plupart des collaborateurs sortaient à peine de leur lit et j'en profitai pour travailler sur la photo du client que l'on ne contrarie pas. Albert voulait que tout soit prêt à la première heure, aujourd'hui. Je ne disposais que d'une petite heure.

Je récupérai la photo qu'Albert m'avait envoyée via une messagerie sécurisée. Cette photo ne devait certainement pas traîner sur le web pour qu'il choisisse ce mode de transmission.

Le cliché était en effet très flou. On y voyait un homme en pantalon à pince noir et en chemise bleu ciel, un casque de chantier vissé sur la tête, une grande feuille dans la main. Ce devait être un plan d'urbanisme. Il parlait avec un autre homme dont on ne voyait que le dos, les yeux rivés sur les papiers.

Mon travail consistait à faire émerger les traits de son visage pour que le système de sécurité le reconnaisse. Il me suffisait d'opérer quelques manipulations, de développer un bout de code, d'envoyer le tout à Albert qui transmettra au client et l'affaire sera dans le sac.

Voilà. Dossier envoyé. Mission terminée. Je n'y pensai plus. J'avais bien d'autres préoccupations en tête.

Dehors, du bruit attira mon attention. J'ouvris les fenêtres et je sentis une chaleur moite s'évaporer du sol. La journée s'annonçait excessivement chaude.

Je sursautai en entendant la voix de la lieutenante Deltour. Je regardai discrètement et je l'aperçus devant l'entrée de Drone-me-up. Elle discutait avec Jérôme.

— Non, vous savez, certaines pièces sont climatisées, et puis je supporte bien la chaleur.

— Bien sûr, où avais-je la tête ? Avec le métier qu'elle fait, elle doit être résistante à toutes sortes de situations extrêmes.

— N'exagérons pas, j'apprécie aussi l'air frais quand j'en trouve, mais je fais avec. Je m'adapte. Il faut bien, avec le réchauffement climatique.

— Et ça ne va pas s'arranger cette affaire-là. Peu de gens se rendent compte de la gravité de la situation.

— Le déni, monsieur Ferdinand, c'est le déni.

— Pourtant, le dérèglement climatique, ce n'est pas un mythe. C'est factuel, on le constate partout dans le monde.

— C'est pour ça qu'il faut s'y préparer.

— Et comment elle fait ?

— Des stages de survie.

— Il faut avoir un entraînement spécial ? C'est réservé aux militaires, aux forces spéciales, ou quelque chose comme ça ?

— Pas du tout. Vous pouvez le faire, vous aussi. Je vous donnerai la brochure si vous voulez.

— Il aimerait beaucoup. D'autant plus qu'il a fait l'acquisition il y a peu d'une grange dans les Pyrénées où il compte expérimenter, durant ses congés, une vie en complète autonomie.

— Une cabane dans les Pyrénées ? Quelle chance ! C'est épatexcitant… pardon, je veux dire épatant. Elle est située en zone blanche ?

— Oh que oui ! Pas d'Internet, aucune onde, pas de Wifi ni de 5G, aucune pollution. Si elle est ultra sensible aux ondes, c'est l'idéal. Il lui montrera, si elle veut.

— J'en serais enchantée, monsieur Ferdinand.

Ils sursautèrent en entendant Albert s'approcher d'un pas lourd, Il portait le visage sombre et soucieux des mauvais jours. Il leur fit signe d'entrer et quelques minutes plus tard, je les retrouvai dans le bureau de chef.

— Le collapsologue m'excusera, mais avec cette chaleur, je ne peux pas me passer de clim, dit Albert.

Jérôme bougonna, la lieutenante enfila sa veste et nous nous installâmes autour de la table.

— On vous écoute, Lieutenant, dit Baroni.

Elle souleva son menton, ferma un œil en toisant Baroni et annonça calmement, en prenant son temps, comme si elle savourait le moment :

— Comme vous le savez, le médecin légiste a procédé à l'examen interne de Marc Loizot. Après avoir trouvé le micro-robot, il a poursuivi avec l'analyse des organes. Ce sont les organes du thorax qui posent problème. Il a découvert des plaies internes au niveau de l'œsophage, de l'aorte et des artères pulmonaires. Ces plaies ne semblent pas naturelles, et correspondent aux élytres coupants du robot. Autrement dit, c'est le robot qui a tué Marc. Le médecin est formel, le micro-robot est entré par la bouche, il est descendu dans l'œsophage qu'il a fini par perforer, puis il s'en est pris à l'aorte et enfin aux artères pulmonaires. Il aurait voulu faire exprès qu'il ne se serait pas pris autrement. La mort était inévitable et rapide. C'est d'ailleurs ce qui pose problème, la rapidité avec laquelle le robot a opéré.

— Je ne comprends pas, ne pus-je m'empêcher de m'exclamer, qu'est-ce que ça veut dire ?

— Que votre scarabée a tué Marc Loizot.

— Il n'est pas mort d'une crise cardiaque alors ?

— Non, c'est le scarabée qui a causé sa mort.

— Et c'est quoi le problème avec la rapidité ?

— Le médecin pense qu'il a fallu l'action d'une force externe. Autrement dit, le robot était en activité sinon les élytres se seraient contentés d'endommager les parois sans les taillader.

— N'oubliez pas, lieutenant, que Marc faisait un jogging, intervint Albert.

— Et alors ?

— Alors, je ne suis pas médecin, mais il me semble que c'est une donnée importante. Admettons que Marc ait avalé le robot et que ledit robot se soit coincé quelque part dans son organisme. Les mouvements respiratoires profonds engendrés par le jogging l'auraient délogé. Les élytres du scarabée se seraient alors malheureusement retrouvés contre les organes de Marc et les auraient malencontreusement perforés.

— Je ne fais que vous restituer la conclusion du médecin légiste, monsieur Baroni.

— Bien sûr, lieutenant, mais encore faut-il remettre dans le contexte et analyser en globalité la situation. C'est regrettable, c'est effroyable, mais ça reste un accident.

— Eh bien, justement, c'est là le problème. Nous n'en sommes plus vraiment sûrs. Le médecin légiste a bien insisté là-dessus : non seulement le robot était en activité, mais il a agi comme s'il avait l'intention de donner la mort rapidement. Un robot tueur en quelque sorte.

— Mais avec quel programme ? Nous n'avons pas de programme tueur ! s'exclama Jérôme.

Albert lui jeta un regard sombre et dit :

— Bien sûr que non, nous n'en avons pas ! C'est de la science-fiction, vot' machin, là. Lieutenant. Excusez-moi, mais il est à côté de la plaque vot' toubib !

— Et qui aurait lancé le programme alors ? continua Jérôme sans s'apercevoir qu'il pensait à voix haute.

— Voilà pourquoi j'ai demandé une analyse de tous vos programmes informatiques. Une équipe est déjà en train de procéder à la copie de vos systèmes. Vous attendrez donc la fin de notre enquête pour poursuivre vos travaux.

— Quoi ! Mais nous avons des projets à faire avancer. Vous vous rendez compte de ce que cela implique, lieutenant ?

— Des projets qui tuent des collaborateurs ?

— Lieutenant, franchement, vous ne pouvez pas dire ça !

— Monsieur Baroni, au cas où vous ne l'auriez pas compris, vous et votre équipe êtes impliqués dans la mort de Marc. Je vous demande donc, à vous tous messieurs autour de la table, de rester dans la région. Ne partez pas sans nous le dire. L'affaire prend une tout autre envergure. Et aussi, monsieur Baroni, j'aimerais consulter la liste complète de vos clients.

— Mes clients ? Mais vous savez bien que certains d'entre eux sont confidentiels. C'est une des clauses des contrats que nous passons avec eux : nous respectons une confidentialité stricte.

— Ça tombe bien, j'adore la confidentialité, je cherche souvent là où c'est confidentiel, d'ailleurs.

— Je ne comprends pas pourquoi vous voulez cette liste ?

— Eh bien, je vais vous faire une confidence. Grâce à vous, nous avons repéré un gros poisson, une star de la pègre que nous cherchions depuis un moment.

— Que voulez-vous dire ?

— Nous avons identifié, depuis l'ordinateur de Marc, des échanges de mails et documents avec un certain nombre de clients situés à Chicago. Et figurez-vos qu'à plusieurs reprises, l'adresse IP du client match avec des adresses IP que nous surveillons depuis un bail, car en lien avec Éva Kochner.

— Éva qui ?

— Éva Kochner, la patronne des mafieux. La mama du crime organisé, la cheffe de gang du syndicat du crime. Vos clients font affaire avec de drôles d'oiseaux, manifestement. Personnellement, je n'aimerais pas travailler avec ce genre d'individu.

— Je l'ignorais.

— Eh bien maintenant, vous le savez. Vous devriez être plus attentif aux partenaires de vos clients.

— Oui, mais enfin, un client a bien le droit de nouer des partenariats avec qui bon lui semble ! Et un client est un client, on n'a pas toujours le choix !

— C'est à vous de voir.

— Lieutenant, excusez-moi, mais que savez-vous du business ? Un client est un client et n'importe qui d'honnête vous le dira. On ne refuse pas un client, c'est la loi du marché. Pas de client, pas de chiffre d'affaires, pas d'investissement, pas de nouvelles technologies. C'est comme ça. Je n'y peux rien, c'est la réalité de la vie. Je sais que certaines entreprises sont mal vues parce qu'elles polluent ou parce qu'elles emploient des enfants.

Et pourtant, elles existent toujours. L'industrie de l'armement traite bien avec des pays qui bafouent les droits humains les plus élémentaires. L'industrie du textile se fiche éperdument des conditions de travail de ses usines. Pas vu pas pris. Tout ça, ce n'est qu'une grande hypocrisie. Ceux qui crient au loup sont les premiers à s'acheter un jean dix balles fabriqué par un gosse de six ans et à se faire livrer ses sushis par un esclave à scooter. Tout ça ne gêne personne. Nous, au moins, on ne pollue pas et on respecte le Code du travail.

Elle releva son menton, sourit du coin des lèvres, et répondit d'une voix feutrée :

— Oui, vous avez certainement raison, monsieur Baroni. Bien, sur ce, je vous laisse. Ne me raccompagnez pas.

Elle nous salua, sortit, ferma la porte et nous attendîmes plusieurs longues secondes avant de parler.

Je finis par m'exclamer :

— Ce n'est pas possible. Mes robots sont conçus pour sauver des vies, pas pour tuer. Un de mes robots ne peut pas avoir tué mon meilleur ami ! Cela n'a pas de sens !

— Allons, Julien, ressaisis-toi ! Bien sûr que tes robots ne sont pas conçus pour tuer ! Il y a eu un dysfonctionnement, voilà tout.

— Mais enfin, Albert, c'est grave ! Nous savons que l'essaim a été activé pendant le jogging de Marc, nous savons aussi que quelqu'un a falsifié le journal des opérations pour camoufler l'activation. Que s'est-il passé ? C'est grave, Albert, très grave ! Il s'agit d'un acte intentionnel, d'un meurtre !

— Voyons, Julien, calme-toi, tu dis n'importe quoi !

Jérôme, prostré sur sa chaise, murmura :

— Il va tout examiner, tout passer en revue.

— Albert, j'aimerais savoir…

— Quoi, Julien.

— Tu savais qu'Éva Kochner était la patronne de la pègre ?

— Excuse-moi, mais je ne suis pas spécialiste de ce milieu. Non, je ne savais pas et je m'en fiche, d'ailleurs.

— Sauf si c'est une de nos clientes.

— Mais tu ne vas pas t'y mettre toi aussi ! Écoute, Julien, écoutez bien tous les deux. Je comprends bien que tout ceci est perturbant. Mais maintenant, on a intérêt à filer droit. On arrête les conneries, on se tient à carreau. On reste solidaires et cohérents sur les explications que nous fournirons au lieutenant, car j'imagine que vous avez compris quelle serait l'issue si jamais elle interprétait les faits de travers ?

— Non, il a pas compris.

— Que nous pourrions être considérés comme responsables de la mort de Marc et que si tel était le cas, nous pourrions nous retrouver sous les verrous.

31. Destin tragique

Ce n'était pas de me retrouver sous les verrous qui me terrifiait, c'était d'être responsable, de près ou de loin, de la mort de mon ami.

Cloué sur ma chaise face à mon ordinateur, je demeurais englué dans l'incompréhension. Une douleur lancinante installée au milieu de mon crâne m'assommait.

Impossible de travailler. Impossible de réfléchir. Impossible de laisser mes pensées vagabonder. Je risquais de découvrir l'horreur absolue : ma création avait tué mon ami.

Sans savoir pourquoi, j'ouvris mon mobile et fis défiler les actualités. Je passais en revue les titres quand je lus : « Un mafieux victime d'un arrêt cardiaque dans un fast food ». Pour illustrer l'article, une photo sans ambiguïté affichait le corps et le visage de la dépouille. L'homme de la photo pour le client que l'on ne contrarie pas ! Encore un mafieux. Encore un problème cardiaque.

Ce n'était pas une coïncidence, ce ne pouvait pas l'être, sa mort était directement liée à la photo et c'était moi qui l'avais manipulée. Moi qui l'avais tué ! Derrière le logiciel de reconnaissance faciale développé par Marc, il existait une machine meurtrière. J'ignorais comment elle fonctionnait et s'il existait un lien avec mes robots. Tout ceci était certainement imbriqué, entremêlé. Restait à savoir pourquoi et comment.

Mon téléphone sonna, je décrochai. Albert me demanda de le rejoindre dans son bureau. Je lui lançai sans réfléchir, sans me soucier de la présence de Jérôme en face de moi dans le bureau ou peut-être, instinctivement, avec Jérôme comme témoin, un confrère rationnel dans un monde qui glissait inexorablement vers l'obscurité :

— Je viens d'apprendre pour l'homme de la photo. Il est mort.

— Quel homme ? Quelle photo ?

— L'homme de la photo que j'ai retouchée hier.

— Ah lui ? Bah, c'était bien la peine d'avoir travaillé dessus. À un jour près, t'as bossé pour rien.

— Ou alors, c'est justement à cause de ça qu'il est mort.

— Mon p'tit Julien, tu m'inquiètes. Mais qu'est-ce que tu vas imaginer là ? Allez, ressaisis-toi !

— Mais non Albert, tu ne comprends pas…

— C'est toi qui ne comprends pas, Julien. Nous avons des clients prestigieux et exigeants. Je me suis battu pour les avoir. Certains ne sont peut-être pas des enfants de chœur, c'est vrai, ils ne font peut-être pas dans la production de graines bios ou de carburant extra vert, mais le monde n'est pas parfait. On fait avec et on est bien obligés de travailler avec les secteurs qui génèrent de la richesse. Tu roules bien avec une voiture ?

— Je ne vois pas le rapport.

— Eh bien, l'essence que tu mets à l'intérieur précipite notre monde vers la catastrophe. C'est bien ton collègue le collapsologue qui te bassine avec ça tous les jours, non ? Et tu continues quand même à utiliser ta voiture. Lui aussi, d'ailleurs. Et pourquoi ? Parce qu'on est bien obligés. On fait avec. Les choses évoluent doucement, progressivement, mais on ne peut pas rompre aussi brutalement avec l'existant. Tu comprends ?

Je jetai un œil vers Jérôme qui avait deviné qu'on avait mentionné son nom. Moi, je ne captais plus rien, les paroles d'Albert coulaient, la réalité de ce moment m'échappait.

— Je comprends qu'une certaine logique m'échappe.

— Alors, on continue, Julien. Je compte sur toi. J'ai besoin de toi. Pour une autre photo.

— Non, Albert, je ne veux plus, l'homme est mort et…

Je m'interrompis, mon ouïe s'était focalisée sur un bourdonnement particulier.

Quelque chose grésillait derrière ma tête et cela ne faisait pas partie de moi. Une petite ombre noire se détacha alors clairement et se posa sur mon clavier d'ordinateur. C'était un de mes scarabées. Il s'éleva légèrement et fit claquer des sauts vifs et brusques sur les touches comme s'il voulait le détruire. Mais il était animé d'un tout autre dessein, il me délivrait un message. En bondissant sur les touches du clavier, il actionnait les fonctions de l'ordinateur. Il ouvrit une feuille de traitement de texte et écrivit :

Obéis ou t'es mort.

Puis, il effaça les mots assassins et s'envola immédiatement.

La voix d'Albert poursuivit :

— Je t'envoie le dossier. Dépêche-toi, c'est urgent.

Il raccrocha. Plus loin, Jérôme m'interrogeait du regard, des reflets inquiets s'étaient posés sous ses yeux et dans le creux de ses joues.

Alors, une chose encore plus effroyable se produisit. Ce n'était pas une intuition ni un pressentiment c'était bien plus précis, plus net. Un écran translucide s'ouvrit devant moi et projeta le film de ma mort.

Je distinguai une route, la nuit. Un vent puissant se transformait en tempête. Des végétaux volaient, emportés par de violentes bourrasques, la pluie fouettait rageusement mes vêtements. Un imposant cumulus noir crachait des gouttes d'acier, laissant de petits cratères rouges sur ma peau. Pour autant, je ne réagissais pas.

Mon corps gisait à côté d'une voiture et mon esprit flottait à quelques centimètres au-dessus. J'observai l'apparence de cet homme, de moi. Je me découvris réellement, tel que j'étais, et cela n'avait rien à voir avec ce que j'avais pu imaginer à travers un miroir ou une photo. Néanmoins, ce que je contemplais n'était qu'une enveloppe corporelle. Elle ne m'appartenait déjà plus.

Des gens gesticulaient. Ils luttaient contre le vent et les bouches se tordaient sous l'effet des gouttes d'acier qui cisaillaient leurs peaux vulnérables.

Mon visage demeurait désespérément imperturbable. La pluie pouvait bien s'obstiner à le marteler, à déchaîner sa rage et sa colère, rien n'y faisait. J'étais mort. Complètement mort et je voulais partir, m'envoler vers l'ailleurs.

Une lumière clignotante apparue, puis d'autres. Une ambulance cracha des hommes en blouse blanche tandis qu'un camion de pompier fit tournoyer un rayon rouge aveuglant. Je m'envolai, quittant définitivement ce monde.

L'écran se referma d'un coup. Non, ce n'était pas possible, ce n'était pas mon heure, je ne voulais pas mourir.

32. Les yeux du monstre

Albert m'envoya la photo. Elle était floue, comme les autres. J'y distinguai un homme qui se serait retrouvé mort à l'instant même où j'aurais rendu ma copie.

Je levai les yeux vers la tache noire. Le scarabée ne me quittait plus. Il me surveillait, logé au sein d'une petite aspérité creusée dans le mur, et je devinai qu'il me suivrait où que j'aille. Me filmait-il ? Qui le manipulait en ce moment précis ? Albert ? Cela me déchirait le cœur de le savoir aux manettes. Il avait son caractère, mais de là à l'imaginer en meurtrier, non, ce n'était pas possible, je ne pouvais le croire. Il pouvait se montrer ambigu dans ses raisonnements et dans sa vision du monde, mais cela ne faisait pas de lui un criminel.

J'effectuai les travaux demandés par Albert, mais j'omis intentionnellement une des étapes du processus. Il s'agissait d'une petite manipulation qui passerait inaperçue, mais qui rendrait la reconnaissance faciale très difficile. Cela me laisserait un peu de temps. Ceux qui m'observaient à travers la caméra du scarabée ne s'apercevraient de ma manœuvre que d'ici quelques heures. L'homme serait sauvé, même s'il s'agissait sans doute d'un autre de ces mafieux, une bande rivale d'Éva Kochner.

J'informai Albert que le travail était fait tout en m'interrogeant, encore une fois, sur le degré de son implication. Je ne comprenais pas son rôle dans cette histoire, mais sa participation me parut à présent évidente et cela me plongea dans une colère froide. Il savait. Bien sûr qu'il savait. Il était conscient d'envoyer ces hommes vers une mort certaine. Était-il menacé, comme moi ? Et pour Marc, quelle avait été sa part de responsabilité ?

Je me levai et sortis sans me soucier du scarabée qui me suivait. Je filais chez Marc. Il m'avait chuchoté au téléphone « *Trouve le dossier Kochner, chez moi.* » Ce n'était pas une hallucination, il existait véritablement un dossier et j'allais mettre la main dessus.

Connaissant Marc, il avait dû consigner dans ce dossier les photos qu'on lui avait demandé de retoucher. Les photos d'hommes qui étaient morts peu de temps après. Il avait fait le lien et il en apportait la preuve.

Je sonnai chez la voisine. Elle était réticente. Cela faisait beaucoup de visites en peu de temps. Je la rassurai. Je ne cherchais qu'un dossier de travail, rien d'autre.

J'entrai et fouillai tout ce qui pouvait constituer une potentielle cachette : derrière les tableaux, sous le matelas, dans le tiroir de ses caleçons, sous l'évier de la salle de bain. Je ne savais pas exactement quelle forme revêtait ce dossier : une clé USB, un dossier papier ?

Je continuai sous l'œil du scarabée qui me surveillait jusque dans les pièces les plus exiguës. Je m'enfermai même dans les toilettes pour vérifier s'il me filmait dans cet endroit intime. Il ne me lâchait pas. Et si j'avais trouvé le fameux dossier, qu'aurait-il fait ? Il se serait engouffré dans mon nez, ma gorge ? Il allait tout perforer sur son passage ?

Probablement que oui. Finalement, je finis par m'adresser au scarabée :

— Tu vois bien, il n'y a rien, ici !

J'étais un idiot. Dénicher le dossier sous les yeux du robot revenait à signer mon arrêt de mort. Alors, que faire ? Et d'ici peu de temps, on s'apercevra du sabotage de la dernière photo et alors, le scarabée m'exécutera.

Je réalisai alors amèrement que je n'étais pas le seul impliqué. Le scarabée avait assisté à mes séances avec le docteur. J'avais beaucoup parlé. Trop ? Je devais la prévenir de mon départ sinon, elle s'interrogerait, mènerait l'enquête sur mon absence arguant que je ne possédais pas une personnalité suicidaire et qu'il s'agissait d'une disparition inquiétante. Alors, elle prendrait des risques, alerterait Albert, la police et le scarabée fiché au-dessus de sa tête s'introduirait dans sa gorge. Nos entretiens répétés n'avaient pas laissé nos observateurs indifférents. Elle était surveillée. Les scarabées que j'avais aperçus sur la plage et dans son cabinet ne constituaient pas une illusion. Ils étaient réels. Ils nous surveillaient, ils nous espionnaient.

Je fonçai chez elle et me garais en me demandant comment j'allais lui expliquer la situation.

Elle me fit attendre dans l'entrée. Elle terminait avec un patient qu'elle ferait ensuite sortir par une autre issue. Ainsi, personne ne se croisait. Personne n'avait envie d'être surpris dans le cabinet d'un psy.

Le large vestibule était empreint d'une lumière paisible. Une douce lumière de fin d'après-midi qui contrastait avec l'urgence de la situation. Quelques grains de poussière voletaient dans cette atmosphère tranquille et parmi eux, le scarabée.

Mon mobile vibra. J'avais bien pensé le désactiver ou à enlever la batterie comme je l'avais vu faire dans les films, mais à quoi bon ? Le scarabée, lui, ne se désactiverait pas. Je décrochai. C'était Jérôme :

— Allo ? Il dérange ?

— Non, Jérôme, que se passe-t-il ?

— Il voulait savoir comment il allait. Il est parti tellement vite.

— Je vais bien, je te remercie. Pour tout.

— Bien. Très bien. Il s'inquiète, voilà. Et sinon, il ne comprend pas, il n'y a plus d'anomalie dans la sauvegarde. Quelqu'un a bidouillé la sauvegarde pour la rendre clean. Magalie dit que la personne qui a fait ça s'est connectée avec le profil « Super Admin ».

— Magalie ?

— Magalie Deltour, la lieutenante.

— Elle est au courant ?

— Oui, ses informaticiens sont très performants. Ils voient tout. Ils ont détecté qu'il y avait eu un maquillage des données du journal de bord ainsi que dans la sauvegarde, même si l'anomalie n'y figure plus. Magalie vient de me prévenir.

— Tu l'appelles par son prénom ?

— Oui, pourquoi ?

— Je ne savais pas que vous étiez si intimes.

— On partage quelques centres d'intérêt commun. Mais, Julien… aussi… il y a le problème du profil « Super admin ». Le profil qui a été utilisé pour trafiquer la sauvegarde.

— Et alors ?

— Les deux personnes qui possèdent ce profil utilisateur ce sont toi et Marc.

— Tu en es sûr ?

— Oui, elle a vérifié.

Je raccrochai. Le docteur s'approcha, souriante et joyeuse même si je perçus un soupçon d'inquiétude.

— Rosa, je suis venu vous dire que j'arrêtais les séances.

Ses cheveux ondoyaient et je me rendis compte que cela constituait une constante chez elle : ses mèches rouges ondulaient dans un mouvement perpétuel, ce qui me procurait un étonnant apaisement. Sa seule présence suffisait à me calmer, même dans des circonstances aussi difficiles.

— Que se passe-t-il, Julien ?

— Je vais mieux. Je n'ai plus besoin de venir. Voilà, je voulais vous remercier avant de partir.

— Vous partez ?

— Je voulais dire, partir du cabinet.

— Et Marc ?

J'apposai doucement ma main contre ses lèvres pour l'interrompre et lui fis comprendre, par un léger mouvement de la tête, de ne pas parler de ce sujet.

— J'ai résolu tous mes dossiers, docteur, je crois que je n'ai plus de vieux souvenirs à explorer. Tout va bien dans ma vie, à présent.

— C'est merveilleux, répondit-elle en écarquillant les yeux en signe d'interrogation.

— Je vous avais dit, l'autre jour que petit, je me réfugiais dans la nature et que c'était de cette manière que je me protégeais du monde, de mes peurs.

— Bien sûr, mentit-elle.

— Eh bien j'ai retrouvé le coin de nature de mon enfance. Je vais m'y recueillir quelque temps.

— Je comprends. Vous arrêtez les séances pour travailler sur vous-même, dans votre coin de nature à vous ?

— Absolument.

— Attendez, je reviens.

Elle pivota, partit d'un pas décidé et réapparut quelques minutes plus tard avec un sac de sport sur l'épaule. Sans un mot elle m'invita à sortir. Elle ferma à clé la porte de sa maison et s'approcha de ma voiture.

— On prend la vôtre ?

— Vous ne pouvez pas venir.

Ma voiture n'était pas verrouillée. Elle monta côté passager et attendit que je m'installe. J'insistai :

— Rosa, que faites-vous ?

— Je vous accompagne.

33. Là-haut, dans la montagne

Elle était aussi butée qu'un buffle en début de migration. Ses joues légèrement gonflées s'étaient figées dans une obstination déroutante, et son corps collé contre le siège de mon véhicule s'était densifié au point d'en devenir indélogeable.

J'abdiquai et entrai à mon tour en tentant d'anticiper les implications et les risques qu'elle prenait en venant avec moi. J'allumai le contact en observant instinctivement le scarabée qui s'était niché au-dessus du rétroviseur.

Nous demeurâmes silencieux et elle s'immobilisa dans une posture indéchiffrable. Son visage semblait dormir malgré des yeux actifs. Aucune expression l'animait. Je finis presque par oublier sa présence quand j'empruntai l'autoroute.

La double voie s'aventurait vers la montagne puis la route devint sinueuse et les lacets s'enchaînèrent. Au bout d'une heure de tortillons, nous arrivâmes sur une piste cabossée. Je m'arrêtai, vérifiai le réseau, il n'y avait plus rien. Je coupai le moteur et écoutai le silence. Le bourdonnement caractéristique du scarabée avait cessé. Il n'était plus perché sur le rétroviseur, il avait dû choir, faute de réseau. Je le cherchai sur le sol, autour de la boîte de vitesse, mais l'obscurité avait envahi l'habitacle et malgré la lumière du plafonnier, je ne le trouvai pas.

Je réveillai le docteur qui, à force de jouer les caméléons avec son siège, s'était endormie.

— Rosa, pouvez-vous vérifier que vous n'avez plus de réseau.

Elle s'étira, me lança enfin un coup d'œil complice, sortit son téléphone et acquiesça d'un signe de tête.

— Voilà, nous sommes protégés, à présent.

Elle me sourit, nullement inquiète par la situation.

— Nous pouvons parler librement, maintenant ?

— Un scarabée nous surveillait. Il doit être quelque part dans la voiture, désactivé grâce à la zone blanche. Mais pourquoi êtes-vous venue ? Vous êtes complètement folle ! Vous ne réalisez pas le danger que vous courez en restant avec moi !

— C'est vrai, j'avoue être un peu cinglée, c'est bien pour ça que je suis psychiatre, s'exclama-t-elle en riant.

Elle poursuivit beaucoup plus sérieusement :

— Je n'ai plus de patient avant la semaine prochaine. J'avais prévu de prendre un week-end prolongé, mais ça, c'était avant que vous arriviez dans mon cabinet ! Donc, mon beau week-end prolongé tombe à l'eau et il est hors de question que je vous laisse tomber. Sans nos séances, vous ne parviendrez pas à communiquer avec Marc. Je ne vais pas vous lâcher au moment où vous avez autant besoin de moi. Et puis, ça tombe bien, j'adore la nature sauvage !

Jérôme m'avait fait un plan détaillé sans lequel je n'aurais jamais pu trouver l'itinéraire de sa cabane perdue au milieu de la montagne. Elle était située loin des routes et des chemins. Personne ne pouvait nous retrouver dans cette zone aussi reculée que blanche.

Il m'avait expliqué que nous devrions marcher un peu plus de deux heures pour accéder à la cabane. Aucun véhicule à moteur ne pouvait y parvenir, pas même un 4X4.

La nuit était complètement tombée et l'altitude nous offrait une fraîcheur salvatrice. Nous débutâmes notre incursion silencieusement en savourant la température et les senteurs boisées de la nature.

Nous restâmes silencieux pendant tout le trajet, entièrement concentrés sur le chemin caillouteux et sur la situation dans laquelle nous étions plongés. Par chance, la pleine lune éclairait nos pas et nous guidait sereinement.

Enfin j'aperçus la cabane. Elle se confondait avec le paysage. Les humains avaient eu l'humilité de la construire en harmonie avec l'environnement. La courbe du toit en ardoise prolongeait la cambrure de la pente. Les pierres du pays, entrelacées les unes avec les autres se fondaient avec la roche de la montagne.

Jérôme m'avait confié les clés de sa cabane qu'il venait tout juste d'acquérir sans me demander pourquoi j'en avais besoin de manière urgente, sans émettre une seule hésitation ni aucune réserve. Il avait accepté immédiatement et je m'en étais voulu. Je n'avais jamais remarqué à quel point cet homme était généreux.

J'ouvris. L'intérieur m'apparut étonnamment accueillant compte tenu de sa sobriété.

Des tomettes tapissaient un sol ondulant qui finissait par s'étaler sur différents niveaux, aucun tableau n'ornait les murs en pierre sèche. Les blocs de granit savamment agencés ressortaient avec suffisamment d'élégance pour constituer en soi une décoration. Je préférais largement ce minimalisme à ces bouquets de fleurs séchées oubliés dans les maisons de campagne et gorgés de poussière. D'ailleurs de la poussière, je n'en vis nullement, ce qui me rassurait autant que cela m'étonnait. Moi qui aimais le moderne, je ne pensais pas me sentir aussi bien dans une cabane de montagne.

Un coin cuisine et une salle de bains miniature avaient été rajoutés à cet habitat. Une mezzanine à l'étage abritait trois banquettes qui servaient de lits. Une maison de poupées.

Deux fauteuils fatigués en tissu jaune délavé faisaient face à une immense cheminée. Je les tapotai, seuls quelques minuscules grains de poussière en sortirent. Je m'assis, rassuré et soulagé de pouvoir me détendre un instant. Je me sentis soudainement exténué. Je me relâchai, remerciant l'absence de danger que m'offrait ce lieu.

Rosa s'installa sur l'autre fauteuil, jeta un regard circulaire sur la pièce et dit :

— Ne perdons pas de temps. Installez-vous, Julien.

34. La part du pacte

Nous nous assîmes sur les fauteuils jaunes, je fermai les yeux et Rosa commença. Les effets de sa voix agirent immédiatement. À dix, je visualisai la ligne d'horizon. À neuf, je me retrouvai dans la rue de Bizerte. À huit, je me sentis irrésistiblement attiré par le trottoir et je rapetissai. À sept, j'entrai dans la mare.

J'espérais y trouver Marc, mais c'est la fumée qui vint à ma rencontre. Elle me dit :

— Viens, ton ami t'attend dans ma bibliothèque.

— Pourquoi ne laisses-tu pas Marc venir ici, dans la mare ?

— Mais tu as vu comme c'est inconfortable ? C'est tout gluant, poisseux, le son des humains ne circule pas bien. Dans ma bibliothèque, je peux faciliter la communication entre ton ami et toi. Tu sais, ce n'est pas si simple et si tu ne fais pas un minimum d'effort, je ne pourrai pas t'aider.

L'opacité de l'eau se dissipa, j'aperçus de la matière, comme du bois. Les pans de sa bibliothèque. Des objets posés sans logique sur le sol. Et au milieu de la pièce : Marc. Il était figé dans une position inquiétante. Statique. Presque luminescent. Il se détachait nettement du reste.

Je voulus m'approcher, le prendre dans mes bras, presser son thorax contre le mien, lui tapoter le dos comme nous avions l'habitude de le faire, mais je restai bloqué, le corps englué dans une matière invisible qui me maintenait sur place.

La fumée m'interpella :

— Je peux t'aider. Je peux neutraliser le filtre qui vous sépare, mais pour cela, tu dois accepter mon offre.

— Laquelle ?

— Je veux bien être ton guide et en échange, tu m'ouvres ton royaume.

De quel royaume parlait-il ? Je n'en possédais aucun, ni parmi les vivants ni parmi les morts.

— Il s'agit d'un pacte et tu dois le dire à voix haute.

La communication avec Marc était brouillée, l'unique moyen de le comprendre, de l'entendre était d'accepter ce que la fumée m'offrait. Une fumée emplit d'un esprit puissant qui me proposait un marché : être mon guide, purement et simplement, éternellement, corps et âme.

J'avais bien perçu qu'elle était fourbe, sournoise et rusée, la vigilance s'imposait, mais j'avais besoin d'elle. Je n'avais pas d'autre solution. Une alliance même imparfaite valait mieux que le néant.

— C'est d'accord, j'accepte le pacte.

— Tu as pris la bonne décision.

Les liens invisibles qui nous emmuraient, Marc et moi, se détendirent. Une boule de chaleur se forma au niveau de ma gorge, elle s'étendit jusque dans mon ventre. Elle rayonnait, elle grossissait et je sentis Marc sinuer autour de moi. Il avait quitté sa forme terrestre, une simple illusion d'optique destinée à ouvrir une voie de communication entre nous pour reprendre son véritable aspect, une onde vibrante qui me chatouillait les sinus.

J'entendis un son étouffé. Une note de musique jouée au piano. Elle enflait, devenait matière et je reconnus l'air de Paolo Conte.

— Tu te souviens, Julien ?

— Et comment !

— Cette musique c'est toi, c'est nous, ce sont tous ces moments passés ensemble. Ceux-là sont éternels. Ils existent dans ta tête, dans ton cœur. Je voudrais que tu te souviennes de moi de cette manière.

Alors je fermai les yeux, je me laissai pénétrer par ces émotions lointaines et profondes. Je revécus nos moments passés ensemble. L'environnement, le lieu ou l'époque ne revêtaient aucune importance. Seules comptaient les émotions.

Puis, la musique s'estompa, la chaleur diminua. Marc se densifia légèrement et murmura, dans un souffle qui ondoyait derrière mes oreilles la cause de sa présence dans l'entre-deux-mondes.

Il voulait réparer l'injustice, révéler au monde, à moi et à tous ceux qui le connaissaient qu'il avait été assassiné. Par Éva Kochner. Il avait préparé un dossier qui prouvait les meurtres orchestrés par elle. Elle utilisait la technologie de mes essaims qu'elle avait copiée et enrichie avec de la reconnaissance faciale. Marc avait gravé le dossier dans un CD qu'il avait glissé dans la pochette de Paolo Conte. Il m'avait ensuite offert le même CD, espérant que je comprenne le message au cas où il lui arriverait malheur et que je me mettrais à enquêter. Il ne pouvait pas me le dire directement, il était surveillé de près par un scarabée. Bon sang, je n'avais rien compris ! Je n'y avais pas pensé. C'était pourtant une idée lumineuse, une idée typique de Marc. Je m'excusai. J'aurais dû y songer.

Marc me réconforta, m'interdit de m'accabler de reproches et m'amena près d'un des murs en bois du cabinet de la fumée. Sur un des panneaux, il fit apparaître une scène : Albert passait un savon à Louis, le stagiaire quand il lui avait annoncé qu'un robot manquait. Louis le stagiaire, une connaissance d'un client. Il était partout, Louis, se baladait dans toute la boîte. Insoupçonnable, le stagiaire, un as en informatique. Il était capable de copier la technologie des essaims en même temps que je la créais. Et il fabriquait en cachette des scarabées qu'il envoyait ensuite à Éva Kochner à Chicago.

Mais il avait un problème avec les photos floues. Il ne savait pas les travailler. Éva avait alors fait pression sur Albert pour qu'il demande à Marc d'opérer les manipulations sur les clichés inexploitables en l'état.

Il n'avait pas compris au début, Marc, et quand il fit le rapprochement avec les morts, il s'y opposa. Il menaça de prévenir les autorités. Kochner tenta de l'amadouer, de le corrompre, elle lui proposa de l'argent, mais face à son obstination, il devint gênant et quand elle le soupçonna de vouloir tout dire à la police, elle décida de l'abattre.

Seulement, les scarabées frauduleusement fabriqués avaient tous été envoyés à Chicago. Elle ordonna à Louis d'actionner l'essaim Z. le stagiaire pirata mes codes pour utiliser le profil Super Admin et il intégra le programme tueur.

Le fameux programme tueur. Il existait bel et bien et il était d'une effrayante efficacité. Louis l'avait conçu et développé pour Éva.

Après le meurtre, il avait bidouillé le système pour effacer les données du journal des opérations, mais il avait oublié la sauvegarde. Il n'était pas toujours au top, Louis. Il avait aussi ses faiblesses.

Louis avait tué Marc sur ordre d'Éva Kochner.

La vibration émise par Marc s'intensifia. Il m'alertait. Juste après son assassinat, Louis avait fabriqué plusieurs scarabées pour son usage personnel. Le stagiaire avait déjà commis plusieurs bourdes en perdant un robot resté dans le corps de Marc et en omettant de maquiller la sauvegarde. Il ne pouvait plus utiliser un des essaims du labo. Cela devenait trop dangereux, trop visible, surtout avec la police qui nous tournait autour.

Louis disposait à présent de suffisamment de robots sous son contrôle pour m'espionner et me tuer.

La scène qui se jouait sur le mur du cabinet de la fumée s'effaça. À la place, le bois lisse et compact du mur m'indiqua que la communication prenait fin. Je me retournai et la pièce était déserte. Marc n'était plus là, il venait de partir, m'abandonnant seul face au vide, au manque, et au besoin de rester encore un peu avec lui.

La voix de mon guide aspira soudainement mon attention. Il m'ordonna de chasser ces pensées faibles et inutiles pour entrer dans la bataille. Les larmes n'allaient pas venger mon ami et il était urgent de punir ce crime. Venger Marc. Faire souffrir Louis. Le traquer, le débusquer et ôter sa vie. La fumée cracha :

— Inflige ton châtiment, tue Louis et moi, je vais pouvoir commencer à manger.

Mon guide s'évapora. Le brouillard qui rendait visqueux le liquide se dissipa et je remontai à la surface. L'eau paraissait presque claire. J'étais seul. Plus aucune présence ne m'accompagnait. Pas un son, pas un bruit, rien que de l'eau et un sentiment étrange, ambigu, entre le désir de vengeance et une autre force qui me demandait tout bas comment je me sentirais après. Après avoir fait le mal.

Je rouvris les yeux. Le fauteuil de Rosa était vide. Elle était assise à côté de moi sur un tabouret qu'elle avait collé contre mon siège. Sa main qu'elle espérait réconfortante était posée sur ma poitrine. Elle réfléchissait, le visage inquiet. Elle se demandait ce qui avait changé et pourquoi mon réveil était aussi brutal.

— La fumée était là ?

— C'est mon guide à présent.

— Espérons seulement que ce soit le bon.

— Il n'y avait pas foule au portillon, Rosa, tu le sais bien, c'est même le seul qui s'est présenté, je n'avais pas vraiment le choix. Il m'a tout montré. Je sais qui actionne le programme. C’est Louis. Un de nos stagiaires. Je me disais aussi qu’il était bien âgé pour un stagiaire. Je vais aller le voir, le confronter et le neutraliser.

— Fais attention, Julien, ne te laisse pas emporter par tes émotions, n’agis pas sous le coup de la colère.

— Je ne vais pas laisser cette ordure jouir impunément de la vie alors qu’il a ôté celle de Marc.

— Les choses ne sont pas aussi simples. Louis fait partie d’un système, d’une organisation. Pourquoi en est-il arrivé à commettre ce crime ? C’est ce qu’il faut savoir.

— Facile à dire quand on n’a pas perdu un de ses proches. Je partirai demain matin, à la première heure. Toi, tu resteras ici, en sécurité.

— Où veux-tu aller ?

— Chez Louis. Je sais où il habite, c’est une petite maison perdue dans la campagne.

— Que vas-tu faire, une fois chez lui ?

— Le neutraliser.

— Tu ne devrais pas plutôt te rendre au commissariat ?

— C’est ce que Marc a voulu faire et regarde le résultat ! Rosa, tu ne réalises pas la menace qui plane sur nous. Louis possède des robots tueurs. Il en a lancé un à mes trousses et il est tout à fait possible qu'Éva et Louis décident de t'abattre également.

— Moi ? Pourquoi ?

— Parce que je me suis confié. J'ai révélé des secrets et tu en sais trop, à présent. Il faut les neutraliser, tous les deux. Louis et l'essaim. Je vais détruire l'ordinateur avec lequel il dirige les scarabées. Il s'agit sûrement d'un portable qu'il transporte avec lui. D'ailleurs, il doit bien y avoir un marteau par ici, non ?

— Tout ceci ne me plaît pas du tout, Julien.

— Mon guide m'aidera.

— C'est bien ce que je dis, cela ne me plaît pas.

— Je n'ai pas d'autres solutions, Rosa. Une fois l'essaim neutralisé, je pourrai récupérer les preuves que Marc m'a laissé dans le dossier et alerter la police.

— La bonne nouvelle néanmoins, c'est que nous nous tutoyons et que nous disposons d'un peu de temps. Tu ne vas quand même pas passer à l'action cette nuit. Alors, j'aimerais faire quelque chose de spécial. Un rituel qu'un chaman, un jour, m'a enseigné. Car cet endroit est absolument parfait pour un bain de lune.

35. Bain de Lune

Je la suivais silencieusement, intrigué par ce bain de lune. Elle m'avait assuré que les effets bienfaisants d'un bain de lune compenseraient largement l'heure de sommeil que cela nous enlèverait.

Elle m'avait prévenu : pendant ce rituel, elle ne parlait pas, elle restait concentrée sur ses sensations et communiait avec la nature. De dos, je remarquai que sa nuque et ses bras devenaient presque phosphorescents sous la lueur de la pleine lune. L'arrondi de son visage s'illuminait quand elle faisait pivoter sa tête vers moi.

Elle avançait d'un pas sûr et régulier et je m'étonnais de ne pas la voir hésiter sur le choix d'une direction plutôt qu'une autre. À aucun moment, nous ne nous trouvâmes bloqués par des herbes trop hautes ou des arbres trop vieux affaissés et enchevêtrés dans des racines.

Je calai mon rythme sur le sien. Cette cadence calme et mesurée me fit penser à un mouvement perpétuel, comme celui des chats en faïence asiatique qui abaisse continuellement leur bras dans les restaurants chinois sauf que nous, nous adoptions un tempo bien plus lent. Pour autant, nous avancions. Nos foulées remontèrent le long d'un ruisseau qui se perdait et qui réapparaissait constamment. Nous le quittâmes pour entamer la traversée d'une grande étendue herbeuse. Au bout, nous pénétrâmes dans le giron d'une zone dense où les arbres ne nous offraient que peu de place pour passer.

Mais, alors que nous cheminions entre des chênes serrés, elle bifurqua soudainement, attirée par la luminosité d'une clairière. Là, elle retira sa chemise qu'elle laissa choir comme si c'était la chose la plus naturelle à faire au monde. Surpris, j'hésitai un instant à ramasser le vêtement de peur qu'elle le perde, puis je me ravisai. Elle retrouverait le chemin du retour et elle récupérerait son vêtement. Du moins, je l'espérais.

En pantalon et en soutien-gorge, elle continua d'avancer les yeux presque fermés, sans trébucher sur un caillou ou un monticule de terre.

Soudain, elle s'arrêta, releva la tête en direction de l'astre et leva les bras en soufflant profondément. Je l'imitai, les membres raides et la respiration lamentablement courte. Je n'avais aucun entraînement en matière de yoga.

Elle redescendit ses bras dans une puissante expiration et repartit, les yeux toujours à moitié clos.

J'enlevai mon tee-shirt à mon tour. L'air se faufila immédiatement contre ma peau et vagabonda agréablement sur mon dos. Il assécha la moiteur, la transforma en poussière que le vent soufflât d'une légère brise. Je me déchargeais d'une lourdeur étonnante.

Elle s'arrêta de nouveau, retira son pantalon qu'elle laissa tomber sur l'herbe sans s'en soucier puis reprit la marche. La couleur de sa peau se mélangeait avec celle de ses sous-vêtements dont l'existence devint peu à peu incongrue. Elle les ôta, dans un dernier soulagement et bifurqua pour entrer dans une zone où les arbres étaient rois.

J'hésitai. À part pour prendre une douche ou pour dormir, je n'avais pas l'habitude de me dévêtir intégralement. Ce n'est pas que j'étais pudique, mais l'idée de me balader à poil dans la nature ne m'avait tout simplement jamais traversé l'esprit.

J'enlevai tout. L'éclat bleu de la forêt dans la nuit m'attira. Sous les arbres, l'aura de la lune projetait une autre teinte. Tamisés par les hauts conifères, ses reflets transformaient les couleurs et les perceptions en une rêverie douce. Les troncs se déployaient bleu pétrole, les feuillages bruissaient une mélodie basse et rassurante. De temps à autre, des branches rousses surgissaient, flamboyantes. Sur le sol, une multitude de cailloux blanc, jaune et gris clair clignotaient et nous ouvraient la voie.

Je devais certainement être en train de vivre une autre de ces expériences mystiques, car les éléments, les contours, tout ce qui constituait généralement l'environnement prenaient un relief particulier. J'eus l'impression, de nouveau, de percevoir intensément chaque sens et je me demandai même sérieusement si je n'avais pas avalé, sans m'en rendre compte, un champignon ou une substance à base de LSD.

Nous arrivâmes au bord d'une petite clairière. Sur la gauche, une roche ronde et striée posée là par inadvertance reflétait des ombres rouges. Un chêne avait pris une teinte pourpre et murmurait des désirs incandescents. Il chantait sa joie d'avoir trouvé son âme sœur, des racines qui s'étaient invitées jusqu'à lui et qui lui chuchotaient des merveilles. Au milieu, l'herbe s'était transformée en une mousse verte phosphorescente. Du velours. Autour, quelques hêtres frémissaient dans un bavardage incessant. Plus loin, l'eau d'un ruisseau tintinnabulait en tourbillonnant contre des cailloux et des branchages.

Rosa s'approcha du chêne pourpre, le toucha, posa son oreille contre lui, écouta attentivement et l'enlaça. Elle aussi avait dû avaler une substance hallucinogène. Alors, je m'enfonçai de l'autre côté de la clairière, à l'abri de mes doutes. Je trouvai un vieux châtaignier qui conservait tous les secrets et une idée absurde me traversa l'esprit, une pensée farfelue qui s'invita au moment où je m'y attendais le moins. J'eus l'envie irrépressible de lui confier mon traumatisme le plus fort et mon souhait le plus cher : rencontrer mon père.

Je rejoignis Rosa dans la clairière, ébranlé par ma découverte : cette blessure intime et profonde meurtrissait mon cœur au-delà de ce que je pensais. Elle m'empêchait d'aimer pleinement. Il était temps de m'en affranchir. Mon vœu le plus ancien était de connaître l'identité de mon père et je venais d'en formuler clairement le souhait.

Un rayon de lune se posa sur son épaule. Je ne sus décrypter l'expression de son visage. Elle avait confié, elle aussi, un secret à son chêne. Elle s'en était déchargée. Elle voulait ouvrir davantage son cœur, elle voulait m'embrasser.

Nous nous étreignîmes, avec l'envie de rire, de pleurer et de crier en même temps. Nos gestes et nos caresses s'échangeaient avec une symbiose parfaite, comme si nous nous connaissions depuis longtemps, comme si nous étions faits du même moule. Une autre idée folle gonfla mon cœur et mes poumons d'une exaltation nouvelle : oui, nous nous connaissions. Depuis toujours. Depuis des siècles. Nous nous retrouvions dans toutes nos vies. Il y en avait plusieurs, c'était presque infini. Parfois, ce n'était pas possible, nous nous croisions sans comprendre et nous terminions notre existence l'un sans l'autre. Il fallait alors attendre d'autres vies et d'autres retrouvailles pour savourer cette joie intense.

Deux âmes sœurs. En dehors du temps.

Alors, l'envie de vibrer l'un avec l'autre nous anima, jusqu'à atteindre ce son particulier, le sien mélangé au mien.

La lune s'invita, nous n'étions plus qu'un, devenus tous les trois, Rosa la lune et moi, une seule et unique sphère dans laquelle seul l'amour existait.

36. Rosa au temps présent

La lune s'était retirée et avait laissé quelques végétaux scintillants qui nous raccompagnèrent jusque dans la cabane. Quand nous entrâmes, nous étions habillés. Je ne me souvenais pourtant pas d'avoir retrouvé mes vêtements ni de les avoir enfilés.

Nous nous installâmes sur les couchettes de la mezzanine et la nuit nous aspira immédiatement dans un sommeil lourd.

J'en sortis quelques heures plus tard, réveillé par une envie pressante. Rosa dormait paisiblement à côté, j'entendais sa respiration lente et régulière. Peu à peu je distinguai la pièce à travers la pénombre.

Je visualisai mentalement le trajet à effectuer pour atteindre les toilettes qui se situaient un peu plus loin et je me préparai à marcher à pas de loup pour ne pas faire craquer le bois omniprésent dans la cabane. Je ne voulais pas réveiller Rosa, mais le besoin urgent de vider ma vessie m'obligeait à me lever.

Je me décidai et je me relevai, mais je retins un cri. Les yeux bleus me fixaient, juste devant moi.

— Ne me trahis pas et je t'aiderai à sauver celle-là.

— Que veux-tu dire ?

— Regarde.

Un carré translucide apparut, comme un écran de télévision à travers lequel une scène se déroulait.

Un homme marchait dans un couloir. C'était moi. L'endroit était désert, il n'y avait que des portes fermées et aucun panneau signalétique. Sur la gauche, j'aperçus un escalier. Je le gravis et je découvris une autre porte close. Il y avait une sonnette et au-dessus, un mot indiquait : « Sonnez, une infirmière viendra vous chercher ».

Je m'exécutai et j'attendis un long moment avant que la porte s'entrebâille. Un homme en blouse blanche m'ouvrit et dit :

— Venez, suivez-moi.

Il me fit entrer dans une petite pièce, une sorte d'antichambre où je dus enfiler une blouse, des surchaussures, une charlotte et un masque FFP2. Avant de sortir de l'autre côté, il aspergea mes mains de gel hydroalcoolique en me demandant de bien l'étaler jusque sur les poignets. Il ouvrit la seconde porte, une infirmière patientait derrière, munie elle aussi, d'une bouteille de gel hydroalcoolique. Je me frottai encore une fois les mains, jusque sur les poignets en m'interrogeant sur la raison de ces précautions extrêmes.

Je la suivis. Je commençais à comprendre et j'eus un haut-le-cœur en la voyant. Je ne m'attendais pas à la trouver dans cet état.

Johanna.

Johanna qui survivait malgré mon amnésie.

Johanna qui m'accompagnait dans toutes mes pensées.

Mais ce n'était pas Johanna. C'était une machine qui maintenait Johanna en vie. Elle avait dû s'agiter quelques instants auparavant, car son buste était presque sorti du lit. Sa tête semblait vouloir fuir un tube d'une dimension effrayante qui s'échappait de sa bouche. Son bras gauche se tenait en l'air comme s'il était devenu un étranger face à ce corps trop encombrant. Sa main droite s'était crispée au niveau de son thorax. Elle avait dû arracher le drap qui gisait sur le côté. Elle était nue. Je la recouvris, choqué de la trouver ainsi à la vue de tous et je réalisai au même instant que cette indignation était déplacée dans une unité de soins intensifs. Les médecins et les infirmiers s'acharnaient à maintenir en vie leurs patients, ils préféraient un patient vivant, qui continuait de respirer, plutôt qu'un drap bien disposé sur un corps sans vie. La véritable indignation était ce qui était arrivé à Johanna.

Un son strident retentit. Un homme en blouse bleue déboula et hurla :

— Oxygène !

Un autre homme accourut, ils manipulèrent des instruments, ôtèrent le tube de sa bouche, en insérèrent un qui me sembla encore plus volumineux, ils déplacèrent des perfusions en ajoutèrent d'autres, jusqu'à ce que le son strident s'arrête et c'est alors que je compris.

Son visage, presque phosphorescent, ses mèches rouges, sa peau si douce.

Johanna et Rosa étaient une et même personne.

Une fumée apparut au-dessus du lit. Deux yeux se formèrent.

— Tu saisis maintenant ? Elle, je la garde, jusqu'à ce que tu sois mon disciple, corps et âme. Mon royaume est ton royaume. Mais ton royaume est aussi mon royaume. Et si tu ne me donnes pas ce que veux, je le prendrai moi-même.

Mon propre cri me sortit de ce cauchemar. Sur la banquette, Rosa dormait toujours sans se rendre compte de ce qui était en train de se jouer. Je chassai la fumée et vins me blottir contre elle. Elle frémit, sourit et je lui demandai alors :

— Rosa, as-tu plusieurs prénoms ?

— Oui, j'ai un deuxième prénom. C'est...

— ... Johanna.

— Comment as-tu deviné ? C'est drôle ! Tu as eu une vision de ma famille ou quoi ? Tous mes proches m'appellent Johanna. C'est venu à cause de ma grand-mère. Elle a toujours préféré mon deuxième prénom et elle a contaminé tout le monde avec ça ! C'est bien que tu le saches, comme ça, le jour où tu rencontreras ma famille, tu ne seras pas étonné.

Je compris alors. Mes souvenirs avec Johanna n'en étaient pas. Mes souvenirs étaient en réalité des visions du futur. La Johanna de mes songes était le docteur Aguilar. Comme dans certains rêves, je n'y avais distingué aucun visage, je n'y avais associé aucune matérialité, car l'important n'était pas là, non, l'important résidait dans cette émotion si intense, dans cet état amoureux si fort que tout le reste s'était effacé.

— Rosa, tu es en danger.

— Mais qu'est-ce que tu racontes ?

— Je crois que certains de mes souvenirs sont en fait des visions du futur. J'ai pris mes visions pour des souvenirs !

Elle écarquilla les yeux encore collés par le sommeil :

— Tu te souviens du futur ?

Alors, une terrible vision s'invita aussitôt : un nuage sombre et menaçant, un grondement, une atmosphère dense, de l'électricité, une puissance extrême, du vent ? Il emporte avec lui de l'herbe, des branches et des petits objets qui s'entrechoquent les uns contre les autres, qui se fracassent contre le sol. Le capot de ma voiture se soulève. Rosa court. Affolée. Des arbres tombent, partout autour d'elle. Elle est en danger, dans la forêt, ici.

— Partons, dis-je. Partons rapidement. Une tempête va bientôt arriver, il faut nous mettre à l'abri, la cabane n'est pas si sûre. Je te ramène chez toi.

37. Un cri dans la tempête

Le bruissement désordonné des feuillages nous prévenait : la tempête arrivait.

L'environnement s'était transformé. D'accueillant, moelleux et doux, il était devenu hostile, inquiétant et violent. Nous marchions en direction de la voiture avec beaucoup de difficultés. La lune s'était cachée derrière des nuages opaques nous privant impitoyablement de sa clarté bienfaisante. Il faisait nuit noire, nous nous éclairions avec la lampe de nos téléphones, mais ce n'était pas suffisant. Nous butions sur des racines, des cailloux. Nous redoutions de nous tordre une cheville, de tomber, de nous briser quelques os.

Les herbes folles, malmenées par le vent, fouettaient nos jambes. La pluie s'invita et la terre, subitement gorgée d'eau, transforma certains passages en une pente de boue glissante.

Enfin, nous atteignîmes la voiture. Nous étions trempés et, en s'asseyant, Johanna tenta vainement de ne pas salir le siège avec la boue collée contre son pantalon. Moi, j'en étais enduit jusqu'au menton. J'étais tombé plusieurs fois.

La pluie devint encore plus lourde et plus forte, s'abattant sur le capot avec rage, et faisant résonner un bruit assourdissant dans l'habitacle. Je démarrai lentement. La route n'était pas bitumée et ma voiture risquait de s'embourber à tout moment.

Rosa ne parlait pas. Je ne lui avais rien dit, à propos de ma vision. De son coma. Il était toujours possible de l'éviter.

Après vingt longues minutes de chemins escarpés, j'obtins du réseau. Nous ne risquions plus de nous enliser, mais nous n'étions plus non plus en zone blanche. Nous redevenions visibles, sans protection. Malgré tout, je me rassurai, dans la tempête, un scarabée ne ferait pas le poids face aux vents violents.

Je m'arrêtai sur le bord de la route et je composai le numéro de Jérôme. Il ne décrocha pas. Il était à peine six heures du matin. J'insistai, rappelai, et je finis par entendre sa voix rauque et endormie.

— Julien ? Un problème avec la cabane ?

— Non, Jérôme il faut que tu fasses quelque chose pour moi. Dis à la lieutenante d'aller chez Marc et de chercher le CD de Paolo Conte. Dis-lui qu'elle trouvera ce qu'elle cherche. Elle comprendra.

— Il est où ? En voiture ?

— Oui, fais très attention, Jérôme, il y a une tempête. Ça a déjà commencé ici, elle se dirige vers la ville. Il va y avoir des dégâts, des arbres arrachés. Ne sors pas de chez toi.

— OK. Il est prêt depuis longtemps, il sait comment réagir en cas de catastrophe naturelle.

En arrivant en ville, le ciel s'était légèrement dégagé, mais l'espoir d'une accalmie se transforma rapidement en une obscurité inquiétante. Le jour aurait dû se lever. À la place, on ne voyait que du vent et de la pluie crachée par une masse compacte anthracite.

Des débris de toutes sortes, arrachés du sol, extirpés de leurs abris tourbillonnaient violemment dans l'air et terminaient leur course contre des poteaux, des arbres, et contre la vitre de la voiture.

Au premier feu rouge, l'annonce d'un embouteillage me stressa. Les gens, rebutés par le mauvais temps, avaient délaissé leur vélo ou leurs baskets pour prendre leur véhicule.

Le feu passa au vert et j'avançai au pas sur la route de la Corniche. Dès que je le pus, je bifurquai dans une petite rue. J'espérais ainsi éviter le gros du trafic, mais juste devant la gare SNCF, un nouvel embouteillage se forma.

Des tourbillons s'acharnaient à malmener des déchets emportés par le vent. Une poubelle se renversa sous le coup d'une bourrasque et le son tonitruant de la foudre me fit sursauter.

Le présentoir du kiosque à journaux devant l'entrée de la gare se plaqua sur le sol dans un bruit sec et métallique, une femme poussa un cri de surprise, une porte claqua et d'autres déchets mêlés à des végétaux se collèrent sur les cheveux des piétons affolés.

Je les voyais courir, se mettre à l'abri dans le hall, certains ouvraient leur parapluie puis les rangeaient, car le vent les retournait.

— Rosa, quand je t'aurai déposée, s'il te plaît, ne sors pas de chez toi, attends que la tempête se termine. Tu me promets ?

Le feu passa au vert, mais aucune voiture n'avançait. Nous étions bloqués, pare-chocs contre pare-chocs, que ce soit dans un sens ou dans l'autre.

J'entendis derrière moi un bruit inhabituel. Je fus surpris par l'obscurité qui s'était encore densifiée alors qu'il faisait déjà si sombre. Comment une atmosphère pouvait-elle devenir aussi opaque ? Des nuages particulièrement mortifères s'agglutinèrent vers le bas et emprisonnèrent chaque particule d'air. Je commençais à avoir du mal à respirer, la panique me grignotait peu à peu.

Des lumières bleues s'agitèrent derrière nous. Elles grossissaient et je compris qu'il s'agissait du gyrophare d'une ambulance. Elle s'approchait en se faufilant difficilement entre les deux files de voitures.

Cette pulsation bleue me réconforta presque, elle m'apparut comme une lueur dans la brume, et je me décalai comme je le pus sur la droite pour leur laisser le passage. Mais au moment où les rayons du gyrophare m'atteignirent, une sirène retentit et ce n'était pas une ambulance, mais une voiture de police qui s'immobilisa en travers de la route, juste devant nous.

Trois molosses jaillirent et se dirigèrent droit sur moi, l'air menaçant, prêt à utiliser la force si nécessaire. Entre les gaillards, une femme apparut, calme, mais tout aussi énergique : la lieutenante Deltour, avec son grain de beauté orné d'un immense poil sous le lobe droit de l'oreille et son nez proéminent. On me fit signe de sortir, les mains en l'air. Les policiers m'encerclèrent et la lieutenante se posta devant moi.

— Monsieur Solange, je vous place en garde vue pour vous entendre sur l'enquête du meurtre de Marc Loizot.

Un des agents saisit mes poignets, me menotta et m'embarqua sans ménagement. Il me poussa sur la banquette arrière, m'attacha avec la ceinture de sécurité et le chauffeur démarra en trombe.

La circulation se dégagea presque instantanément. Au rond-point, je compris. L'embouteillage n'était pas dû au mauvais temps. Des policiers levaient un barrage. On nous avait repérés, et coincés comme des rats de laboratoire dans un labyrinthe truqué. À l'avant, la lieutenante Deltour, assise côté passager, m'observait à travers le miroir du rétroviseur.

— Ne vous inquiétez pas, monsieur Solange, on s'occupe de votre voiture et un agent raccompagne madame Aguilar chez elle.

Le vent ne faiblissait pas, un gobelet en carton se fracassa contre le pare-brise. Rosa courait. Elle avait refusé de monter dans la voiture avec le policier. Elle était butée, persuasive, l'agent avait cédé. Elle ne s'était pas rendu compte que la tempête sévissait aussi fortement. Pour aller jusque chez elle, la route était bordée de platanes, de chênes et de magnolias dont certains s'arracheraient et s'écraseraient sur elle. Je devais la prévenir, lui dire de faire demi-tour. D'aller se réfugier dans le hall de la gare.

— L'agent ne l'a pas raccompagnée. Elle est en danger. À cause de la tempête. Lieutenante, je dois l'appeler, lui dire d'aller se mettre à l'abri. Détachez-moi, s'il vous plaît.

— Tout va bien, monsieur Solange, elle est en sécurité, ne vous inquiétez pas.

— Mais vous ne comprenez pas, il faut la prévenir ! La tempête ne fait que commencer. Vous voyez bien, le vent et la pluie dehors ! D'ici peu de temps, Rosa va se faire percuter par un arbre arraché, il faut me croire.

— Et comment pouvez-vous le savoir, vous êtes devin ou quoi ? demanda l'homme au volant d'une voix rauque.

— Il m'arrive d'avoir de solides intuitions.

— Alors celle-là, c'est bien la première fois qu'on nous la fait ! pouffa l'homme. Ah ! Le coup du médium qui doit prévenir pour récupérer son téléphone, c'est trop fort ça ! Et il va nous faire un tour de passe-passe après le p'tit bonhomme !

Il termina sa phrase sans parvenir à réprimer un fou rire gras, me laissant aussi désespéré qu'assommé par mon incapacité à agir. Soudain, l'image de ce qui allait se produire dans la rue voisine m'apparut avec une netteté déconcertante.

— Au prochain feu rouge, vous êtes censés aller tout droit pour vous rendre au commissariat, mais sur la droite, vous verrez une femme coincée sous un poteau électrique tombé sur elle. Si vous intervenez, vous la sauverez. Sinon, elle mourra.

Au bout de la rue, le feu passa au rouge. Un bruit sourd et lourd nous fit sursauter. Cela venait de la droite et des bourrasques d'une violence inouïe se déchaînèrent soudainement.

La lieutenante fit signe au conducteur de tourner. Face à nous, un poteau électrique s'était couché sur le sol. Dans sa chute, des câbles avaient été sectionnés et tournoyaient comme des serpents affolés. En dessous, une femme gisait, coincée.

— Elle ne respire presque plus, il faut la dégager, dis-je.

La lieutenante appela des secours, mais nous devions agir avant.

— Allez-y, soulevez le poteau, vous pouvez le faire. Ensuite, mettez-la en position latérale de sécurité. Les secours ne sont pas loin. Allez-y !

La lieutenante hésita puis s'exécuta. En moins d'une minute, ils dégagèrent la femme. Elle était sauvée.

La sirène des pompiers retentit et le camion rouge freina juste devant le poteau. Six hommes en sortirent en trombe et prirent le relais autour de la victime.

Alors, la lieutenante revint dans la voiture et ôta mes menottes.

Je sortis et attrapai mon téléphone coincé au fond de ma poche. Je composai le numéro de Rosa, mais elle ne décrocha pas. C'était trop tard. Le désespoir m'envahit et je lâchai un cri de rage.

Un éclair déchira mon oreille. Je n'entendis plus rien. Un autre poteau était sur le point de tomber. Il allait s'écraser sur la lieutenante. Je hurlai, m'avançai vers elle pour la pousser et je perçus sa confusion au travers de son œil droit, celui qui se retrouva collé contre mon visage. Pendant le fragment d'un soupir, un sentiment de surprise la traversa. Ensuite, de la colère. Étais-je en train de m'enfuir ? Pire, de l'agresser pour mieux partir ? Elle s'en voulait de m'avoir fait confiance alors, une ombre recouvrit mon visage, et elle comprit, elle culpabilisa de m'avoir accusé à tort et enfin, elle paniqua. Mes mains la projetèrent le plus loin possible et un écran noir envahit ma tête.

38. Un costume trop petit

Mon corps gisait à proximité du poteau qui avait heurté ma tête. Je flottais, quelques centimètres au-dessus de mon visage et j'observais l'apparence de cet homme. De moi.

Je m'éloignai, me hissai et contemplai un secouriste procéder à un massage cardiaque sur ce corps inerte et mort. Au fur et à mesure que je partais, je devenais plus grand, plus souple, plus malléable. Je ne ressentais aucune douleur et mon corps, qui pourtant n'existait plus tel que je le concevais en tant qu'être humain, me procurait un confort extrême. Un peu comme si j'enfilais un jogging et un tee-shirt après avoir porté des vêtements trop petits pendant de longues heures. Je me dépliais, je sortais de ce costume trop étroit. Comment avais-je pu tenir là-dedans ? Ces corps humains étaient bien trop petits par rapport à notre véritable taille.

Tandis que mes sensations corporelles reprenaient leur ampleur originelle, je reconnus mon Moi, cette partie de moi-même dont m'avait parlé Rosa. Je l'avais perçu, j'en avais secrètement eu l'intuition. C'était un Moi plus grand, plus vaste.

En une fraction de seconde, je visionnai un nombre colossal de signes que mon Moi m'avait inlassablement envoyé durant mon existence terrestre. Je découvris avec stupeur à quel point mes yeux et mon cœur étaient restés fermés face à ces signes qui me disaient que je pouvais voir le monde invisible, qu'il ne fallait pas s'en inquiéter, que c'était un cadeau.

Il y avait eu tous ces articles dans des magazines à propos de médiums célèbres, certains m'étaient directement destinés, ce papillon jaune qui se posait régulièrement sur ma main et qui me rappelait grand-mère Charlotte. Elle les adorait. Pourquoi n'y avais-je pas cru ? Ces articles sur la paternité, les mots « père », « transmission », qui se répétaient jusqu'à en devenir insupportables. Je les avais rejetés, systématiquement. Toutes ces visions m'avaient été envoyées par un Moi d'une patience inébranlable.

Je m'éloignai. Je me sentis soudainement attiré par une présence, un champ magnétique particulier et je fus instantanément projeté au-dessus de la forêt.

Une lumière d'une intensité extraordinaire m'attira. Je m'approchai. Devant moi s'ouvrait un paysage d'une beauté saisissante : des vallons jaune-orangé dont les courbes harmonieuses s'étendaient jusqu'à un déferlement de verts qui se trouvait être la canopée d'une forêt tropicale. Je m'envolai, attiré irrésistiblement vers cet endroit enchanteur. Des arbres grandioses m'invitèrent à jouer avec eux. Je plongeai, glissai sur leurs feuilles géantes, douces et soyeuses. Des reflets bleu-argenté s'enroulèrent autour de moi, elles m'effleuraient, me massaient, comme l'aurait fait le tourbillon de milliers de petites bulles d'air dans de l'eau. Un amour immense m'envahit, des pensées et des sentiments carmin, ocre et turquoise se succédaient. Je me baignai dans ces sublimes teintes. Je croisai aussi du violet, du mauve, du pourpre et à chacune de ces couleurs, une mélodie chargée d'une émotion me traversait, tantôt exaltante, intense, tantôt calme et sereine.

Après ce bain mélodie-coloré, je me reposai dans le creux d'un pétale d'une fleur magnifique. Des teintes légères, douces et neutres se détachaient de la pulpe duveteuse de la corolle. Je me sentais heureux et entier. Au bout du pétale, le spectacle grandiose de ce paysage fantastique ne cessait de m'émerveiller.

Non loin, des lianes vagabondaient au gré de leurs envies. Leurs mouvements décrivaient des courbes, tantôt rondes, tantôt sinueuses qui bifurquaient et traçaient des itinéraires parfois étonnants. Certaines formaient même des boucles qui n'en finissaient pas et qui grossissaient à force de tourner en rond. Les lianes s'entrelaçaient, certaines se fondaient les unes avec les autres et en m'aventurant sur l'une d'elles, je vécus l'histoire qu'elle racontait. Je ne reconnus pas l'époque, mais je connaissais la personne qui en était le protagoniste. C'était moi. D'une liane à une autre, je traversai différentes histoires, certaines étaient très lointaines, tellement que je ne parvins pas à identifier l'environnement ni le paysage, d'autres étaient beaucoup plus proches.

Dans la plupart des lianes qui racontaient mes autres vies, je croisais Johanna. Elle était là, à chaque fois, apparaissant toujours avec ce prénom, Johanna, celui que sa grand-mère préférait à Rosa, celui qui était gravé dans les tréfonds de mon être.

Un papillon géant d'un jaune vif lumineux avec un rond violet sur chacune des ailes se posa à côté de moi. Quelqu'un était assis dessus. Je reconnus une vibration, une présence, une clarté particulière, presque une odeur. Grand-mère Charlotte. Elle venait m'accueillir. Elle m'embrassa, me câlina, et me chuchota le bonheur qu'elle éprouvait de me retrouver. Elle m'invita à la rejoindre derrière elle, sur le papillon et elle m'entraîna au-dessus d'un vaste océan en direction de la ligne d'horizon. En dessous, je contemplai le reflet doré de ce qui pourrait ressembler à un grand soleil orangé. Je me blottis contre grand-mère Charlotte et je reconnus les effluves de chèvrefeuille qui se dégageaient d'elle. Je retrouvai sa bienveillance, et je me souvins en un instant d'une multitude de moments passés avec elle, des moments insignifiants, mais qui, je le réalisai, étaient d'une importance capitale. Quand elle m'écoutait alors que j'étais triste. Elle me comprenait. Elle me consolait. Même s'il ne s'agissait que de problèmes d'enfants. Et quand je pleurais de ne pas connaître mon père, elle compatissait. Elle m'accompagnait, sans chercher à me raisonner. Elle savait que cela ne servait à rien, j'avais juste besoin de son amour.

Puis, le papillon s'arrêta sur une colline recouverte de grandes fleurs moutarde qui vibraient les unes avec les autres. Grand-mère Charlotte me montra, au loin, un mur au-delà duquel il n'était pas possible de revenir. Elle me dit alors que je devais repartir, que ce n'était pas le moment, que j'avais encore beaucoup de choses à accomplir, qu'elle serait là à nouveau quand je reviendrais, mais que l'on m'attendait dans ma vie terrestre. Elle me précisa également qu'elle était très heureuse ici, que je le serais moi aussi quand ce serait mon tour, mais que de grands bonheurs m'attendaient également sur terre.

Un bruit de branche cassée me surprit. Ce son abscons n'avait aucun sens dans cet univers. Ici, une branche ne cassait pas, elle se pliait, ou alors elle décidait de se scinder, mais elle ne se brisait pas.

D'autres craquements résonnèrent, révélant la chute de morceaux de plâtre, de brique, et même de plinthes qui se détachaient des murs d'une maison.

Grand-mère Charlotte repartit sur son papillon et je me retrouvai dans ce qui ressemblait à une maison. Autour de moi, il y avait des murs d'où la peinture bleu pâle s'écaillait. Ma chambre d'enfant. Il n'y avait aucun meuble ni tableau accroché aux murs. À la place, je distinguai les traces noircies des objets disparus ainsi que ce sentiment de tristesse et d'abandon qui avait bercé une partie de ma jeunesse.

Je regardai en dessous : le parquet était troué et à travers cette brèche béante j'observai comme à travers une loupe, un homme allongé sur un canapé. Il faisait partie du monde des vivants et mon cœur bondit d'un coup.

Mon père.

Je le reconnus immédiatement même si son allure m'étonna un peu. Il était vêtu d'une chemise et d'un pantalon confectionnés dans du tissu aux couleurs vives et improbables.

Mon père.

Il dormait et dans son rêve, il me demandait pardon. Pardon ne pas avoir été là, pour moi. Il m'expliqua que s'il le pouvait il écrirait différemment notre histoire, mais que malheureusement ce qui était fait ne pouvait être refait. Il enchaîna rapidement, comme s'il avait peur que je m'en aille : rien ne nous interdisait de construire autrement notre présent et notre futur.

Le parquet se referma. Les murs se parèrent d'une jolie teinte bleu ciel et je m'envolai vers un nuage blanc duveteux. Je flottais, suspendu dans le temps, ne sachant où j'étais. Je me laissais bercer par une ondulation tranquille, un va-et-vient doux et délicat. Je me sentais incroyablement bien et je devinai à travers un voile transparent, loin derrière moi, l'agitation des hommes.

Soudain, je chutai et je me retrouvai en haut d'une pièce qui dégageait une vibration particulière, entre silence et effervescence. La vie y était précieuse, mais la mort rôdait à vous rendre fou. Sur un lit, un homme branché à une machine luttait pour sa survie : moi. Un tuyau sortait de ma bouche, une perfusion était plantée dans l'une de mes veines.

Une femme entra, vérifia l'appareil qui émettait des signaux sonores désagréables. Un homme svelte entra à son tour et derrière son allure chétive je devinai une grande force physique, mais aussi mentale. Je regardai ses mains. Ces mains-là sauvaient des gens et je les trouvai belles.

La femme s'adressa à lui :

— C'est bon. Tu continues la surveillance cette nuit.

Elle se tourna et, juste avant de sortir, son alliance trop grande glissa le long de son annulaire, tomba, rebondit sur le sol et se perdit derrière une des roues du lit.

— Eh merde, elle est où ?

L'homme s'accroupit et se mit à chercher.

— Elle a dû rouler par là.

Un son strident retentit.

— C'est la patiente d'à côté. On y va !

Je me projetai immédiatement dans la pièce voisine et je vis Rosa. Elle était défigurée. Une ecchymose avait envahi la moitié de son visage et elle avait l'air si… absente. Son être profond, son Je, son Moi n'était plus là. Il avait quitté son corps. Une peur panique m'assaillit : je ne voulais pas la perdre. Je ne voulais pas qu'elle meure.

Soudain, une sensation affreuse m'envahit. Je me sentis tomber dans une baignoire d'eau glacée. J'eus très froid et mes vêtements rétrécirent d'un coup. Ce n'étaient pas des vêtements, j'étais coincé dans un scaphandre métallique, humide, trop petit, trop rigide et tellement archaïque.

Je réintégrai mon corps et ce fut extrêmement désagréable.

39. Les chaises fauves

Je sentis de nouveau le contact froid de mon armure métallique. Je grimaçai. J'étais revenu dans ce corps meurtri, trop petit et trop étroit. Je voulus repartir dans l'autre monde, le merveilleux, le réjouissant, celui que je venais de quitter à regret, mais mes paupières s'obstinaient à s'ouvrir et mon regard se fixa sur un mur blanc et lisse.

Je n'y trouvai aucune aspérité, aucun défaut, pas de trou ni de goutte de peinture prise au piège.

Ma vision s'améliora et je distinguai la pièce avec davantage de netteté. Des draps couraient vers les pieds d'un lit. À droite, une porte. Elle était fermée. Sur la gauche, une fenêtre filtrait des ombres et des lumières qui virevoltaient et se cognaient contre le mur. Dehors quelques feuillages ondulaient au gré du vent.

Avec les doigts d'une main, je tapotai ma cuisse. Le contact avec ma peau me rassura.

Peu à peu, le contour de la pièce se précisa. Une chambre d'hôpital. Une perfusion était accrochée à mon bras gauche. Je fus surpris par le calme ambiant. Pas un bruit ne me parvenait. Pas de grésillement, pas de bips caractéristiques des machines que l'on branche sur les malades et qui les réveillent constamment. C'était bon signe.

Je vérifiai. L'accident ne m'avait amputé d'aucun membre. J'étais entier.

J'observai mes bras, mon ventre, mes jambes et dans une pensée encore comateuse, je les trouvai aussi étranges que merveilleux. Le tout formait un cocon souple et élastique.

La pièce s'éclaircit lentement et se gorgea d'une lumière naturelle. Une silhouette apparut. D'après la longueur des cheveux, il s'agissait d'une femme. Je ne parvins pas à distinguer les traits de son visage, cachés par un brouillard épais que je tentai de dissiper en plissant les paupières.

Elle s'approcha, me posa une question que je n'entendis pas et manipula des instruments étranges. Je les devinais plus que je ne les voyais. Elle ôta une poche de plastique vide accrochée au-dessus d'un pied à perfusion et en plaça une nouvelle. Ma vue s'améliora. Je découvris un visage fin et amical, un regard doux d'où jaillissaient quelques petites rides qui partaient vers le haut, des marques de rires francs, mais aussi les stigmates de responsabilités et d'inquiétudes assumées. Elle me sourit et dit à nouveau :

— Bonjour, monsieur Solange. Comment vous sentez-vous ?

— Bien, répondis-je d'une voix faible.

— Nous allons bientôt vous servir une petite collation. En attendant, buvez un peu.

Elle posa un verre d'eau sur la tablette qui s'emboîtait au-dessus de mon lit, me précisa qu'une panne d'électricité avait retardé la distribution de boissons chaudes, mais que ce n'était pas grave, que cela faisait partie des conséquences de la tempête et que tout allait bientôt rentrer dans l'ordre. Puis elle sortit.

Plus tard, je trouvai sur la table une tasse avec du café, deux biscottes, du beurre en portion individuelle ainsi que de la confiture d'abricot. J'ai toujours préféré la confiture de fraise, mais je me surpris à vouloir redécouvrir le parfum de l'abricot avec une joie inattendue. Je saisis la tasse en constatant qu'elle était tiède. Je humai l'odeur du café. Il avait été plusieurs fois réchauffé et noyé dans de l'eau chaude, mais je le trouvai exceptionnel.

Des bruits de pas résonnèrent. Ils venaient de loin. Des pas précis et familiers. Une voix se détacha de cette cadence, interrogea et négocia avec l'infirmière, dans le couloir.

— Vous êtes de la famille ?

— Oui. Son collègue.

— Monsieur Solange est encore très fatigué, nous privilégions la visite des proches et de la famille uniquement.

— Mais il n'est pas n'importe quel collègue, il est son collègue, il est très proche.

— Il ?

— Ben oui, il !

La voix hésita et répondit :

— Alors quelques minutes seulement.

Il entra. Ses yeux dégageaient une grande gaieté. C'était la première fois que je décelais une expression aussi éclairée chez lui.

Il s'assit sur une des chaises à côté du lit et demanda :

— Il va bien ?

— Il paraîtrait que oui.

— Il est bien installé en tout cas. Cet hôpital possède du mobilier inattendu. Ces chaises, par exemple, il a vu ça ? Elles sont drôles, recouvertes de tissu léopard.

Il caressa le revêtement aux couleurs cuivre et jaune, du velours imitant parfaitement le pelage doux d'une bête sauvage, puis il reprit : « Il est content de le voir. Quel soulagement ! Les toubibs disent que c'est un miracle, que son cœur s'est arrêté, que l'appareil à électrocardiogramme a été plat pendant plusieurs minutes et qu'il est revenu à la vie ensuite. Il est costaud, il m'épate ! Et en plus, il a bonne mine. »

— Tant mieux, Jérôme, tant mieux, mais je me sens complètement bloqué.

— C'est normal, ils disent que ça va revenir peu à peu. Quelle tempête, faut dire ! C'est un carnage dehors, il y a des arbres arrachés de partout. Heureusement qu'il est parti de la cabane, ça a secoué fort, là-haut !

Depuis le couloir, d'autres pas se rapprochèrent. Une conversation débuta avec l'infirmière qui répétait ses instructions :

— Pas plus de cinq minutes !

Jérôme murmura :

— C'est Magalie. Elle voulait le voir.

La lieutenante Deltour entra dans la pièce, des fleurs à la main. Le contraste avec notre dernière entrevue était saisissant. Elle avait troqué sa paire de menottes contre un bouquet de renoncules parfumées. Je préférais cette version.

Elle salua Jérôme d'un signe de tête, posa son bouquet sur la table, et recula d'un pas. Puis, elle m'annonça solennellement :

— Monsieur Solange, je vous remercie pour votre geste héroïque. Grâce à vous, j'ai échappé à ce poteau alors que vous, vous l'avez reçu sur la tête.

Je lui souris en signe de réponse et demandai aussitôt :

— Comment va Rosa ?

— Elle est entre de bonnes mains, dans le bâtiment à côté. Elle est bien soignée, tout comme vous, monsieur Solange. Les médecins m'ont dit que vous allez vous en sortir rapidement.

L'infirmière entra, vérifia le niveau des poches et m'annonça la bonne nouvelle : elle allait retirer la perfusion. Elle ôta l'intruse, me libérant d'une gêne dont on ne mesure véritablement l'ampleur que lorsqu'elle disparaît.

La lieutenante s'assit sur le siège libre à côté de Jérôme en s'étonnant de son confort, de sa couleur et de sa texture puis elle reprit :

— Je vous suis redevable pour ce que vous avez fait. Vous êtes passé à côté de la mort. Il paraît que votre activité cardiaque a totalement cessé pendant plusieurs minutes. Un vrai miracle.

— Vous auriez fait la même chose à ma place, lieutenante, j'en suis certain.

— Je l'espère. Personne ne peut prévoir la manière dont il va réagir face à une situation extrême. D'expérience, je sais que peu de gens auraient eu votre réflexe.

Elle se voûta légèrement, sembla réfléchir à quelque chose de sérieux puis reprit : « Nous avons récupéré le CD de Paolo Conte selon vos indications. Il contient toutes les preuves de l'implication d'Éva Kochner dans les meurtres des mafieux ces dernières semaines à Chicago. »

— Louis et Albert ont été arrêtés, précisa Jérôme.

— Albert ?

— Il prétend qu'il a agi sous la contrainte et la menace. On n'est pas complètement convaincus. On l'interroge, on continue l'enquête, ajouta la lieutenante.

— Et pour moi ?

— Vous savez, monsieur Solange, notre intention était surtout de vous protéger.

— Comment ça ?

— Lui non plus, il n'a rien vu, rien compris ! lâcha Jérôme.

— C'est normal, c'est notre métier le rassura immédiatement Magalie en ébauchant un début de mouvement dans sa direction avant de se raviser.

— Nous sommes sur cette affaire depuis un moment. C'est Marc qui nous a contactés quand il a réalisé qu'on se servait de lui. Il avait établi le lien entre les photos qu'on lui demandait de travailler et les morts. Seulement, il ne comprenait pas. Qui donnait les ordres ? Et comment cela fonctionnait ? Personne ne procède à une autopsie quand un mafieux meurt de sa mort naturelle, et personne n'enquête. Mais les morts se succédaient et ça commençait à sentir mauvais.

« Marc a alors eu l'idée d'injecter un virus informatique avec l'une des photos qu'il retouchait pour remonter la piste et identifier le donneur d'ordres. C'est de cette manière que nous avons débusqué Éva Kochner. Il était très fort, très doué, votre ami. »

« On a mis la police de Chicago sur le coup et l'enquête a pris une tout autre envergure. Mais pour communiquer avec Marc, nous devions être discrets. On se doutait qu'il était surveillé par Éva et potentiellement en danger. On lui a fourni un téléphone sécurisé et des agents le suivaient en permanence, prêts à intervenir à tout moment en cas de pépin. Mais on était loin de s'imaginer qu'Éva utilisait les scarabées pour le surveiller et encore moins pour... le tuer. On a tous été dévastés quand on a constaté sa mort. Sauver des vies, c'est aussi notre mission, vous savez monsieur Solange. »

— Vous connaissiez Marc alors. Excusez-moi, mais ça me fait bizarre de savoir que vous étiez en relation avec lui. Juste avant et... pendant sa mort.

— Des agents le surveillaient et nous envoyaient leur rapport quasiment toutes les heures. Et nous, on l'appelait plusieurs fois par jour. C'était moi, la plupart du temps qui passais les appels. J'étais son interlocuteur principal.

— Quand est-ce que cela a commencé ?

— Plusieurs semaines. Le temps de le connaître et de l'apprécier. C'était quelqu'un de formidable, votre ami. Un homme courageux, sincère et généreux. On a vraiment été secoués quand il est mort. Très secoués.

— Pourquoi Marc ne m'a-t-il rien dit ? Il a vécu quelque chose de terrible ! Il était menacé, il s'est rebellé, il a collaboré avec vous, c'était courageux, mais c'était dangereux et cela a dû être extrêmement stressant. Il est resté seul pendant cette terrible période alors que j'aurais pu l'aider. J'aurais dû le soutenir. Peut-être que j'aurais pu le sauver.

— Ne vous accablez pas, monsieur Solange, vous n'auriez rien pu faire de plus. Si Marc s'était confié, il vous aurait mis en danger immédiatement et je peux vous dire que cette hypothèse l'angoissait horriblement. Il nous a beaucoup parlé de vous. Il nous a même demandé de vous protéger, si jamais ça tournait mal pour lui. Il avait eu ce pressentiment. Malheureusement, il avait vu juste. »

Ses épaules se rapprochèrent de celles de Jérôme. Ils se touchaient presque. Elle poursuivit : « Après la mort de Marc, nos regards se sont posés sur vous. On se doutait que madame Kochner allait faire pression sur vous alors, on vous a mis sous surveillance. Quand on a compris que ça chauffait, on a décidé de simuler une arrestation pour éloigner tout scarabée de votre bouche. On pensait bien qu'avec nos agents tout autour, ils n'oseraient pas lancer le programme. »

— Mais comment saviez-vous que je me trouvais en ville à ce moment-là ?

Un silence gêné s'installa. Magalie demeura figée, le regard fixe en direction de la porte.

— Il s'excuse, vraiment, c'était pour le protéger.

— La lieutenante était avec toi quand j'ai appelé, bien sûr, balbutiai-je.

Derrière sa mine penaude, un étrange éclat pétillait. Un nouveau Jérôme prenait vie. Un Jérôme amoureux.

La lieutenante enchaîna, ne souhaitant pas s'éterniser sur la question de sa présence auprès de Jérôme ce matin-là, à l'aube.

— Nous avons arrêté Louis et un mandat d'arrêt international a été lancé contre Éva Kochner. Elle est en cavale, ça ne va pas être simple de la débusquer, mais tout le monde est sur le coup. Ce qui nous rassure, tout de même, c'est que sans Louis, elle n'est pas en mesure d'utiliser ses scarabées. Elle a dû se planquer dans un de ses lieux secrets. Elle va essayer de se faire oublier. Mais au moindre faux pas, on lui tombe dessus et on la boucle.

L'infirmière réapparut. Elle s'adressa à Jérôme et Magalie :

— Je suis désolée, mais il va falloir partir et laisser monsieur Solange se reposer.

Elle les raccompagna jusqu'à la porte, revint près de moi et je lui demandai.

— Où est Johanna ?

— Qui ?

— Rosa Aguilar.

— Elle est dans l'unité d'à côté, aux soins intensifs.

— Je voudrais la voir.

— On ira demain matin. Mais maintenant, vous devez vous reposer.

40. Ode à la joie

Un cadran numérique affichait 2.20. Mon heure. Pourtant, pas un cauchemar ne rodait. Je vérifiai, la fumée n'était pas là. Je bénéficiais d'une zone de répit, une trêve, le temps que mon esprit réintègre complètement mon corps. Je me sentais en paix, serein, même si j'étais conscient que cette plénitude ne serait que de courte durée. Je devais profiter de cette parenthèse pour récupérer de la force et de l'énergie.

Deux heures vingt.

Deux vingt. Soudain, je compris. Cette heure qui n'avait de cesse de m'obséder prenait enfin tout son sens. Deux vingt. Comme devin. Personne qui devine ce qui est ignoré, caché et en particulier qui prédit l'avenir.

Je me rendormis avec cette pensée étonnante et, au réveil, je retrouvai une autre obsession bien plus éprouvante qui devint rapidement glaçante : vérifier que Johanna était vivante. Dans quel état était-elle ? Personne ne m'avait renseigné précisément sur ce sujet et une angoisse lourde m'assaillit.

Lors de ma vision survenue dans la cabane, elle était dans le coma. Était-ce la réalité ? Que lui était-il arrivé ?

Je me concentrai. Si je la visualisais en train de se réveiller, peut-être que j'influencerai le futur. Mais je me trouvai subitement ridicule. Je n'étais pas plus devin que capitaine de sous-marin. Je ne possédais aucun pouvoir sur le futur. Je n'étais pas médecin et je ne savais même pas comment elle allait.

On toqua. L'infirmière entra et me dit d'une voix chantante :

— J'ai une bonne nouvelle. La doctoresse a donné son accord pour que je vous accompagne auprès de madame Aguilar. Nous avons compris que cette personne était importante pour vous. Elle est en soins intensifs alors ne vous attendez pas non plus à trouver une personne pimpante. Mais son état est stable, plutôt positif. Mangez quelque chose, prenez des forces, nous irons plus tard.

J'avalai mon café et engloutis mes biscottes en quelques minutes, mais je réalisai que mes mouvements étaient loin d'être fluides. Mon scaphandre ne s'était pas complètement dissous, certains de mes membres refusaient encore de m'obéir et je restai vissé sur ce lit, enveloppé dans une infâme blouse ouverte dans le dos.

J'attendais le retour de l'infirmière. Que c'était long ! Et que d'idées, d'images, de perceptions curieuses et incongrues envahissaient ma tête ! Mon voyage dans l'autre monde avec ma grand-mère assise sur un papillon géant m'apparut d'un réalisme déconcertant. L'avais-je vraiment vécu ? Avais-je imaginé tout ça ? Rêvé ?

L'infirmière réapparut. Elle m'aida à me lever, à enlever la blouse et à m'habiller. Je fus surpris de trouver des vêtements propres et secs qui ne m'appartenaient pas.

— C'est votre collègue qui a amené toutes ces affaires. On a mis les vêtements que vous portiez à votre arrivée dans un sac. Il est très gentil, votre collègue.

Pendant que j'enfilais une chemise blanche et un pantalon qui se trouvait être miraculeusement à ma taille, elle sortit pour revenir, armée d'un fauteuil roulant qu'elle colla contre mon lit.

— C'est si loin que ça ?

— Vous n'êtes pas en état de marcher, et encore moins pour aller jusqu'au bâtiment des soins intensifs. Il se situe à l'autre bout de l'hôpital et le chemin est parsemé d'embûches. Profitez du transport. C'est gratuit !

En effet, le trajet fut long et pénible. Nous traversâmes d'interminables couloirs entrecoupés d'imposantes portes battantes, nous empruntâmes plusieurs ascenseurs dont un cracha des secousses inquiétantes et au milieu d'une allée lugubre dans un sous-sol sans lumière, elle me dit :

— C'est drôle, vous savez, parce que je vous ramène là d'où vous venez. Vous êtes passé dans cette unité de soins intensifs.

— J'y suis resté combien de temps ?

— Trois jours. Vous vous remettez à une vitesse impressionnante. Surtout après ce que vous avez vécu.

— Et Johanna ? Je veux dire, Rosa Aguilar, comment va-t-elle ?

— Je ne sais pas, vous verrez avec le docteur, là-bas.

Nous sortîmes du bâtiment pour emprunter un chemin dans un jardin arboré. Au bout, un panneau indiquait la direction de l'unité « Soins intensifs ». Un autre panneau pointait en sens inverse l'itinéraire de l'unité « Soins palliatifs ». Je frissonnai. La mort rôdait entre ces deux voies. Que d'âmes devaient s'envoler à partir de ce lieu !

Nous avançâmes et, avant d'entrer, l'infirmière me glissa :

— On va laisser la chaise dans ce coin et je vais vous aider à monter les escaliers. L'ascenseur ne fonctionne pas de ce côté-ci.

— Je reconnais cet endroit, ne pus-je m'empêcher de dire.

— Oui, je vous l'ai dit, vous étiez là, en soins intensifs avant d'être transféré dans notre unité. Mais vous étiez dans le coma, et quand vous êtes sorti, vous n'étiez pas complètement conscient. Vous ne pouvez pas vous en souvenir.

— Je l'ai vu, pourtant. J'ai tout vu.

Je me fichais de paraître siphonné auprès de l'infirmière qui, au lieu de hausser les yeux ou feindre de ne pas avoir entendu, me répondit très sérieusement :

— Pendant que vous faisiez votre arrêt cardiaque ?

— Je crois, oui.

— Des patients m'ont déjà parlé de voyages étonnants faits lors d'arrêts du cœur ou durant une opération. Souvent, ils n'osent pas le dire de peur qu'on les prenne pour des fous. Moi, je vous crois.

Nous arrivâmes en haut des escaliers. Elle me laissa devant la porte. Sur le côté, au-dessus d'un bouton, le mot était accroché : « Sonnez, une infirmière viendra vous chercher ». Dans ma vision, je montais seul, personne ne m'accompagnait. Tout ne se passait donc pas précisément comme je le devinais.

L'homme en blouse blanche m'ouvrit. Comme dans mon rêve, je fis le même constat : l'infirmière était un homme. Pourquoi attribuer une profession à un sexe plutôt qu'à un autre ? L'homme me dit :

— Venez, suivez-moi.

Il me fit entrer, échangea un bref regard avec l'infirmière et il m'amena jusque dans le sas où j'enfilai l'attirail : masque, surchaussures, blouse.

On m'accompagna jusque devant sa chambre. La porte était grande ouverte. Elles l'étaient toutes. D'ailleurs, il n'y avait pas vraiment de portes. Ce n'étaient pas des chambres, c'étaient des îlots de tubes et de fils qui maintenaient en vie des corps meurtris. Des âmes flottaient et écrasaient l'air. Je me sentis oppressé, la tension était palpable. Certaines voulaient réintégrer leur corps pendant que d'autres cherchaient à partir. Elles n'avaient pas compris qu'elles étaient mortes et qu'elles erraient dans les couloirs à la recherche de leur scaphandre. Quelqu'un devait leur expliquer la situation et leur dire d'abandonner ce lieu pour choisir de s'envoler vers la lumière. Elles avaient besoin d'aide, elles étaient coincées, dans ces couloirs. Je ne me traitai pas de cinglé quand je me mis à fouiller en moi-même la méthode pour leur porter secours. Bien au contraire. Mais j'interrompis ces réflexions et m'arrêtai devant Johanna.

Mon cœur se contracta douloureusement. Je m'approchai, remis le drap tombé à terre et cherchai une zone libre, épargnée par les tuyaux qui sortaient de sa chair.

J'enserrai délicatement sa main entre les miennes et lui caressai doucement le bras. Tout son côté gauche fuyait ces multiples intrusions et ses doigts s'étaient crispés à proximité d'un tube qu'elle avait tenté d'arracher. Heureusement, au fond de ses entrailles, ses cellules avaient compris que ces objets étrangers n'avaient pas pour objectif de la coloniser, mais de la soigner.

Alors, je lui chuchotai notre histoire. Je lui dis qu'elle avait encore une belle route à parcourir dans cette vie, qu'une partie pouvait se faire avec moi si elle le désirait, que j'en serais profondément heureux, que j'avais follement envie d'emprunter ce chemin avec elle, de partir à la découverte du monde, des humains, du vivant, et de tous ses mystères. Je lui murmurai la promesse de moments magiques et vibrants. Nous avions tant de vies à explorer ensemble.

Soudain, un bruit strident retentit. Un homme en blouse bleue déboula en trombe et hurla :

— Oxygène !

Une voix de femme me demanda de sortir. Je reculai, abasourdi et tremblant. Que se passait-il ? Je ne savais même pas si Johanna m'avait entendu. Je l'implorai alors, je la suppliai de ne pas mourir, de rester avec moi.

Au bout d'un moment j'entendis :

— Vous êtes encore là ? J'appelle quelqu'un pour que l'on vous raccompagne.

— Merci, mais ça ira, répondis-je, la voix rauque.

Je regardai instinctivement la main de la femme.

— Vous ne l'avez pas retrouvée ?

— Quoi donc ?

— Votre alliance.

Elle me fixa interloquée, cherchant une explication à ma question. Je lui indiquai d'un geste le box devant lequel je m'étais arrêté :

— Votre alliance. Elle est coincée derrière la roue du lit.

— J'ai déjà regardé.

Elle douta puis se ravisa, elle n'avait rien à perdre de toute façon et elle avait abandonné depuis longtemps toute notion de ridicule. Elle s'avança, s'accroupit, scruta attentivement, tendit la main vers un objet métallique et se releva, un sourire étincelant accroché sur son visage.

— Mais comment…

Son collègue l'appela depuis le bout du couloir.

— Allez-y, je crois qu'on a besoin de vous.

Elle rejoignit l'homme au pas de course, mais avant de disparaître, elle se tourna vers moi et lança :

— Madame Aguilar va bien. Vous pouvez retourner la voir avant de partir.

Je me précipitai auprès d'elle, mais un brouillard se forma au-dessus de son lit. La fumée s'invitait. Évidemment. Comment avais-je pu l'oublier ?

Elle se propagea au niveau du plafond, s'enroula autour d'elle-même jusqu'à se densifier et deux billes bleues terrifiantes se dressèrent devant moi. La fumée fit alors résonner des mots brûlants, du venin qui lacéra mes oreilles :

— Donne-moi celle-là, et je ne te demanderai plus rien.

— Comment peux-tu…

— Tu vois bien qu'elle est sur le point de mourir. Si tu me donnes son âme, on sera quitte, je t'ouvrirai toutes les portes de mon royaume. Je n'ai pas envie d'attendre. Débranche un des fils qui la maintient en vie.

— Non !

— D'accord, ça va un peu vite pour toi, tu n'es pas complètement prêt. Oublie les fils. On va laisser les choses se faire d'elles-mêmes. Mais tu as compris, n'est-ce pas ? J'ai besoin d'une grosse prise, comme elle.

— Laisse-la tranquille.

— Comme tu es réactif, Julien, calme-toi, essaie de prendre un peu de recul. Ne rejette pas ce que tu es.

— Mais que sais-tu de moi ? Tu te trompes.

— Tu compliques beaucoup les choses. Déjà que je n'ai même pas pu attraper Louis, qui est pourtant du menu fretin. Tu dois me fournir des âmes, Julien, j'ai faim !

— Pas Johanna. Pourquoi elle ?

— Parce qu'elle est proche de toi et donc, savoureuse ! Ne t'inquiète pas pour tes prises. Après, elles trouvent refuge dans ma bibliothèque. Tu as admiré ma collection sur les murs, n'est-ce pas ? Ils y sont heureux, beaucoup disent aimer se balader d'un tableau à l'autre. Je les y autorise, souvent. Alors, tu vois bien que ce n'est pas si terrible. Et pour alimenter une collection de cette valeur, il me faudrait beaucoup de Louis pour une seule Johanna. Alors, réfléchis bien.

— Non, ce n'est pas possible.

— Tu me déçois, tu ne comprends décidément rien à rien. Quand tu connaîtras les plaisirs de manger les autres, tu changeras. Cela viendra, ce n'est qu'une question de temps. Pour Johanna, tu as tort. Si je ne la prends pas, j'attraperai d'autres âmes qui gravitent autour de toi.

Je fus saisi d'horreur et je me pétrifiai. Qu'avais-je fait ?

La fumée m'avait vraiment dupé. Elle n'attendait qu'une chose : que je lui fournisse des âmes. Des âmes de gens que j'aime. Cela voulait dire que j'étais devenu, pour mes proches, leur pire danger.

41. Concours Lépine 1990

Je sortis dans le jardin, à la recherche d'un peu d'air et de calme.

Je m'étais fourvoyé. La fumée n'était pas un guide, mais un être malveillant qui avait profité de ma faiblesse pour me tromper. C'était un monstre.

Son objectif était d'attraper des humains et de sucer leurs âmes en les empêchant d'atteindre la lumière quand ils mouraient. Comment imaginer une horreur pareille ? La fumée m'ordonnait de précipiter les vivants dans la mort et de lui fournir les sacrifiés.

Je m'étais laissé piéger.

Mais pourquoi s'en prendre à moi ?

La réponse me parvint directement dans un coin de ma tête, c'était tellement logique que je ne sus si c'était mon cerveau qui, dans un sursaut de lucidité me dévoilait la triste réalité ou si c'était une voix amicale venant du monde invisible qui me chuchotait derrière l'oreille : seul un humain capable de communiquer entre les différents mondes pouvait lui livrer des proies. Un devin. Et plus le sacrifice était gros, plus la fumée était repue.

J'avais accepté un marché de dupes. Mon monstre m'avait emprisonné dans le pire des enfers. Il prenait bien plus que ma vie, il prenait tout ce que j'aimais. Il avalerait ceux qui m'approcheraient. Je m'étais condamné à rester loin de ceux que j'aimais pour le reste de ma vie.

Le seul moyen de protéger mes proches était de m'isoler, de partir, de rompre toute relation avec les êtres qui m'entouraient. Quitter Johanna pour toujours... mais que valait la vie sans elle ? Que valait la vie sans contact avec ses proches ?

Mon téléphone sonna et mon sang se glaça. C'était ma mère. Il n'était pas question que je la mette en danger. J'hésitai, mais je finis par décrocher, incapable de couper court à toute relation dans l'immédiat. J'avais besoin de lui parler, de l'entendre, au moins une dernière fois. Et peut-être, pourquoi pas, de trouver une solution ? Elle m'avait toujours aidé à y voir plus clair quand je bloquais sur une situation, à réfléchir, à sortir hors du cadre pour voir au-delà de mes ornières. Existait-il un recours, un bureau des réclamations en matière de faux guide de l'invisible ? Ou alors, quelqu'un qui pourrait m'aider ? Peut-être un des chamans de Rosa ? Je ne pouvais croire que mon guide m'avait définitivement piégé. Il m'avait manipulé, il ne m'avait pas expliqué clairement la situation. Il existait certainement une solution pour le contrer.

— Julien ? Mon p'tit Julien, comment vas-tu ?

Un mélange de peur, de soulagement et de colère à l'idée de me perdre se mélangeait avec sa voix. Pour un peu, elle m'aurait disputé comme quand j'avais douze ans et que je tombais de vélo après une course stupide avec Marc. Je ressentis les émotions qui la traversaient, je devinai, j'empruntai cette liane qui lui servait de vie et je compris comment la vie d'un parent pouvait basculer le jour de la naissance d'une enfant. Perdre un enfant était l'une des pires épreuves à vivre sur cette terre.

— Ne t'inquiète pas, maman. Tout va bien.

J'entendis au loin la voix d'Erika me lancer : coucou mon p'tit Ju ! On est là !

Ma mère enchaîna :

— On prend l'avion à la première heure, demain. On te laisse pas tout seul à l'hôpital !

— Non, ne venez pas, surtout pas ! J'ai besoin de repos. Du calme et du repos. Et puis, je sors demain, ce n'est vraiment pas la peine.

— Tu es sûr ? Ça nous embête de te laisser tout seul dans ces conditions… et puis aussi, il y a…

Je perçus la voix d'Erika qui lui chuchotait : *dis-lui, allez, dis-lui !* Ma mère hésitait toujours.

Un brouillard de pensées et d'émotions confuses l'empêchait de s'exprimer clairement.

Elle aurait préféré venir, cela lui aurait laissé du temps pour s'expliquer à elle-même ce qui venait d'arriver. Elle ne parvenait pas à assembler les mots sur ce qu'elle avait appris alors je compris qu'elle avait quelque chose d'important à me dire, mais qu'elle ne savait comment s'y prendre.

— Voilà, pour tout te dire, j'ai reçu un coup de fil très curieux l'autre jour. J'ai un peu hésité avant de te le dire. Tu n'es pas encore très bien remis, mais il me semble que c'est important. Cela te concerne.

Une boule se forma dans mon ventre, au fond de moi je le savais et un désir profond de l'entendre continuer :

— Un homme m'a appelé. C'est difficile à expliquer, d'ailleurs je ne me l'explique pas. Voilà, c'est le militaire que j'ai rencontré en Bretagne, il y a très longtemps, avant ta naissance. Tu as compris, il s'agit de ton père. Il m'a dit qu'il m'avait reconnue dans un article qu'il a lu par hasard à propos du concours Lépine que j'ai gagné en 1990. Pourtant, ça date, 1990 ! Je ne sais pas comment il a bien pu tomber sur cet article et sur moi en particulier. Il y avait ma photo, mon nom, il m'a reconnue et il a eu envie de prendre de mes nouvelles. C'est dingue ! Il est vivant ! J'ai toujours cru qu'il était mort ! Il s'appelle Gérard Coutard, il voudrait te rencontrer.

42. L'appel du pélican

Je restai affalé un bon moment sur mon banc, dans le parc, à mi-chemin entre les unités de soins intensifs et de soins palliatifs. Abasourdi par la nouvelle que ma mère venait de me livrer, je me débattais entre plusieurs émotions que je ne parvenais pas à identifier.

J'attrapai mon mobile, me connectai sur le moteur de recherche et lançai une requête sur Gérard Coutard. Un lien apparut. Je cliquai et ouvris une page web d'une sobriété désarmante.

Gérard Coutard

Expert en sécurité

55 rue Montmartre, Paris

Une photo le représentait, debout devant un arbre gigantesque dont on ne voyait qu'une partie du tronc. Il était vêtu d'une chemise et d'un pantalon confectionnés dans du tissu africain. Je compris alors qu'il ne portait pas un pyjama, mais un boubou.

Ses cheveux poivre et sel avaient la même carnation que les miens. Ils étaient solidement implantés sur son front et rendaient son regard à la fois profond et rieur. J'avais envie de l'aimer. Pourtant, cet homme, ce père, m'avait abandonné avant ma naissance.

Je ravalai mes vieux reproches pour me concentrer sur ce miracle. N'était-ce pas là le souhait que j'avais déposé au creux de mon arbre dans la montagne ?

Je ne pus m'empêcher de douter de la réalité de ce moment. Tout ceci n'était qu'une vulgaire projection de mes envies qui se matérialisait au cours d'un rêve. Voilà ce qui se passait réellement : je n'étais pas sorti du coma, je m'étais rendormi et je traînais avec moi mes vieilles frustrations.

Et pourtant, un numéro de téléphone était affiché devant moi. Je lançai l'appel, tel un automate quand soudain, je réalisai : un père retrouvé devait valoir cher dans le monde de la fumée. Et si je le mettais en danger avant même de le rencontrer ? La panique me submergea. J'approchai mon pouce vers le pictogramme rouge pour interrompre l'appel, mais je ne parvins pas à raccrocher. J'étais tétanisé. Il fallait que je sache. Il fallait que je l'entende, au moins une fois.

— Monsieur Coutard ?

— Lui-même.

— Je ne sais pas comment me présenter. Voilà, je m'appelle Julien Solange, je suis le fils d'Hélène Solange. Vous l'avez contactée il y a peu de temps.

Après quelques secondes de silence, j'entendis :

— Et merde !

— Pardon ?

— C'était donc vrai.

— Je… je ne comprends pas.

— Mais quel imbécile, espèce de vieux pélican écervelé !

— Euh… désolé, j'ai dû me tromper. Je peux rappeler plus tard si vous voulez.

— Non, non Julien, ne raccroche pas, excuse-moi, je ne voulais pas te faire peur, mais… en entendant ta voix j'ai eu comme… enfin, je t'expliquerai plus tard. Je suis tellement heureux de t'entendre. J'ai demandé à ta mère tes coordonnées, mais elle voulait d'abord te parler. J'ai cru comprendre que tu avais eu un accident ?

— Oui. Mais ça va bien maintenant. Ma mère m'a expliqué. Le concours Lépine. L'article.

— C'est un hasard ahurissant. Je suis tombé sur cet article en faisant du tri dans ma bibliothèque. Cette vieille pile de magazines était cachée derrière des livres. Aussi incroyable que cela puisse paraître, j'ai fait tomber le « Science et Avenir » qui s'est ouvert pile sur la photo de ta mère. C'est dingue. Pourquoi est-ce que je n'avais pas lu cette page avant ? Bref, je l'ai reconnue immédiatement et l'envie m'a pris de l'appeler. J'ai facilement retrouvé ses coordonnées sur le web, mais je ne m'attendais pas à ce qu'elle me révèle une chose aussi stupéfiante ! Je pensais simplement saluer une femme qui avait croisé ma route trente ans auparavant et voilà qu'elle m'annonce ton existence ! Je m'en veux tellement. J'aurais dû deviner. Tout ce temps sans savoir…

— Je croyais que vous étiez mort.

— Je suis tellement bouleversé, désolé de ne pas t'avoir connu plus tôt, Julien.

— Vous n'aviez jamais…. envisagé, supposé, imaginé que cela puisse se produire ? Quand on couche avec une fille, c'est le genre de choses qui peut arriver. Surtout à votre époque. Les moyens de contraception n'étaient pas aussi développés qu'aujourd'hui.

— Nous avions pris nos précautions. Dans le feu de l'action, on ne se rend pas toujours compte que la capote se déchire. Bon, bref, sans rentrer dans des détails, c'est ce qui a dû se passer, je ne vois pas d'autres explications. Je m'en veux tellement. Je suis quelqu'un de très intuitif. Je ne comprends pas comment j'ai pu passer à côté. Tu as raison, j'aurais dû envisager, supposer, imaginer. Et en même temps, comment deviner qu'une relation aussi furtive puisse déboucher sur une naissance ? Ta mère t'a parlé de notre rencontre ?

— Une aventure aussi brève que la vie d'un papillon de nuit.

— Voilà. C'était juste avant que je parte en mission spéciale, en Afrique. Elle m'avait impressionné par sa liberté et son détachement affectif. Elle a un sacré caractère, ta mère. Elle sait ce qu'elle veut. Et ce qu'elle ne veut pas, aussi. Elle me l'avait clairement dit : elle ne voulait pas de relation durable. Moi, je crois que j'aurais été d'accord pour continuer, malgré les missions délicates à l'étranger. Mais ta mère, elle, ne l'entendait pas du tout de cette manière.

— En effet, dis-je en souriant, j'ai toujours eu une mère… et une belle-mère.

Un silence s'installa. Était-il en train d'analyser ma dernière remarque ? Ma mère ne lui avait sûrement rien dit à ce sujet. Quel effet cela pouvait-il produire de savoir qu'un partenaire avait viré de bord juste après soi. Surtout pour un militaire qui devait avoir une bonne cinquantaine d'années, une ancienne génération qui conservait, parfois malgré elle, des stigmates d'un esprit macho. Mais il se ficha littéralement de ce fait qui me parut soudainement bien dérisoire quand il me dit :

— Écoute, Julien, je sais que cela va te paraître bizarre comme question, mais, t'arrive-t-il d'avoir des intuitions, de deviner des choses avant qu'elles n'arrivent ?

— Euh… ma foi, oui, c'est possible.

— De faire des rêves étranges, plus vrais que la réalité ?

— Comme tout le monde, j'imagine.

— As-tu vécu une expérience hors normes, récemment ? Notamment lors de ton accident ?

Mais comment pouvait-il savoir ?

« Si je te pose ces questions, c'est parce que, en te parlant, je perçois certaines informations. Je vais être un peu brutal, j'en suis désolé, mais il me semble que la situation l'impose. Je crois que si nous nous rencontrons aujourd'hui, ce n'est pas un hasard. Et je crois aussi qu'une sorte de menace plane sur toi. Nous avons les mêmes capacités, Julien. Je l'ai compris au moment même où j'ai entendu ta voix. C'est pour ça que j'ai eu cette réaction un peu… bizarre. J'ai senti la présence de… comment te dire… »

— La fumée ?

— C'est de cette manière qu'il t'est apparu ?

— Une fumée blanche avec des yeux bleus. Il s'est présenté comme étant mon guide.

— J'en étais sûr ! Mais quel amateur j'ai été ! Un vrai crapaud aveugle, un caméléon des mers ! Un jeune pélican a besoin d'un guide, un vrai ! Pas cette fumée immonde qui a profité de ta crédulité pour te capturer.

— Un jeune pélican ?

— C'est le nom que je donne à ceux qui voient l'invisible et qui sont animés de la volonté de soigner, de guérir et de sauver les autres. Cette chose, la fumée qui s'est fait passer pour ton guide est une force de l'ombre. Un esprit malveillant. Il s'en prend à toi, le lâche !

— J'ai accepté sa proposition, je ne savais pas dans quoi je me fourrais.

— Bien sûr, tu ne pouvais pas savoir. C'est un voyou de la pire espèce, un sorcier de l'ombre, un être d'une noirceur infinie.

— Je ne comprends pas… il y a quelqu'un qui existe pour de vrai derrière ?

— Ces entités malfaisantes se matérialisent de différentes façons. Il t'est apparu sous forme de fumée, mais ils peuvent aussi s'incarner dans le corps des humains. Ça dépend beaucoup de la culture de celui qui le voit. Pour toi, c'est une fumée. Pour un autre, ce sera un homme, une femme, un monstre, un esprit, n'importe quoi.

J'inspirai profondément. La réalité, une fois de plus, basculait. J'avais retrouvé un père, mais la conversation m'échappait. Quand est-ce que tout avait dérapé ? Une furieuse envie de marcher picota mes jambes. Je me levai, avec un impérieux besoin de sentir le monde physique tel que je le connaissais.

— Julien, ça va ?

— Je ne sais pas. Et toi, dans tout ça, qui es-tu ?

— Je te l'ai dit : un pélican. J'ai accès au monde invisible, je vois des choses que les autres ne voient pas et je combats les forces sombres.

— Donc, mes capacités, mes dons, viennent de toi ?

— En partie, oui. Cependant, les graines ne poussent que si elles sont arrosées. Et il y a aussi l'empreinte de ton environnement. De ta mère, ta belle-mère, ton entourage et de tout ce que tu as vécu. La couleur de tes dons dépendra de ces facteurs. Mais on en reparlera. Pour le moment, nous devons rester concentrés sur cette fumée qui te menace. Je suspecte une de mes connaissances d'être à l'origine de la fumée. Il est très fort. Il s'en prend à moi depuis longtemps et il t'a trouvé avant que je ne décèle ton existence. Tu as compris, certaines de tes graines ont été arrosées, tes dons se sont révélés, mais personne ne t'a encore initié. Tu es un apprenti non initié, une proie facile. Ah, le fourbe ! Il faut admettre qu'il est fort, ce serpent, mais je ne vais pas le laisser faire. Il faut agir vite. Il est très puissant et son pouvoir croît à une vitesse sidérante. Une fois qu'il prend au piège une proie de ta taille, il se nourrit de son monde, de sa vitalité, de toi, en l'occurrence. De toi et de tes proches. Il faut que l'on se voie au plus vite.

Je pris soin de m'éloigner du panneau « Psychiatrie » qui, l'espace d'un instant, me toisa de sa superbe et je continuai à déambuler au hasard des allées tout en m'accrochant à mon téléphone. Je parlais de monde invisible, de forces de l'ombre, de toutes ces notions que j'aurais considérées absurdes et grotesques quelques jours auparavant et le pire est que tout ceci me paraissait d'une logique et d'un réalisme évident. Je n'étais pas fou. Je pénétrais simplement dans un univers différent. Du moins, je le supposais.

Après un long silence, j'entendis :

— Julien, où es-tu exactement ?

— Je suis encore à l'hôpital. Johanna aussi. Johanna c'est…

— Oui, je capte sa présence.

— J'ai très peur de la perdre.

— Je sais. Enfin, je comprends ce que la fumée s'apprête à faire. Nous n'avons pas de temps, nous devons agir vite. Aujourd'hui. Tu peux t'isoler quelque part ?

— Dans ma chambre d'hôpital ? Il n'y a personne avec moi. En tout cas, il n'y avait personne tout à l'heure.

— Non, ce n'est pas assez tranquille, il y a trop de passage et on risquerait de t'amener un colocataire. Comment te sens-tu ? Est-ce que tu peux filer à l'anglaise, rentrer chez toi ? Je n'ai besoin que d'une petite heure, ensemble, tous les deux au téléphone, ça suffira, du moins dans un premier temps pour éloigner la fumée. Ensuite, tu pourras regagner ta chambre.

J'aperçus au loin, un infirmier sortir du bâtiment des soins intensifs avec mon fauteuil roulant que j'avais abandonné au pied de l'escalier. Je me retournai pour ne pas me faire remarquer et répondis :

— Bien sûr.

— Alors, rentre chez toi, ferme tout à clé et rappelle-moi.

43. 55 rue Montmartre

Mon corps s'était gonflé d'une énergie nouvelle et j'atteignis ma chambre en marchant presque normalement. Je boitillais, ce qui ralentissait ma vitesse et me contrariait, mais je me ressaisis : les évènements avaient pris un tournant inespéré, et même si je claudiquais, j'avançais, j'étais en vie, et je découvrais qui j'étais.

Je récupérai les clés de mon appartement. Quelqu'un les avait rangées avec mes affaires personnelles dans un sac en papier glissé dans l'armoire.

J'eus de la chance : aucune infirmière ne me surprit quand je quittai les lieux en catimini. Et quand bien même elles m'auraient vu, elles n'auraient pas fait le lien entre l'homme qui n'était pas capable d'aligner trois pas sans s'étourdir, et celui qui déambulait à présent.

Un incroyable souffle de vitalité bombait mes muscles. La rencontre inattendue avec ce père retrouvé me galvanisait.

Je sortis discrètement de l'hôpital. J'évitai tous les regards et adoptai la démarche d'un simple visiteur. Je n'étais plus un accidenté, mais un parent venu prendre des nouvelles d'un malade et j'y mettais tellement d'intention que tout le monde y croyait.

Je fonçai dans un taxi et arrivai chez moi autant excité qu'inquiet.

J'ouvris et entrai dans mon appartement. Cela me fit un drôle d'effet. Comme si je visitais l'appartement de quelqu'un d'autre, un autre Julien. Tant de choses s'étaient passées. Les murs avaient gardé en mémoire mon odeur, mes anciennes habitudes, mon ancienne vie. Mon ancien moi.

J'avançai dans le salon, me postai devant la baie vitrée, face à l'océan et appelai Gérard.

— Ferme les rideaux et installe-toi sur ton canapé, me dit-il d'une voix ronde et chaude.

— Comme pour les séances d'hypnose avec Johanna, je soufflai.

— Hypnose ? Ah, d'accord, je comprends mieux. Elle t'a amené dans un état de conscience élargie. Elle a ouvert une voie. C'est bien, mais c'est aussi ce qui a précipité la fumée vers toi.

— Je ne sais pas, je crois que tout ceci a commencé avant. Je faisais de drôles de rêves, des cauchemars, bien avant de rencontrer Johanna.

— Ce n'est pas de sa faute. Seulement, les choses se sont accélérées avec les séances d'hypnose. Et cela va aussi nous faciliter la tâche. Tu seras moins surpris. Bon, alors, tu es prêt ?

— Je crois, oui.

— Ce qu'on va faire maintenant est complètement différent de ce que tu as connu avec Johanna. Je pense que tu as compris, à présent, que ton âme avait une existence propre, et qu'elle ne logeait pas nécessairement à l'intérieur de ton corps ?

— Je dois avouer que les récents évènements sont allés un peu trop vite pour que je me pose clairement la question.

— Dans ton expérience de mort, qu'est-ce qui s'est passé ?

— J'ai vécu un voyage incroyable, extraordinaire.

— Tu as vécu toutes ces choses alors que ton corps était mort. Ta conscience était ailleurs, elle menait sa propre existence. Eh bien, je te propose la même chose, mais sans que tu ne meures, bien sûr ! Tu l'as fait une fois, tu peux le refaire, c'est-à-dire, extraire ta conscience de ton corps, faire voyager ton âme et la faire venir jusqu'ici, à Paris. Nous devons nous rencontrer, d'âme à âme, comme si nous étions dans la même pièce. Tu es d'accord ?

— Je n'en suis plus à ma première expérience mystique alors, oui, je suis d'accord, on y va.

— Commence par te détendre, si c'est possible. Laisse-toi aller, mais ne permets pas à la panique de t'envahir. Tu vas ressentir des sensations nouvelles, étonnantes, mais ne t'inquiètes pas, il n'y a aucun danger. Tu as mis ton téléphone en haut-parleur ?

— Il est posé sur la table.

— Alors, ferme les yeux et écoute.

Après quelques secondes de silence, et bien qu'ayant les yeux fermés, je compris que le canapé s'enfonçait progressivement dans le sol. Les murs rétrécissaient, ils rentraient à l'intérieur de la pièce pendant que le plafond prenait une consistance molle. Puis, des taches bleues et blanches se mirent à scintiller dans ce qu'il restait d'espace. C'étaient des particules de peinture qui s'échappaient de la surface des objets, des murs, du sol et du plafond. Bientôt, d'autres éclats se mirent à voleter avant que je m'aperçoive que les parois de mon salon n'existaient plus. Tout s'était désintégré en particules désorganisées, un chaos régi par un ordre inconnu. Je me désintégrai en une infinité de fragments, je m'éparpillai en mille morceaux, je disparaissais et je repris consistance sur le palier d'une cage d'escalier, en face d'une porte vert foncé.

J'étais à la fois allongé sur mon canapé et debout, les yeux grands ouverts en train d'appuyer sur la sonnerie de l'appartement 3D, au 55 de la rue Montmartre, à Paris.

Il ouvrit avant même que le tintement de la sonnette se fasse entendre. Je découvris un homme grand, robuste, un visage grave et tendre à la fois, presque rieur. Ses cheveux n'étaient pas aussi gris que sur la photo, il paraissait plus jeune, plus fort, plus sûr de lui.

Nous nous observâmes un long moment. J'hésitai, l'envie me prit de le toucher, de le palper, de vérifier qu'il était bien réel, mais je restai dans la retenue. Lui aussi.

Il me fit signe de le suivre dans le couloir. Le lieu n'avait rien de conventionnel. De nombreux masques africains étaient accrochés sur les murs et cela me fit penser aux tableaux de Rosa.

Nous entrâmes dans son bureau. Un imposant canapé bleu pétrole rivalisait par sa taille avec une lampe orange d'une dimension démesurée par rapport à la pièce. Sur un fauteuil de la même couleur du canapé, un chat ronronnait.

— Je travaille beaucoup avec l'Afrique, comme tu peux t'en rendre compte.

Il s'installa sur le canapé, mais au lieu de s'asseoir il s'allongea. Cette position semblait lui être coutumière et je me surpris à me sentir dans un environnement familier.

Le chat me regarda d'un drôle d'air comme s'il m'avertissait de ne pas lui piquer son fauteuil.

Je m'installai sur celui qui était resté libre et je remarquai une photo encadrée accrochée sur le mur. On y voyait Gérard, devant une paillote. Derrière, on devinait des arbres gigantesques et une inscription avait été ajoutée : Le sorcier blanc.

— Là, sur la photo, c'est toi ? Pourquoi un sorcier blanc ?

— Parce que j'ai été initié en Afrique et que là-bas, on m'appelle comme ça : le sorcier blanc. Ce sont les hasards de la vie. Mon guide est un grand nganga africain. En Afrique, les ngangas sont des sorciers guérisseurs très respectés. Ils s'opposent aux ndokis, les sorciers mangeurs d'âmes.

— Des sorciers et des guérisseurs africains. C'est quand même bizarre.

— Pourquoi ça ?

— Eh bien… tu n'es pas africain ! Ou alors, j'ai loupé quelque chose.

— Je le suis presque à présent, répondit-il en relevant légèrement la tête avec un large sourire et en m'indiquant d'un geste fier sa tenue : 100 % wax, 100 % coton, 100 % africain, bien que ce tissu soit fabriqué en Hollande. J'adore ces tenues. Elles sont pétillantes, gaies et très confortables.

— Alors pourquoi ton guide est-il africain ? Ce n'est pas ton père qui t'a initié ?

— Nom d'un macramé, quelle idée ! Mon père, un pélican !

Et il fit résonner à travers la pièce un tel éclat de rire que l'un des masques accrochés au mur tomba. Il se leva, s'excusa auprès du masque, l'appelant « mon Babou », le remit au mur et se réinstalla en laissant échapper quelques soupirs hilares.

— Excuse-moi, Julien, mais le simple fait d'imaginer mon père en train de communiquer avec l'invisible me fait marrer à un point, tu ne peux pas savoir !

— Je comprends. Si j'avais eu un père, on va dire « normal », j'aurais été surpris, moi aussi d'apprendre une chose pareille. Mais alors, il y a celui qui transmet, celui qui révèle, et celui qui guide. C'est bien toi qui m'as transmis ces dons n'est-ce pas ? Ça se transmet donc de père à fils ?

— C'est en effet quelque chose que l'on se transmet, mais si personne n'explique l'existence de ces dons, des générations peuvent se succéder sans que l'on s'aperçoive de rien. Les dons se révèlent dans certaines circonstances. La graine germe si elle est arrosée. Et pour moi, la graine a germé au contact d'un nganga africain. On va dire que je me suis trouvé, au bon endroit, au bon moment. J'avais peu de chances de me trouver en présence d'un guide en France. Les sorciers et les sorcières ont été quasiment tous et toutes brûlés.

Les rares que je connais ne se montrent pas si facilement. C'est difficile de trouver un guide capable de fournir une vraie initiation. Il y a bien quelques gourous, quelques chamans new-âge qui aimeraient faire le job, mais ça ne suffit pas. La plupart du temps, ils ne sont pas au niveau et certains sont même de vrais charlatans.

Il se redressa, se leva, s'avança vers moi, et je me levai à mon tour. Il resta là, devant moi, attendant je ne sais quoi jusqu'à ce que je le prenne dans mes bras.

Il m'enveloppa alors dans une étreinte qui éteignit toutes mes peurs.

Combien de fois avais-je rêvé cette scène ? Combien de fois l'avais-je espérée ? Cet instant venait combler un vide, une blessure, une brèche qui me tourmentait. Le sol de ma maison se consolidait.

Il se retourna, alla chercher la corne d'un animal, sûrement celle d'un taureau. Il pointa la partie fine dans mon nez et souffla de l'autre côté. Il murmura des mots à peine audibles et repartit s'allonger sur son canapé. Alors, il me dit :

— Julien, je vais combattre la fumée, mais il faut que tu réfléchisses et que tu prennes une décision. Souhaites-tu être initié ? Je comprendrais que cela ne t'attire pas. C'est difficile de communiquer avec le monde invisible. Parfois, c'est douloureux et on se voit confier des missions délicates. C'est pour ça que je t'ai fait venir ici. C'est pour te parler de tout ceci, en face à face. La question est importante, c'est une décision qui ne doit pas être prise à la légère. On côtoie des morts qui ne veulent pas partir dans la lumière, des vivants qui ne supportent pas la perte d'un proche et qui veulent communiquer avec l'au-delà. On voit la souffrance, la douleur. On la voit partout dans le monde, en même temps. On voit toutes les traîtrises, tous les actes malveillants. On combat la perversité, les monstres, petits et grands. Des petits monstres peuvent devenir de grands pervers. Parfois nous avons le bonheur de faire revenir un être malveillant dans une zone d'éveil. Mais c'est plus rare et c'est très difficile. Nous sommes en alerte, en permanence. C'est fatigant et c'est une grosse responsabilité. Si tu décides de ne pas t'initier, tu reprendras ta vie d'avant comme si de rien n'était. Tu auras toujours tes dons, mais tu ne les observeras pas. Cela ne changera rien au fait que nous nous sommes rencontrés. On se verra, mais tu ne te rendras pas compte de tes pouvoirs. Tu poursuivras ta relation avec Johanna, en tant que patient, ami ou amant, tout dépendra de ce que tu chercheras, à ce moment-là. Ou alors, tu décides de conserver le souvenir de cette conversation, tu prends la décision de t'initier, tu prends l'engagement d'assurer cette charge du mieux que tu le peux, en toutes circonstances. Mais je te le répète, c'est long, c'est difficile et parfois c'est douloureux. Rien ne t'y oblige. Cela ne change en rien l'amour que je te porte. Et quoi qu'il arrive, je sais comment neutraliser cette fumée et je vais libérer ceux qu'elle a emprisonnés.

Alors que mon âme repartait vers le canapé de mon salon, face à l'océan, je réalisai à quel point ma décision était irrévocable : mon véritable moi consistait à venir en aide aux autres. Oui je voulais être initié. Oui, j'acceptais l'existence de mes dons. J'acceptais de les travailler, c'était ça ma vie. Vivre avec ces dons et apporter mon secours aux autres. Devenir un pélican.

44. La force tranquille

Il n'y avait que des formes sombres et lourdes. De temps à autre, une ligne surgissait et s'enfuyait aussitôt en zigzaguant. Je ne distinguais aucune couleur, aucun sentiment, rien d'identifiable. Un vacarme déstructuré résonnait tout autour, me traversait et je tombais, je roulais, je me mettais à slalomer comme ces lignes filantes qui parcouraient l'espace sans logique et sans but. Une force neutre poussait ces vibrations les unes avec les autres. Elles ne se cognaient pas, elles vrombissaient en tournoyant dans un mouvement aléatoire.

Au loin, je reconnus la voix de Gérard. Les mots n'étaient pas audibles, ce n'était même pas des mots, plutôt des syllabes, parfois juste un son. Je perçus un hululement presque hésitant, un grognement long, un chuchotement qui partait loin avec les lignes et qui finit par une stridulation perçante.

Gérard chassait la fumée. Sa puissance se montrait colossale, mais mon monstre répondait avec férocité. Il avait construit sa grotte en enfermant des âmes perdues entre les deux mondes et il les maintenait engluées dans le bois des murs de sa bibliothèque. Son antre s'affichait gigantesque. Ses prisonniers provenaient de plusieurs mondes, et de plusieurs époques. Mon monstre ne se laisserait pas déposséder aussi facilement. Il prospérait, il régentait son empire comme un maître règne sur ses esclaves, ses proies lui appartenaient depuis un temps immémorial.

Le vacarme se teinta d'une onde métallique qui s'amplifia jusqu'à ce qu'elle s'installe dans une zone d'inconfort extrême. Je tenais bon. La bataille était rude, Gérard maintenait la fumée dans une pression colossale qui l'obligeait à se condenser en une toute petite boule. Mais le monstre conservait encore sa puissance et je vis mon père déployer une énergie considérable. La vibration acoustique devint oppressante, ma respiration se fit douloureuse et difficile. La pression exercée sur moi s'alourdissait. Quelque chose ou quelqu'un s'était assis sur ma poitrine et m'empêchait de respirer. Un instant, je me crus noyé au fond de l'océan, sous six mille mètres de profondeur. Perdu dans les abysses, dans le noir, sans amour, seul. Le cauchemar ultime.

Je maintenais un frêle filet d'air qui peinait à atteindre mes poumons. Mes perceptions s'évaporaient, je m'abandonnais dans ce trou noir. Non loin, j'entendis le bruit de quelque chose de petit et de rond qui plongeait dans du liquide. Un deuxième ploc s'abattit avec plus de force. Puis d'autres. Leurs impacts augmentèrent en intensité jusqu'à se transformer en détonations furieuses. Des bombes explosaient de toutes parts en faisant surgir des éclats de lignes blanches obliques qui jaillissaient du bas pour finir vers le haut.

Certaines tentaient de fuir, zigzagantes discrètement vers le milieu, mais Gérard les repoussait systématiquement et les renvoyait dans la bonne direction.

Soudain, je me sentis libéré. Mon cœur se relâcha, l'océan s'évapora, la chose assise sur moi disparut. Je respirais, l'air pénétra mes poumons et j'ouvris grand la bouche pour aspirer l'oxygène qui m'avait tant manqué. J'étais sauvé.

Une lumière jaune pâle s'installa, puis en face, une ligne qui forma un horizon. Des paroles douces, des murmures et des chuchotements me parvinrent. Des êtres passaient. Ils partaient de la prison de mon monstre. Gérard les guidait vers la lumière. Ils étaient heureux et ce sentiment me transporta. Leur amour, leur gaieté et leur joie me gonflèrent d'allégresse, presque de l'ivresse.

Je reconnus l'animal avec une trompe. Ce n'était pas un éléphant ni un animal de la brousse. Il venait d'ailleurs, un autre univers que j'aurais peut-être la chance de connaître un jour. Il était suivi de près par Louane qui s'arrêta à mon niveau. Elle voulait me rassurer, me consoler. Je n'étais pas responsable de sa mort. Elle n'avait pas vécu ce qu'elle aurait dû dans cette vie et elle se préparait pour la suivante. Elle avait compris que l'amour ne se décrète pas, ne s'approprie pas. Il se découvre à l'intérieur de soi et il se donne ensuite à ceux que l'on décide d'aimer. Elle me remercia de l'avoir libérée du monstre, elle me fit un signe et s'éloigna.

Enfin, j'aperçus Marc. Mon cœur s'emballa. Mon ami était libre. Il s'approcha, m'enlaça et me souffla sans ouvrir la bouche : « Julien, maintenant, je pars. Profite de ta vie terrestre, mon pote. »

Il sourit, se retourna et s'éloigna. Je n'avais pas le cœur lourd, il était empli d'une force incroyable. Je n'avais même pas envie de pleurer.

45. Cas d'école

Allongé sur le canapé de mon salon, je devinai, à travers mes rideaux fermés, que le soleil cognait avec une vigueur absolue. Je venais de dire au revoir à Marc et je me sentais étrangement rasséréné. Il allait bien, il partait vers la lumière, il poursuivait le voyage et il m'invitait à faire de même, dans le monde terrestre.

Gérard avait réussi. Il avait neutralisé le monstre et libéré tous ses prisonniers. La bataille avait été éprouvante, j'étais épuisé. Les forces de l'ombre étaient d'une puissance extrême. Je compris que même le plus petit affrontement avec le plus faible de ces esprits malfaisants serait rude. J'allais apprendre à débusquer les manœuvres d'ennemis fourbes, à communiquer avec des esprits cyniques, railleurs, à deviner les ruses et à déjouer les attaques. J'étais prêt, il me tardait de commencer mon initiation.

J'attrapai mon mobile laissé sur la table basse du salon. Gérard avait raccroché. Je relus l'heure plusieurs fois. Il était 14 h 20, il ne s'était même pas écoulé une minute depuis que je m'étais allongé. Le chiffre 21 prit la place du 20. Je me levai et ouvris les rideaux.

Un ciel bleu et lumineux s'invita dans mes yeux. La mer scintillait, des éclats or et argent se reflétaient sur des vaguelettes. Je me sentais bien. Soudain, j'entendis le bip caractéristique de mon téléphone m'annonçant un message. C'était Jérôme.

Louis s'est mis à table. Il a fait des révélations. Il passe tout à l'heure lui expliquer.

Je quittai mon appartement, descendis dans la rue, et marchai à la recherche d'un taxi. Mais je n'en vis aucun, ce n'était pas une zone habituellement fréquentée par ces derniers. Je retournai donc à l'hôpital à pied, sous un soleil écrasant.

La longue route qui menait à l'établissement de soins était désespérément démunie d'ombre. Pas un arbre, pas un immeuble suffisamment élevé ne permettait de se réfugier à l'abri des rayons solaires aveuglants. Je n'avais pas non plus mes lunettes de soleil. Je cuisais. Combien faisait-il, 38°, 40° ? Je repensai à Jérôme et sa cabane dans les Pyrénées. Il n'avait pas tort, après tout, d'avoir investi en altitude pour échapper au réchauffement climatique.

De grandes auréoles s'étaient formées sous mes aisselles et mon dos était trempé. J'avais beau retrousser les manches de ma chemise aussi haut que je le pouvais, pas un iota d'air ne parvenait à s'infiltrer sous le tissu, d'ailleurs pas un souffle ne se faufilait nulle part. L'atmosphère était chargée d'une humidité effroyablement chaude.

Je mis plus de vingt minutes pour atteindre l'hôpital et quand j'entrai enfin, je surpris le reflet de mon visage devant le miroir d'une cabine à photos instantanées : j'étais rouge comme une tomate confite au four.

Je m'arrêtai à la fontaine à eau, bus trois grands verres et attendis que la fraîcheur du liquide refroidisse mon corps. Je me sentis mieux. Heureusement, le bâtiment était climatisé et je retrouvai peu à peu une température corporelle acceptable. Mon visage reprit des couleurs cohérentes et je repartis vers ma chambre.

Je pris soin d'emprunter les escaliers plutôt que l'ascenseur de peur d'y croiser l'une des infirmières. Elle n'aimerait pas me voir traîner avec les stigmates évidents d'une échappée non autorisée par le médecin, et ceci en pleine canicule.

Je me glissai dans le couloir et regagnai mon lit. J'avais été d'une discrétion redoutable. Intérieurement, je riais de mon tour de passe-passe, m'amusant d'avoir fait le mur comme un adolescent qui aurait rejoint ses copains le temps d'une nuit étoilée. Mais alors que je me félicitais de mon habileté, l'infirmière qui m'avait amené jusqu'au bâtiment des soins intensifs surgit.

— Mais enfin, où étiez-vous ? Je vous ai cherché partout ! Vous êtes rentré seul dans votre chambre ? Personne ne vous a raccompagné ? Ce n'est pas prudent, monsieur Solange, vous auriez pu faire un malaise !

Je m'excusai, elle était tellement impliquée dans le confort des autres que cela m'ennuya de lui avoir causé autant d'inquiétude. Je ne pouvais lui avouer mon escapade ni tout le reste et je demeurai hébété, pantois, un vrai gamin pris sur le vif et incapable de fournir la moindre explication.

Son visage s'adoucit, ses yeux m'envoyèrent un éclat complice et elle poursuivit, d'un ton détaché, mais en appuyant son regard sur ma chemise :

— Reposez-vous. La doctoresse va bientôt venir. Si elle vous voit dans cet état, elle va vouloir vous garder plus longtemps.

Elle se doutait que j'étais sorti, que j'avais traversé la ville, dans un sens, puis dans l'autre. Elle laissait son intuition lui suggérer ces images, ces sensations, mais elle ne se l'avouait pas. On l'avait trop moquée enfant, à propos de ces intuitions qu'elle décrivait. On ne l'avait pas crue, alors elle avait enfoui cette capacité au fond d'elle et elle avait vissé un couvercle dessus.

— C'est dommage, ne pus-je m'empêcher de dire.

— Quoi donc ?

— Qu'aussi peu de gens utilisent leur intuition, n'est-ce pas ?

Un tourbillon de pensées contradictoires s'invita dans sa tête. Une soudaine envie d'en parler se cognait contre la peur de paraître idiote.

— Faites-vous confiance.

La doctoresse apparut sur le pas de la porte et l'infirmière partit sans un mot, mais avec une nouvelle lueur dans ses yeux. La doctoresse s'approcha et me glissa d'une voix enjouée :

— Bonne nouvelle, vos derniers résultats sont satisfaisants, monsieur Solange. Très satisfaisants, même. C'est assez étonnant. Les patients comme vous sont assez rares. Heureusement d'ailleurs sinon, on aurait plus de boulot. Bon, blague à part, vous ne gardez visiblement aucune séquelle de votre coma et de vos arrêts cardiaques. Votre cœur s'est quand même arrêté de battre deux fois et deux fois vous avez été déclaré en état de mort cérébral ! Un cas d'école.

— J'en suis ravi, docteur.

— Comment vous sentez-vous ?

— Comme un gamin qui vient de faire l'école buissonnière.

— Vous avez fait quelques pas, aujourd'hui ?

— Je suis rentré à pied depuis le bâtiment des soins intensifs.

— Très bien, excellent. On vous garde encore cette nuit et je repasse demain pour signer les papiers de sortie.

Avant d'atteindre le couloir, elle se retourna comme si elle avait oublié quelque chose et elle me lança :

— Je conserve votre dossier si vous le voulez bien, pour mes étudiants. Vous êtes un cas, monsieur Solange, un sacré cas. Mais ce n'est pas une raison pour faire la bamboula cette nuit. Du repos ! Vous avez besoin de repos.

Je m'allongeai. La fatigue s'invitait. Mon corps se détendait, mes muscles se relâchaient et j'eus soudainement besoin de laisser mes idées et mon esprit vagabonder sans ordre ni logique. Je glissai doucement dans le sommeil quand Jérôme entra.

46. Les méchants ne sont pas toujours vilains

Il avait troqué son éternelle chemise blanche contre un tee-shirt qui s'affichait néanmoins de la même couleur. Ses joues étaient parsemées de taches rouges et il se débattait avec un souffle court.

— Il s'assied, là, il a eu très chaud. Il a marché longtemps, n'y avait pas de place sur le parking, il est garé loin. Il lui prend un peu d'eau, il peut ?

Je lui fis signe de la tête. Des gobelets étaient à disposition dans un distributeur accroché au mur.

— Non, pas du plastique.

Il se dirigea vers la salle de bain, but bruyamment à même le robinet et revint s'asseoir, soulagé.

— Si on continue comme ça, le plastique aura remplacé les océans. Il savait que Magalie s'était engagée dans un programme zéro déchet ? Elle est incroyable cette femme. Elle a supprimé tout ce qu'elle pouvait en matière de plastique, elle achète tout en vrac, elle fabrique ses produits ménagers elle-même, elle cultive un potager et elle a un compost. Elle va même en construire un à côté de la cabane dans les Pyrénées. Elle est très forte. Bien plus que moi. Il va bien ? Il a l'air fatigué, il n'est peut-être pas venu au bon moment. Il revient demain s'il préfère.

— Non, Jérôme, je me sens bien, continues s'il te plaît. Tu m'as dit que Louis était passé aux aveux.

— Oui, et il a accepté de lancer le programme des scarabées qu'Éva conserve avec elle ce qui a permis à la police de la localiser. Elle s'était planquée dans un abri antiatomique ! Il ne savait même pas que ça existait encore, ces trucs-là ! Ça l'a bien fait marrer ! Ça ne sert à rien, un abri antiatomique ! Le danger, c'est le climat, pas les bombes ! Elle aurait dû te copier, se réfugier dans une cabane en haut d'une montagne, ç'aurait été bien plus malin.

— Tant mieux, c'est rassurant. Ce genre d'individu possède un pouvoir de nuisance colossal. Et avec des scarabées sous ses ordres, j'imagine le pire. Même si elle ne sait pas utiliser elle-même le programme, elle aurait bien fini par trouver quelqu'un pour l'aider. Et Louis, alors ? Qu'est-ce qu'il a dit de plus ?

— Alors voilà. Albert nous avait présenté Louis comme étant le neveu d'un client. Eh bien, ce qui est drôle, c'est qu'il s'agit vraiment du neveu d'Éva Kochner. Mais il n'est pas plus stagiaire que lui parachutiste. Pourquoi est-ce que personne n'a tilté avec son âge ? De nos jours, on voit des stagiaires cumuler des contrats bien plus longtemps qu'à notre époque, mais quand même, cela aurait dû nous interpeller. C'est en fait un ingénieur de haut vol, très expérimenté.

« Louis nous a expliqué que sa tante utilise les services le Drone-me-up depuis plusieurs années. La boîte a installé des systèmes de sécurité un peu partout dans ses sociétés sans que son nom apparaisse nulle part. Comme tout mafieux qui se respecte, elle sait rester discrète. Un jour, elle a entendu parler des scarabées. Elle a demandé à Albert d'en utiliser quelques-uns comme drone-espion. Albert a accepté. C'était, d'après lui, l'occasion idéale de tester grandeur nature les scarabées et d'en détourner la finalité pour une meilleure rentabilité. Ils ont alors infiltré Louis dans la boîte pour superviser l'opération. Voilà comment le loup est entré dans la bergerie. »

— Mais comment Albert a-t-il pu consentir à une telle alliance ?

— L'homme est faillible. La cupidité, l'envie d'être le premier dans le monde des drones-espions, de dominer le marché. Il y a tout un tas de mauvaises raisons pour lesquelles Albert a livré notre technologie au diable.

— Albert était au courant, pour les meurtres ?

— Au début, il ne s'agissait que d'espionnage. Mais un jour, un des scarabées est entré dans la bouche d'un des hommes qu'Éva

Kochner espionnait et ça l'a tué net. Louis prétend que c'était un accident, mais on pense qu'il avait déjà trafiqué les programmes pour que le scarabée agisse de la sorte. Ensuite, Éva Kochner a complètement perdu les pédales. Ça l'a rendu dingue, ces scarabées tueurs, et elle s'est mise à liquider tout ce qui pouvait représenter un danger pour elle. C'est-à-dire tous les mafieux de Chicago. On ne traite pas avec des mafieux, Albert aurait dû le savoir. Quand il s'est rendu compte de l'utilisation macabre des scarabées, c'était trop tard, il était piégé. C'était simple, elle le liquidait s'il protestait. Il n'a pas moufté et il est resté sous ses ordres.

— C'est bizarre, parce que j'ai toujours cru que les monstres, les vrais, les pervers qui s'en fichent quand les autres souffrent ou pire, qui aiment ça, j'ai toujours cru qu'ils étaient très rares. Mais ce n'est pas qu'ils sont rares en fait, c'est qu'ils se cachent sous les traits de personnes anodines. Jamais je n'aurais imaginé Albert tremper dans un réseau pareil, jamais je n'aurais pensé que Louis, le stagiaire toujours poli, serviable et courtois actionne l'essaim pour tuer Marc.

— Il en parlait justement avec Magalie, hier. Elle en voit pas mal des pourritures, dans son boulot ! Elle dit que les psychopathes ont rarement la tête de monstres. Il n'y a que dans les films de James Bond que les méchants sont vilains. Dans la réalité, elle ne rencontre que des gens qui basculent, pour diverses raisons. Alors, c'est vrai que certains basculent très jeunes, et connaissent une longue existence de monstre, malheureusement.

— Et moi qui avais créé ces scarabées pour sauver des vies ! Quelle ironie !

— Ça le travaille beaucoup, lui aussi. Il s'est renseigné et il a découvert qu'Albert n'est pas le premier à fabriquer des drones tueurs. Sauf que les nôtres sont particulièrement pervers, car on ne remarque pas que la personne a été assassinée. Tout se joue à l'intérieur du corps. Les autres robots tueurs sont moins discrets. Ce sont des drones qui localisent et abattent les cibles. Il existe vaguement un consensus international visant à interdire l'utilisation de telles armes, mais personne ne sait ce qui se passe dans le secret militaire. Et personne ne veut être à la traîne ! Surtout que des grandes puissances étrangères refusent purement et simplement de rejoindre le consensus. Ils conçoivent sans complexe des drones tueurs autonomes. Ça le rend dingue ! On sait ce qui se passera. Une image floue ? Des caméras non précises ? Une analyse défaillante du robot ? Et paf ! Une erreur de cible. C'est-à-dire un humain, une personne qui sera tuée.

« On ne peut pas laisser faire ça ! Et au-delà de l'erreur de cible, comment laisser un robot dépourvu de jugement moral et de compassion tuer un être humain ? Et qui décide d'utiliser l'arme ? Qui est le donneur d'ordre, sur quel jugement, d'après quelles lois ? Si nos scarabées étaient utilisés de manière massive, nous vivrions dans un état de terreur. Alors il a pris sa décision. Il va démissionner. Il va s'engager auprès d'une ONG qui travaille à interdire l'armement entièrement autonome. Il y a du boulot. On doit sensibiliser toutes les entreprises, les organisations, et les personnes travaillant à développer l'intelligence artificielle et la robotique. Nous devons les convaincre de s'engager à ne jamais contribuer au développement d'armement complètement autonome. Oh, mais, il parle, il parle, pendant que lui, il ferme les yeux, il s'endort. Il s'excuse, ce n'est pas le moment de lui parler de tout ça.

— Mais non, Jérôme, ne t'excuse pas, je suis content de t'entendre parler de cette manière. Tu as tellement raison. L'humain mérite mieux que ça.

47. La maison du nganga

Je n'entendis pas Jérôme partir, mais avant de me laisser emporter par le sommeil, je sus que je le rejoindrai dans son combat contre l'armement autonome. À quoi bon développer des nouvelles technologies si elles n'étaient pas au service de l'Humain ? Soigner, réparer, protéger, tel était le sens de ma vie, la direction que je prendrai, le choix que je ferai pour chacune de mes décisions.

Une nuit veloutée, douce et réconfortante m'enveloppa jusqu'à l'aube. Dans mes songes, des êtres étranges vinrent à ma rencontre : des poulpes dotés de paroles, des baleines emplies de sagesse, des chevaux fougueux, et à la fin, une toute petite bestiole blanche volante tourbillonna autour de mon oreille pour me chuchoter que Johanna sortait du coma. Je me réveillai chargé d'espoir et sans m'en rendre compte, je m'adressai à elle :

— Johanna, ma luciole, ma fée malicieuse, il me tarde de te retrouver.

J'entendis au loin l'agitation des aides-soignantes et des infirmières. Je restai dans ce moment où le corps est reposé, pas tout à fait réveillé, et où l'esprit vagabonde encore dans le monde des rêves. La bestiole blanche virevoltait toujours autour de moi et je me repassai en boucle sa douce révélation, l'accrochant dans mon esprit, dans ma mémoire, de peur de l'oublier comme quand on oublie ses rêves, que pourtant on croyait immortels.

La pénombre de la pièce m'offrait un refuge avant la ferveur du jour, mais l'effervescence dans le couloir se rapprocha et me sortit de mon sommeil. Sur la table, posé à côté de moi, mon téléphone affichait une notification. Je l'attrapai en pensant instantanément à Gérard et je vis qu'il m'avait laissé un message. Il me signifiait que je pouvais l'appeler quand je le souhaitais.

Nous ne nous étions pas parlé depuis la bataille avec la fumée.

— Julien ! Sacré combat, n'est-ce pas ? Comment te sens-tu ?

— Vidé. Transformé. Vivant.

— Oui, cette fumée était vraiment très coriace. Je la connaissais, je l'ai déjà affrontée une fois. Je pensais l'avoir complètement désintégrée, mais elle possédait des secrets que visiblement je n'avais pas percés.

— Elle reviendra ?

— Elle ou une autre, il y en a toujours une qui traîne et qui finit par devenir vorace. Ce sont des forces qui grandissent et qui s'opposent les unes contre les autres.

— Et c'est ce qui forme l'équilibre.

— Tu apprends vite.

Il laissa échapper un silence, que nous écoutâmes attentivement l'un et l'autre et il poursuivit :

— Je suis très ému que tu aies accepté d'être initié, Julien. Et je suis profondément heureux de te connaître. J'aurais été très peiné si nous avions continué nos vies sans nous rendre compte de nos existences.

Dans un recoin de mon cerveau, l'image d'une maison en construction émergea. Elle était composée de bois, de bambou, avec un toit en chaume, comme le toit d'une paillote. Une jolie terrasse sur pilotis surplombait une large plaine d'où un champ de baobabs et de flamboyants finissait par disparaître dans un cafouillis vert spectaculaire. Je m'avançai sur la terrasse de cette demeure incroyable pour admirer la nature exubérante. Les majestueux arbres ornés d'immenses fleurs rouges abritaient des oiseaux aux formes et aux couleurs excentriques. Plus loin, le déferlement de verts révélait une forêt dense et vivante. Une quantité d'histoires et de secrets y étaient dispersés. Ils n'étaient même pas cachés. Il suffisait de s'y balader et d'observer le mystère et la beauté de la nature pour tout comprendre. Une piste courait devant la maison et s'éloignait vers un village. Ma maison. En Afrique.

— Je pars demain pour le Congo. Je vais y rester quelques semaines, ou plus, je ne sais pas encore exactement. Ne t'inquiète pas si je ne donne pas signe de vie pendant ce temps.

— Que vas-tu faire là-bas ?

— Me ressourcer auprès de mon nganga. Cette bataille m'a vidé.

— Ton nganga, c'est… ton guide ?

— Oui. On ne finit jamais d'apprendre. Lui, ça fait cinquante ans qu'il apprend ! La prochaine fois, si tu le souhaites, tu viendras avec moi.

— Johanna est en train de se réveiller.

— Je sais.

— C'est grâce à toi.

— C'est surtout grâce aux médecins, moi je n'ai fait que combattre la fumée. Nous les guérisseurs, chamans, ngangas, c'est toujours la même chose, on écoute les maux, on les soulage, mais surtout, on éloigne les monstres. Ils sont dangereux ces monstres, hein, tu l'as bien vu, mais sans les soins reçus à l'hôpital, Johanna serait morte.

Une infirmière interrompit notre conversation. Ce n'était pas celle que j'aimais bien, celle qui avait des intuitions. C'était samedi. L'équipe des soignants avait changé. Je raccrochai et humai le café qu'elle s'apprêtait à me servir.

— Est-ce que vous avez des nouvelles de madame Aguilar ? Elle est en soins intensifs, lui demandai-je ?

— Ce n'est pas l'unité des soins intensifs ici.

— Je sais. Je suis allé la voir hier et je m'inquiète de savoir comment elle va, ce matin.

— Dans votre état, vous y êtes allé ?

— C'est l'infirmière qui s'est occupée de moi cette semaine qui m'a accompagné. C'est vrai que j'étais encore un peu sonné. Mais ça va. D'ailleurs, je sors aujourd'hui.

— Quand on occupe un lit, on n'est pas censé se déplacer. Enfin, tant mieux pour vous. C'est Mathilde alors qui vous a emmené jusqu'aux soins intensifs ?

— Je ne sais pas, je ne connais pas son prénom. Elle est blonde, grande, et elle est d'une extrême gentillesse.

— Oui, enfin, les malades ne se baladent pas d'un bâtiment à l'autre, normalement. C'est pas un circuit touristique ici, et les infirmières sont censées rester à leur poste et dans leur unité pendant leurs heures de service.

— Ah, je ne savais pas.

— Mais il y en a que ça ne gêne pas, visiblement. De toute façon, je ne suis pas au courant, je viens de prendre mon service ce matin.

Elle ajusta les draps avec des gestes secs et rapides, vérifia mes marqueurs et partit en gardant la tête rigide et droite de ceux qui portent rancœur et aigreur dans le cœur.

Tout le monde n'avait pas la générosité d'une formidable Mathilde et je remerciai encore cette dernière intérieurement pour les soins et les attentions bienveillantes qu'elle m'avait offerts.

La doctoresse toqua et entra.

— Bonjour monsieur Solange. Eh bien voilà, plus rien ne vous retient ici, vous êtes en pleine forme, je viens de signer votre autorisation de sortie. Pour les formalités, vous passerez à l'accueil, mais je veux que vous veniez me voir d'ici un mois pour faire un point. Prenez un rendez-vous tout de suite, pour avoir de la place. Ah, oui, aussi, j'allais oublier, ça va vous faire plaisir, votre amie s'est réveillée, elle est sortie du coma. On l'a transférée ici, la chambre au bout du couloir. Décidément, vous suivez la même trajectoire.

Je me précipitai dans le corridor. Je croisai l'infirmière du samedi qui me fit remarquer que les visites n'étaient pas autorisées à cette heure-ci, je lui répondis qu'il ne s'agissait pas d'une visite, mais d'un rendez-vous galant et je m'arrêtai devant la porte au bout du couloir. Je toquai doucement et ouvris légèrement. Elle dormait. Une perfusion était encore accrochée à sa chair, mais elle était revenue dans notre monde.

Je m'approchai, m'assis sur la chaise fauve et je vis ses yeux s'entrouvrir.

— Johanna, c'est moi, Julien, tu peux me voir ? M'entendre ?

Elle fit un signe de la tête et je continuai presque en chuchotant :

— C'est drôle parce que j'étais juste dans la chambre à côté. Enfin, drôle n'est pas le bon terme, mais je suis tellement soulagé que tu sois sortie du coma !

Elle écarquilla difficilement les yeux, tourna la tête vers moi et plongea un regard flou vers mon cou. Elle entendait plus qu'elle ne voyait. J'exultais, mais je ne pouvais laisser mon émotion s'exprimer de manière trop énergique, elle était encore très faible et elle avait besoin de calme.

Elle dit d'une voix à peine perceptible :

— Julien, j'ai fait un rêve incroyable.

Je l'encourageai à poursuivre avec un oui que j'espérais être le plus doux possible pour ne pas la brusquer et elle enchaîna :

— J'ai rêvé d'une maison qui donnait sur des arbres rouges et sur une forêt sauvage et j'ai rêvé que nous y étions, toi et moi. Il y avait quelqu'un qui nous rendait visite. Une personne importante pour toi, mais pour moi aussi. Il nous transmettait quelque chose. À moi, il m'expliquait comment fonctionnaient les rituels des guérisseurs africains et à toi, il t'apprenait à les exécuter.

— Johanna…

— Oui ?

— Je savais bien que tu étais un peu chamane.

— Ne raconte pas de bêtise, dit-elle en souriant.

— Oui, je dis des sottises, tu es bien plus qu'une chamane, tu es une luciole magnifique, une fée délicieuse.

Une lueur de surprise et un large sourire éclairèrent son visage, un rire savoureux sortit de sa gorge et elle me dit, calmement, avant de s'endormir :

— Un cabinet de psy dans une paillote en Afrique. Voilà, j'ai rêvé de ça. C'est drôle non ? Complètement surréaliste.

48. Notes et remerciements

Le temps des scarabées est un roman autoédité. Malgré le soin et les corrections apportées, il se peut que quelques coquilles ou quelques maladresses se cachent encore. Si vous en trouvez, ayez la bonté et la gentillesse de ne pas m'en tenir rigueur et si vous le désirez, vous pouvez m'écrire à cara.vitto@yahoo.fr pour me faire part de vos impressions de lecture.

Si vous avez aimé le livre, n'hésitez pas à le noter et à déposer un commentaire sur Amazon ou les réseaux sociaux. C'est l'unique moyen de le faire vivre.

Remerciements

Je remercie chaleureusement mes bêta-lecteurs, ceux qui lisent sans protester mes manuscrits et qui me font un retour sincère, constructif et pertinent. Ma sœur Estelle, qui préfère les polars et qui est hermétique au surnaturel, mais qui passe outre, rien que pour sa frangine. Ma mère Marie-Michèle, qui a dû être éditrice dans une autre vie, car elle pointe efficacement les passages à revoir et les moments où les personnages perdent de leurs couleurs. Mon mari, le premier de tous mes bêta-lecteurs qui analyse rigoureusement le récit et qui détecte les incohérences. Je lui en suis d'autant plus redevable qu'il est encore plus hermétique que ma sœur à tout ce qui touche au surnaturel.

Un immense merci à mon oncle et correcteur, Bernard, sans qui je n'oserais pas autoéditer mes romans.

Et enfin, merci à tous ceux qui me soutiennent et qui me viennent en aide, d'une manière ou d'une autre dans le processus d'écriture.

9 782954 539638